如果你听到

陈之遥·············著

中国华侨出版社
·北京·

图书在版编目（CIP）数据

如果你听到 / 陈之遥著. -- 北京 ： 中国华侨出版
社，2019. 11
ISBN 978-7-5113-7988-7

Ⅰ. ①如… Ⅱ. ①陈… Ⅲ. ①长篇小说－中国－当代
Ⅳ. ①I247.5

中国版本图书馆CIP数据核字(2019)第189214号

如果你听到

著　　者：陈之遥
责任编辑：黄　威
装帧设计：46设计
排版制作：刘珍珍
经　　销：新华书店
开　　本：880mm×1230mm　1/32　印张：10.5　字数：236千字
印　　刷：三河市冀华印务有限公司
版　　次：2020年3月第1版　2020年3月第1次印刷
书　　号：ISBN 978-7-5113-7988-7
定　　价：42.80元

中国华侨出版社 北京市朝阳区西坝河东里 77 号楼底商 5 号　邮编：100028
法律顾问：陈鹰律师事务所
发 行 部：(010) 82068999 传真：(010) 82069000
网　　址：www.oveaschin.com　E-mail：oveaschin@sina.com

如发现图书质量问题，可联系调换。质量投诉电话：010-82069336

目录 ∶∶∶∶

第一卷

天庭

第1章

程致研认识司南是因为一场面试。

W天庭酒店招聘管理培训生，他是考官，她是候选人。

那天，他至少面试了十个人，都是应届毕业生，相似的年纪，差不多的背景。他问的问题也大同小异，之所以能记住司南，是因为她的答案比较特别。

他问她："你为什么想要这份工作？"

"能说实话吗？"她笑着反问。

"当然。"他开始有点好奇。

"是因为你。"她回答。

这样暧昧的话，只有年轻美丽的女孩子说出来才不叫人讨厌。而她，并非不美丽。精巧的脸，齐肩直发黑而柔顺，发梢微微向里扣，大眼睛，笑起来很甜，整个人看起来有点像那种亚裔面孔的少女娃娃。

他愣了一下，随即就笑，问她："我们见过吗？"

"你不认识我，但我见过你，在电视上，"她回答，"主持人问你的座右铭，你说，Work hard, play hard。我很认同，我也想成为这样的人。"

她说的是一部介绍天庭酒店的短片，在本地卫星频道和英文频道播过几次。录节目时，他升任营运副总的人事令还没下来，作为房务部总监接受了简短的采访，他的确说过那句话。

答案本身无可挑剔，他只得笑了笑，换了另一个问题："你遇到过的最大的困难是什么？"

"最大的困难，"她稍事沉吟，"可能是英语听力考试吧。"

"为什么这么说？"他没想到她的答案如此平淡无奇。

"如果不是面对面，我只能听到百分之三十左右，"她解释，"所以中学里英语听力成绩一直很差，当时也下过不少工夫，但就是提不高。"

那段时间很忙，面试之前，他没看过简历，此刻翻到应聘表格的第二页，"有无慢性疾病或身体残疾"那一项下面，果然有几个工整端秀的字——听力障碍，二级。

不得不承认，她又让他吃了一惊。面对面聊了差不多一刻钟，他丝毫没有意识到她在听说方面有什么问题，或许有极个别的辅音吐字不清，但因为是说英文，大多数非母语的人都有类似的问题，所以根本没有在意。

他从不把情绪放在脸上，照样不动声色地把那个问题的后半部分抛出去："看起来你已经成功克服这个困难了，能不能告诉我你是怎么做到的？"

"念完高二，我爸直接把我扔去美国，逼我去快餐店打工。"她回答。

"你在哪个城市？"

"洛杉矶。"

"在哪家餐厅打工？汉堡王？麦当劳？"他随便猜。

"Hooters，"她又笑，非常有感染力，"经理总是让我在用餐高峰管收银台，刚开始我恨死他了，没想到几个礼拜就练出来了，才知道他对我真的不错。"

她看起来很单薄，跟Hooters餐厅里衣着清凉的大胸妹截然两样，很难想象她穿上橙色猫头鹰图案的吊带背心会是什么样子。他不太认真地笑，顺便胡思乱想。这已是最后一轮面试，他不知道她是如何杀出重围留到现在的，也不是没有触动，听一个耳聋的女孩子说她此生最大困难是听力提不高。只可惜他没什么同情心，又最怕麻烦，遣秘书送她出去，随后便在她的名字后面勾了Reject（不予录用）。

他以为事情就这样过去了，在这座拥挤繁忙的城市里，许多人之间的缘分不过就是匆匆一面而已。

但事实却与他料想的不同。

六月末，他收到人事部发来的管理培训生名单，原定十二人，名单上却有十三人，其中有一个不应该出现的名字——司南。

他对人一向过目不忘，仍旧清楚地记得她那张精小的面孔，和说起来话来那副眉飞色舞的样子，当然，还有她的残疾。他以为程序上出了什么错漏，于是就找到招聘经理郑娜。

"噢，这个司南啊，"郑娜是个脾气爽直的胖子，"是大老板钦点的。"

所谓大老板，自然是指Charles Davies。

他有些意外，仿佛随口问一句："查尔斯认识她？"

"她来参加测评的时候，大老板也在，听说是表现得特别好吧，他又笑又鼓掌的，"郑娜这样回答，"那次之后可能就有印象了，上个月我把最终确定的名单拿去签字，他发觉上面没有司南，就又约了一次面试。"

—— // ∧ \\ ——

“就这样录取了？”

“对，就这样录取了。”

这件事查尔斯没跟他提过，程致研不知道这算是什么，他拒掉的人，又被查尔斯请了回来。

招这批MT（Management Trainee，管理培训生）之前，查尔斯曾对他说：“有些人可能一时屈就，心里却未必服气。如果你想要在这个位子上做下去，就必须有自己的团队。”

所谓“有些人”，指的是原来与他平级，现在却要向他汇报的公关部总监关博远和餐饮总监贝尔纳。房务部本来就是他的领地，尚不足为虑。

听到那番话时，他曾以为查尔斯的态度非常明晰：我迟早要走的，到时候天庭便是你的，能不能全盘接下来，则要看你自己。

而现在，他开始怀疑。并不仅仅为了一个小小的MT，还因为某人曾对他说，Charles Davies不是等闲之辈，而且，立场不明。

当然，查尔斯不做解释，他也不便主动去问。在这云端的天庭里，他不得不慎之又慎，不知何处就有一双眼睛紧盯着他，一步行差踏错，不等次日黎明，便会传到纽约去。

W天庭定位超五星精品酒店，坐落在金融区一栋名叫历峰大厦的地标建筑内，第八十层至九十五层，一百五十间客房，六百名员工，是W集团在中国投资的第一家酒店，也是他们在整个东亚区的旗舰店，半年前，打着最高、最贵、最奢华的旗号盛大开业，各种广告、宣传无一不声势浩荡。

对极致的追求，是W集团一贯的作风，即使是在美国，他们也大大方方地打着“上流”的旗号，带着毫不掩饰的傲气，做了一百二十多年的生意。董事会那帮老家伙非常自信，这一次也能以同样倨傲的姿态在中国名利双收。

开业伊始，程致研从菲律宾W云域度假村调任到此地，担任房务部总监一职，统管礼宾、管家、总机、车队和洗衣房。

当时的总经理名叫罗杰，是一个出生在中国台湾的美籍华人，五十岁左右，身材不高，微胖，总是穿讲究的牛津鞋，喜欢戴领结，或者在衬衫领子里系一条花色精美的丝巾。

程致研一直觉得，作为一名酒店经理，罗杰这样打扮明显过头了，但人家是老板，他也不便说什么。

董事会委任罗杰的本意是因为他的华裔出身，再加上酒店管理经验。但六个月试营业尚未结束，整个天庭上下便状况频出，而问题的症结可能就在罗杰的华裔身份上。

正如大多数在西方世界生活了许久的东方人一样，罗杰全心全意地相信彼岸的一切都比故国的要好，着力要把天庭打造成自成一国的迷你领地。

从第一天开始，他就非常计较细节，首当其冲的就是中西餐厅：

谢绝一切非正装客人进入。

用餐区域内不允许使用手机。

不合上菜单，永远不会有侍者过来点菜。

……

事实证明，这些规则在本地严重水土不服，接连有了几次投诉后，便闹到了媒体。

餐饮部总监贝尔纳半意大利半法国血统，快人快语，也曾对罗杰好言相劝，说餐厅的本质就是吃，至于礼节，每个地方都有自己的习惯，不必纠结过多细枝末节的东西。

但罗杰并不买账，仍旧执意推行，他郑重其事地向贝尔纳强调："Don't forget we are a luxury hotel devoted to offer the most exquisite dining services. We must be very particular about how things should be done."（别忘了我们是一家致力于提供最精致的餐饮服务的奢华级酒店，必须着眼于每一个细节。）

论转文，谁都不是罗杰的对手，贝尔纳败下阵来。

一波未平，一波又起，餐厅并不是唯一的麻烦。

为了保证住店客人停车有车位，W天庭包下了那栋摩天建筑地下三层所有的停车位，在最显眼的地方停放酒店所有的十二辆加长版奔驰，外加一打劳斯莱斯银翼，余下近百个车位供住店客人使用，但非住店客人如要在此停车，每小时租金却高得离谱。地库门口那张价目表很快被好事者翻拍传到网上，调侃为"最贵车位"。

既然对外如此，对内自然也绝不含糊。

根据罗杰的最高指示，在酒店服务区域内，所有员工必须使用英语交流，所有工作会议也都使用英文。

中餐行政总厨首先表示不满，保安部和工程部也随即提出，他们执行起来有困难。甚至有人调侃，是不是员工食堂打饭的大妈也要学会说：How may I help you?（有什么可以帮您的吗？）

只有罗杰不以为意，继续按照他理想中的方式改造天庭。他指责礼宾部员工仪容不整，甚至在更衣室看到有人换鞋不用鞋拔，也要说上几句。

在如此政策之下，外籍职员与一众本地员工之间自然分化成两个阵营。六个月的试运营还未结束，中层以上员工的流失率就高达百分之三十。

但整个酒店最大的硬伤还不是紧张的劳资关系，而是失败的公关策略。

W集团进军中国终究是晚了一步，公关这种东西向来是经年累月润物细无声的积累，一时半会儿根本不可能做到滴水不漏。那段时间，几乎每个礼拜都能看到关于W天庭的负面报道，服务态度差，专业培训不够，建筑质量有问题，收费贵得离谱。

公关部总监关博远是罗杰从中国香港带过来的亲信，罗杰自然不会过多苛责，却把大部分的压力转嫁到了当时的运营副总身上，两人之间的关系一度闹得很僵。最后，运营副总忍无可忍，提出辞职。那封辞职信抄送了亚太区CEO以及集团董事会办公室，洋洋洒洒历数了罗杰上任以来的种种"政绩"。数日之后，集团董事会办公室发出公开信，宣布罗杰将被暂调回香港，同时也公布了总经理的继任人选，Charles Davies。

这场"政变"发生得并不算太突然，大家心里都清楚，W天庭在上海开了个烂得不能再烂的头，稍有先见之明的人都在为将来打算，找猎头，托关系，写简历，最不济的也暗摸着在集团内部找个去处。

或许只有程致研例外，他是外籍职员，但同时也是华裔，在美国长大，别人都当他是ABC，中文却一直没丢掉，纯属两面通吃。在那一片兵荒马乱当中，他照样做着自己该做的事情，房务部也是唯一没出什么乱子的部门，就算后来看见总部人事令上Charles Davies的名字，他也不算十分意外。

六年前，程致研以管理培训生的身份进入曼哈顿的W酒店工作，查尔斯时任运营副总。几年之后他调任菲律宾云域岛度假村，查尔斯是那里的总经理。这一次，两人又在上海碰到一起，不知这算不算是缘分。

此时此地，黄浦江两岸不知多少顶级酒店都在等着看W天庭的笑话，等着一向自视甚高的百年老店栽在中国这块诱人的大蛋糕前面，这一战是胜是负，全要看传奇的Charles Davies能不能力挽狂澜了。

而在W天庭内部，照样有许多双眼睛盯着程致研。

查尔斯上任伊始做了一系列的人事调整，其中最惹人非议的便是将程致研提升为营运副总经理。

程致研时年二十七岁，与他平级的公关部、餐饮部总监都比他年长许多，资历也更深。在集团历史上，除了董事会成员的嫡系子弟，从来没有人在这个岁数坐上过这样的位子。当然，他和董事会并非完全没有关系，只是知道其中底细的人很少，多数人只当是新任总经理任人唯亲。

在旁人眼里，他端正高尚，典型的ABC，毋庸置疑的优质青年。

在酒店里，他举止沉稳，笑容温和，总是着深灰色西装，里面永远是白色府绸衬衫，系银灰色领带，胸口别一枚小小的圆形徽章，两片月桂叶围着一个花体的W字。

私人时间，他有正当爱好，在菲律宾时是帆板与潜水，到了上海变成骑自行车。他不似其他外籍高级职员那样住金融区的服务式公寓，一到上海就在浦西租了房子，每天穿整套骑行服戴头盔，骑一辆白色公路车到渡口，再搭轮渡过江上班。

总之，他是极好的一个人，除了年龄和资历之外，并无其他明显的缺憾使他不配坐这个位子。也有人说曾在他眼里看到过离世的疏淡，却很快又怀疑那不过是一点孤芳自赏的书卷气，他小心地藏着，极少表露出来。

第2章

　　七月初，一众管理培训生正式入职，由郑娜带着参观酒店。

　　程致研在办公区大堂遇到他们，他看到司南走在最后面，身边还有一个人，竟然就是查尔斯，风度翩翩地走在她身侧。司南的个子在中国女生中不算矮，但查尔斯很高大，微微低着头跟她讲话，反衬得她娇小纤弱。

　　一行人经过前台，有个培训生指着墙上的一幅油画问："画上那三个人是谁？"

　　"坐着的那个是集团董事长James Walden，"郑娜回答，"身后是他的两个儿子，集团CEO Draco Walden和酒店管理公司总经理Kenneth Walden。"

　　"哦，大老板一家。"众人点头，一脸崇敬。

　　程致研从他们旁边走过去，司南没看到他，也可能早已经不记得这个只见过一面，聊了不到半小时的人了，她的注意力全都在查尔斯身上。程致研对查尔斯点了点头，却发现查尔斯也正看着他，脸上带着一点不可捉摸的笑容。他自嘲地想，查尔斯可能正在琢磨他听到沃尔登一家的名字会是什么样的反应。他还能有什么反应？不过就是不动声色地走了。

当天中午有一场小小的欢迎宴，设在扒房的小偏厅。程致研去得较迟，当他走进餐厅时，众培训生都已落座。公关部总监关博远、财务部总监、人事部总监，以及几位高级经理也都在，却不见查尔斯和餐饮总监贝尔纳，还有一个人也不在场，就是司南。程致研知道老板肯定是进厨房了，老贝自然得在一旁陪着，只是那个司南，不知道跑哪儿去了。

那个偏厅不算很大，中间摆了能坐二十人的长条桌，铺着白色细麻桌布，四周结着精致的法式花边，桌上的车料水晶花缸里是一大丛雪山玫瑰和小苍兰。最顶头的主人位自然是给查尔斯留的，左右第一个位子也都还空着。关博远坐在右首第二个位子上，见程致研进来，便欠了欠身招呼他过去坐。

致研笑着摆摆手，在桌子末尾一个空位上坐下来。他身边是个长头发的年轻女孩，朝他笑了笑，轻轻唤了声："程先生。"

她应该也是刚入职的MT，身上是簇新的黑色制服套裙，胸前的名牌上篆着名字——沈拓。

他回了一个微笑，对她点点头道："Welcome aboard（欢迎加入）。"

六年前，在纽约，查尔斯对他说的第一句话也是这两个字。

程致研看过一篇江湖写手的文章，说克林顿演讲时身上散发出的荷尔蒙可以散布到房间的每一个角落，从而影响并控制每一位听众。他没见过克林顿本尊，也不相信这世上有这样的神人，直到他见到查尔斯，听到那一声"Welcome aboard"。

偏厅的门开了，还未见人就听到贝尔纳和查尔斯说话的声音，最先进来的却是司南，身上是一件明显大了两号的白制服，袖口太长，卷了好几卷，露出细细的手腕。

单看她脖子上三角巾颜色，程致研便知她穿的是查尔斯的制服。

查老板是厨师的儿子，虽不算是科班出身，但多少还有那么几下子，也喜欢时不时拿出来操练操练。程致研先后跟他在三地共事，很清楚他这个习惯，每到一个地方，他都会置两套厨房的制服，以备不时之需。所以，查尔斯到上海上任之前，程致研就提醒贝尔纳备下这两套衣服。

W天庭西餐厨房的制服分三个等级，全都是白色双排扣上衣和白色长裤，区别仅在于厨帽的高低和厨巾的颜色，主厨为白色，主管为蓝色，普通厨工则为红色。查尔斯的那两套当然不在此列，他的厨巾是黑色的，正和司南脖子上那条一样。

查尔斯和贝尔纳紧跟着司南走进来，身上也都还穿着制服。偏厅里的人见到大老板不约而同地安静下来，直到查尔斯开口介绍"今日主厨推荐"菜式，全然一副大司务的派头。众人见状皆笑，半是讨好半是受宠若惊，气氛也很快轻松下来。

侍者随后进来上菜，那三个临时代打的"厨子"也脱了白色上衣落座，很自然地占了餐桌一头的那三个空位。查尔斯对司南照顾得极好，她脱制服的时候，站在她身后帮着拿衣服，然后又亲自拉开椅子让她落座。不过是一两秒钟的动作，却把一件工作服脱得像晚礼服外面的丝绒大氅一般。

三人坐定，司南坐在查尔斯右手边，正好与程致研的位子形成一个对角。直到此时，她才看到他。他对她笑了笑，轻轻道了声"你好"。

那个偏厅有个特别的设计，天花板上有个圆形穹隆，坐在对角线两端的人不论距离多远，即使是低语也像是在耳边讲话。司南不知道此地有这样的机关，听到他的声音在耳朵边响起来，先是吃了一惊，等反应过来才露齿一笑。

那个笑容跟面试时一样神采飞扬，让程致研莫名记起一句诗——粲然启玉齿。那个句子应该是他小时候在祖父的某本线装书或者一轴手卷上看到的，这些东西他已许久没有机会触碰，出处也早就遗忘，却不知为什么此时突然冒出这么一句来，印在脑子里挥之不去。

一桌人边吃边聊，一道前菜、一道主菜、一份甜点的简餐吃了将近两个小时。大多数时间，查尔斯都侧着身跟司南讲话。因那声学原理，程致研不免听到只言片语，几乎都是关于W集团和天庭酒店的话题，内容并不特别，但在座所有人都看得出来，他们聊得十分投契。

程致研也与身边的沈拓聊了几句。这一批十三个MT，六男七女，若论外表，沈拓是女生中最出众的，举止也无可挑剔，只是言谈间有些拘谨，话不多，总是他问一句，她答一句，他若不开口，她便也默默地不出声。程致研不知道她是经由谁面试进来的，只觉得这样的性格似乎并不适合做这份工作，私下却对她有几分好感，他一向不喜欢女人太过精明。

宴席散去之前，有个名叫林飞的MT提起选择mentor（导师）的问题，绕了几句之后便开口央求查尔斯收他做徒弟。

查尔斯笑答："我已收司南为徒，你不如求求老贝吧，说实话，除了厨艺外，他什么都比我好。"

众人听了都笑，那林飞也只得作罢，转投贝尔纳门下。

W集团的管理培训生计划有个特别的"导师"制度，每个新MT入职之后都要找一个"导师"，不限部门不限职级，只求在两年培训期间获得职业发展上的意见和建议。

关博远探出头来看着程致研，玩笑道："致研，司南拜查尔斯做师父，你们俩岂不成了同门师兄妹？"

程致研听了只是笑，对查尔斯和司南举杯致意。关博远说的并非没有道理，六年前，他的"导师"就是查尔斯，只可惜数月之后，查尔斯就被发配去菲律宾开荒，他便成了无主之仆。其间经历，只能说是冷暖自知。

司南也很大方，笑着朝他抱了抱拳，叫了声："大师兄。"

这句话又逗得一桌人笑起来，因说的是中文，查尔斯和贝尔纳等人听不懂，司南用英文解释了几句，又激起另一轮笑声。

不能不说这个女孩子很聪明，还有着难得的自我调侃精神。程致研心里却有另一番感想，他不知道这番拜师是查尔斯的意思，还是司南主动要求的。如果是后者，那她未免太不简单了。

他冷眼看着她的样子，年轻柔丽，眼眸明净，却不知为何让他忆起另一个人。那人冷而香，与她并不相似，或许只是因为两人都慧黠聪敏，懂得审时度势，无论何时何地，都会姿态从容地站到终极大boss身边去。

其实，这样的心机也无可厚非，这长桌周围坐着的哪一个不是人精？他转头看看身边的沈拓，仿佛只有她与众人格格不入，光艳中透着些孤傲的锋芒，反倒让人觉得她一点心机都没有。

"你决定找谁做mentor？"他问她。

"还没决定。"她摇摇头。

"要是你没意见，就跟着我吧。"

她抬头看他，似乎愣了一下才点头道了声谢。

他一向最怕麻烦，不知道为什么突然做出这样的决定，可能只是想帮她一把。他觉得沈拓跟他自己有些相像，骨子里并不适合这个地方，只是他多混了几年，比她更会伪装罢了。

——// ∧ \\——

午餐结束，众人散去。起身离席的瞬间，程致研似乎察觉到长桌那一头抛来电光石火的一瞥，他没有探究那道目光的来由，与身边几个人道别，便匆匆离去。

很快，十三个新MT就被分到各个部门开始轮岗培训。

决定去向之前，查尔斯对程致研说，想让司南从房务部开始轮岗，又玩笑般叮嘱，对他的新徒弟要多加关照。程致研便也玩笑般应承下来，告诉房务部准备接收。

人事部很快就把司南的一干资料发给了房务部总监胡悦然，同时也抄送了程致研。

胡悦然是个年近四十岁的女人，曾经是管家部高级经理，程致研升副总之后，她便也跟着升了一级，虽然共事时间不长，但多少也能算是他的旧部。此人一向懂得看脸色，很快就来向程致研请示，该把这个培训生放在哪儿。

"姐姐，你说放在哪儿比较好？"程致研又把问题抛了回去。

"要么礼宾部？"胡悦然也不确定。按道理来说，如果真要关照，应该放在礼宾部，比较体面，学的东西也多。

"已经有两个培训生在礼宾部了吧。"程致研提醒。

"对，两个男生，彭伟和李星翰。"

"那把她放在别的部门吧，没必要都挤在一块儿。"

胡悦然是何等伶俐的人物，立刻会意："嗯，她一个女孩子，身体又不好，礼宾部那边夜班多，还是管家部压力小一点。"

就这样，司南被扔到了管家部。

在大多数酒店，管家部一干人等均在地下室出没，不管是女佣还是经理都有个诨名叫"地老鼠"。天庭没有地下室，但管家部依旧在金字塔底。

对于司南，程致研其实并无意给她小鞋穿，他想看的只是查尔斯的反应。

他与查尔斯之间的交情不是一年两年了，知道此人是在脂粉堆里混大的，一时性起看上个妞儿是常有的事。但他也很清楚，查尔斯是个不错的老板，脑子一向很清楚，处世也极有分寸，绝不至于玩火玩到工作的地方来。现如今如此郑重其事地把这个司南交到自己手上，事情恐怕不会那么简单。而且，他这样做对查尔斯也并非不能交代，不是让关照吗？工作相对轻松稳定，极少需要值夜，也算是一种关照。

在他意料之外的是，查尔斯并没发表任何意见，司南也太太平平地去管家部报到，非但没有怨言，而且看到他还笑意盈盈地打招呼，叫他一声"大师兄"。

不过，事实证明他的预感总是对的，司南在管家部上班的第一天就出了幺蛾子。

就跟所有新员工一样，她上传了一张自己的照片到集团内网的员工名录上面，按规定应该上传着制服或正装的正面大头照，但她的那张照片里却是身穿冲锋衣，站在一座异国寺庙前，肩上还趴着一只猴儿。

这本来也不是什么大事，只要换一张照片就行了，却不知为什么这么"走运"，被集团董事会办公室的检查小组查到，一封信从纽约发来，通知她本人尽快更换符合规定的照片，同时抄送了查尔斯、程致研，以及她在房务部的直属经理。

司南的回信却没有多少愧意，反而洋洋洒洒写了一长段，建议董事会修改这个规定，作为一家以酒店及旅游业起家的环球集团，应该推崇世界主义，而非端着架子摆出一副万年不变的职业形象。

因为时差的关系，又过了一天，纽约的回信才到，不出意料的官面文章，感谢司南的建议，承诺将提交董事会商讨，但规定就是规定，正式修订之前还是得遵守。

查尔斯随后也写了封信给司南，没有责备，只有调侃，恭喜她入职第一个礼拜就引起了集团董事会办公室的注意。

司南这才顺杆下台，蛮有风度地回信致谢，并把员工名录上的照片改成了工作证上的大头照。

程致研看着这一来一去的电邮，心里却有些特别的感触。难以解释为什么，他在司南换掉那张照片之前，把它存了下来。他知道照片里的寺庙是加德满都城外的斯瓦扬布寺，几年前他也去过一次，或许也遇见过那只趴在她肩头的猴子。照片里的她皮肤晒得微黑，双颊有悦人的绯红，一副墨镜遮住眼睛，看起来就如身后澄蓝的天一样大胆而锐利。

那个人或许也曾是这样的吧，同样年轻美丽，眉宇间有着铮铮的朝气，款款走进那间俯瞰曼哈顿中城的办公室，与坐在樱桃木办公桌后面那个暮年的人对话。他知道自己只是胡思乱想，仅此而已。

仅仅几天之后，又出了一件事，竟然又是跟司南有关的。

那一日清晨，礼宾部的两个人下了夜班，看见查尔斯的车停在历峰大厦楼下，一男一女正坐在车里喝咖啡吃三明治，有说有笑，十分亲密，而那两个人就是查尔斯和司南。因为车刚好停在商场区蒂芙尼店招外面，便有人戏称是"蒂芙尼的早餐"，很快传得沸沸扬扬。

对这些传闻，两名当事人的反应都十分高明，既不承认也不否认，任其自生自灭。

程致研每天上班都到得很早，却未曾有机会撞见这风雅的场面，唯有一次，他推着自行车走进办公区的门厅，看到司南正站在门外花坛边上，身上是白色衬衫和黑色半裙，制服外套搭在胳膊上。她身边站着两个年纪很轻的男孩子，看身上制服应该都是礼宾部的行李员，其中一个递给她一支烟，低头替她点着。她朝他笑了笑，抽了一口，夹在指间。她抽烟的样子没有丝毫做作，反倒带着几分痞气，衬衫领子解到胸口，一副不良少女的样子。她隔着玻璃看到程致研，朝他挥了挥手。一时间，她面前白烟氤氲，眼睛里仿佛透出一丝清傲。

他本以为她是惯走"高端路线"的，却不承想她与行李员也能做到如此亲厚。自强不息？附庸权贵？叛逆不羁？哪个才是真的她，他如何能知道？

毕竟是有六百个人的大酒店，不是存心要见，很少有机会遇到。之后几天他都没再看到她，直至一日，他跟着工程部经理巡楼，恰好司南当班，楼层主管正带着她抽查客房。

她看到程致研，照旧笑着跟他打招呼，叫了一声"大师兄"。

他的目光却落到她手上，两只手十个指甲，一个隔一个涂着橙红和亮黄。

他走过去，托起她的手，揶揄道："你的指甲好潮啊。"

这丫头还懵懂不知他是什么意思，笑答："他们都说这叫番茄炒蛋，你看像不像？"

他放下她的手，说："你现在就去美容中心洗掉，我不想看见第二次。"

她怔了一下，嘴里"哦"了一声就去了，剩下工程部经理和楼层主管在那里面面相觑。

程致研在W天庭是出了名的没脾气，从来不会这样对下属讲话，对女员工尤其客气。他自己都不知道为什么，偏偏会对她这样。

当天下午，查尔斯的男秘书元磊打电话过来，叫程致研去总经理办公室。虽然知道不可能，他还是忍不住猜测，老板是不是要关照他对自己的新宠客气点。

办公室门开着，刚走到门口，屋里两个人同时朝他看过来。

女的说："大师兄。"

男的说："研，你过来帮我看看，哪个名字好？"

男的是查尔斯，而那个女的自然就是司南，两人正凑在一起研究几张巴掌大的宣纸，用素色暗花的生绢裱了，上面写着毛笔字。

想当初罗杰在位时，虽是黑眼睛黄皮肤的正宗华人，却没有一个人知道他的中文名字，反倒是查尔斯，上任不久就郑重其事地请了风水先生为自己起名。酒店的行政例会也都改规矩，发言的人可以自行选择讲中文还是英文。查尔斯的中文水平停留在"你好""谢谢""吃了吗"的阶段，请了位有口译证书的秘书，也就是坐在他门口的那个元磊。如果在座外籍员工多，就让元磊现场翻译，如果只有他一个外国人，就戴译意风。

刚开始也曾有外籍职员抱怨"听不懂""不方便"，被查尔斯一句玩笑话顶回去："有谁听不明白的，会后可以来找我，我来解释。"

此话一出，还有谁敢多嘴？自此W天庭的官方语言里终于也有了中文。

程致研走过去坐下，从司南手里接过那几张宣纸。她手上的指甲油已经卸干净了，纤柔的一双手，乍一看倒有些苍白，浑身上下无论着装还是仪表，再没有一点越矩的地方。她好像一点都不记仇，还是对他笑，叫他大师兄。

她表现得这样温顺，倒让他有种一拳打空似的尴尬，低头看那几张纸，上面写的都是备选的中文名，风水先生起的名字其实都差不多，四平八稳的字，吉祥的寓意，柔和的音韵。

正看着，司南从桌上拿了一支水笔，在其中一张纸背面写了三个字——戴志诚，然后一个字一个字地解释："戴跟Davies谐音，是个很有历史渊源的姓，一直可以上溯到黄帝。'志'就是aspiration，'诚'是integrity。"

查尔斯端详了一番，首肯："不错，就这个了。"

查尔斯当下就招来秘书元磊，让他去印名片，再找人刻枚印章来。

选完名字，程致研和司南一前一后从查尔斯办公室出来。

第 3 章

那个礼拜的最后一天，是天庭酒店所有运营部门的例行月会。程致研在会议室里又看到司南，她跟沈拓坐在一起，两人说笑着，好像已经十分熟稔。

入职培训之后，沈拓就被分到了公关部。名义上，程致研是她的mentor，但几个礼拜下来，除了请她吃过一次饭外，一直都没履行过mentor的职责，沈拓也没主动找过他。他突然被放到营运副总的位子上，尚且自顾不暇，心里也很清楚自己从来就不是个好老师，跟查尔斯对司南的那种关照更是不能比的。

那是新MT报到之后的第一次例会，按照以往的惯例，与会的运营部门轮流记会议记录，如今这个光荣任务就交给了各个部门的MT。

那天也是凑巧，刚好就轮到管家部记会议记录。

程致研看了一眼司南，说："司南算是特殊情况，这次就跳过管家部，从公关部开始。沈拓，今天你来记会议记录。"

他并不觉得这样的安排有什么不妥，却看到司南脸上明显一僵。

会还是照样开下去，每个部门的负责人依次汇报当月已完成的事项和下个月的计划。轮到公关部，关博远开口讲话。虽然天庭的公关搞得并不好，但关总监本人却是名副其实的公共关系专家，他是极其social的人，对谁都很热情，脸上的笑像是与生俱来的，怎么抹都抹不掉。

汇报完工作，关博远照例开始诉苦："最近公关部一连做了好几个活动，九月份还有Project Bridal和Project Master，都只有一个多月的准备时间。两个公关助理到现在还没招到，说实话，我这里人手真的是不够。"

Project Bridal——新娘计划，指的是名媛何苏仪小姐的婚礼。

Project Master——大师计划，则是指德国钢琴家Friedman的接待工作。

两个都是高规格、媒体关注度高的重点任务，若做得好，就能一雪前耻；若是搞砸了，便是雪上加霜。

"你建议怎么做？"程致研并不急着把关总监压下去。

关博远也不跟他客气："Friedman入住之后肯定是由PA（私人管家）组负责接待，前期的准备工作是不是也可以由他们负责协调？"

PA组也在房务部治下，主管是纽约总部过来的Tony Beasley，天庭的首席礼宾师，真正的专家。把"大师"交给老托，程致研是一百个放心的，只是看不惯关博远这样撂挑子。他作势考虑了一下，不用看也知道胡悦然那边已经着急了。

"大师计划牵涉到媒体，PA组不可能独立完成，前期准备工作还是要公关部来做，Friedman入住之后，PA组也只对起居和私人活动负责，所有统筹工作还是要汇总到公关部手上。"他这样对关博远说，声音并不高，语气却不容辩驳，"至于空缺的两个公关助理，你正式发信去人事部催一下，所有信件记得抄送给我。新员工到岗之前，房务部可以抽两个人过去帮忙。"

胡悦然听他这么说，立刻表态：行啊，没问题，关总看上谁了，只管说。

—— // ∧ \\ ——

·022·

关博远的本意其实并不是要人，而是平摊风险，话说到这个份儿上便也兴味阑珊，草草收场了。

那天的会照例一个半小时结束，散会之后，程致研正要走，司南突然叫住他。

"程先生，能不能占用您几分钟？"话说得十分客气，不是她平时的语气，而且，也没叫他大师兄。

其他人都已经走了，程致研关上会议室的门，示意她说下去。

"你觉得我有什么地方做得不够好？"她的声音似有一丝不自然。

她这样问倒让他不好回答，只是本能地反感她在他面前这样耍脾气。

"你现在这个样子就不够好。"他还是一贯淡然的口吻。

她抿着嘴看着他，似乎很久才说："谢谢您指出来，我会改正，也希望以后您对我和对别人一样。"

他笑了笑，道："我不知道哪些事你能做，哪些你不能做，我想最好说清楚，以免以后再遇到这样的情况。"

她没想到他会说这样的话，愣了一愣。

他无视她的表情，直截了当地问："你的意思是，你能做会议记录？"

"是。"她适应得很快，同样公事公办的语气。

"电话会议呢？"

"我需要一副耳麦，免提可能不行。"

"听电话没问题？"

"没问题，只要我可以自己控制音量。"

"好，我记住了。"他看着她，"还有别的问题吗？"

"没了。"她回答。

—— // ∧ \\ ——

"那你可以走了。"

"再见。"

他看着她推开门，头也不回地走掉，心里有种奇异的感觉。

这是他第一次看到她生气，他终于触到了她的底线。

他回去工作，不知为什么很久都放不下这件事。

"你要一视同仁是不是？"他喃喃自语，随即便拨了一个电话给胡悦然，让她把在礼宾和管家轮岗的MT各抽一个，扔给关博远，帮着跟进Friedman的接待任务，其中自然也包括司南。

胡悦然心领神会，很快发了一封邮件出来，收件人是关博远，抄送给了运营部门一干人等。信里还是她一贯的口吻：听大哥您说最近公关部很忙哈，小的也很体谅，谨此献上MT两枚，协理大师接待事务，请大哥笑纳。关博远没理由拒绝，回信道谢。

程致研看了只是一笑，暂且把此事放下，只等着看关博远怎么对司南，查尔斯又如何反应。

八月，台风过境，气温骤降，天降豪雨。

日出之前，浅灰色的密云缭绕于历峰大厦第六十层至第八十八层之间，更高的楼层又穿云而出。站在天庭大堂的玻璃幕墙后面，风裹挟着雨水和未及融化的冰晶扑面而来，宛如置身于风浪中的漂流瓶。

程致研接到吴世杰的电话，邀他一同雨中骑行。

吴世杰是他在波士顿念寄宿高中时认识的，后来又在同一所大学同窗四年，此人现如今在市郊开了一家卖自行车和骑行装备的铺子。

程致研对冒着暴雨骑自行车这种自虐行为兴趣缺缺，无非就是两种情况——顶风骑不动，或者顺风飘着跑，结果都一样，甩得满身泥。

于是，他先是推说，擦车太麻烦了。

吴世杰并不罢休："拿到我店里来，我负责给你擦干净。"

他又说："吴妈，我怕看到你的曲线。"

"你在前面，我不介意看你湿身诱惑。"吴妈是很大方的。

他们是多年的朋友，而且，吴妈还救过他的命，他只得答应。

程致研毕业于一所几乎所有地球人都如雷贯耳的著名学府，并一度效力于校冰球队。说起这支队伍，实在是无愧于"人才辈出"四个字，历届前辈中有著名学者、政界名人，也有华尔街金融大鳄，甚至还有奥斯卡获奖电影《爱情故事》中男主角的原型。也正因为这一背景，他的同窗兼好友吴世杰无论如何都想不通，他为什么会数年如一日地屈就在一群女佣男仆中间，心甘情愿地做这种伺候人的工作。

想当年，程致研初入W集团在曼哈顿的旗舰酒店，颇得当时春风得意的查尔斯赏识，一度也曾有机会直接高升进集团管理层，但那个所谓的机会却因为一场自上而下的人事变动化为泡影，而那场突变的结果就是，查尔斯被发配去了菲律宾，他则直接被塞进管家部做了一个小小的见习助理经理。

那时的吴世杰还大把花着家里的钱，在法学院念一个昂贵的学位，除了写论文写得辛苦，日子过得也算逍遥。他听程致研说起W酒店的组织结构，发现管家部的职衔，十个里面有九个以maid（女佣）结尾，最后剩下的一个也是valet（男仆），便信口给致研起了个绰号叫"丫鬟"，而程致研也投桃报李，开始管吴世杰叫"吴妈"。

从法学院毕业之后，吴世杰在曼哈顿一间律师事务所卖了一年零九个月的命，差点儿害上慢性心肌炎。那场病让他老娘心疼得不行，他便乘机辞职回国，拿了家里的钱，做起了国际贸易，简言之就是把廉价的国产自行车倒卖到美国去，小赚了一票之后，又签下了几个美国品牌的代理权，把专业竞赛级自行车贩到中国来。

现实中能把兴趣爱好和工作完美结合的人并不多，而吴世杰可以算是幸运儿之一。他的生意做得并不是很大，充其量也就是一国际倒爷的身份，但他每天做的都是他喜欢做的事情，还借机结识了许多同道中人，组织了一支骑行队，总共二十来个人，以他的专卖店为大本营，每周一次市郊范围内的小活动，每季度搞一次跨省的大活动。数月之前，程致研调到上海工作，很快就被他纳入骑行队麾下，就连查尔斯和贝尔纳也在他店里买过车子和装备。

是日清晨，两人约好从程致研租住的公寓楼下出发。天还只是微亮，飘着细碎的小雨，很快就乌云密布，豆大的雨滴落下来，不一会儿路面就积水了，泥水开始溅到后背上。他们被雨水和泥水浇得浑身湿透，气温只有二十度出头，顶风骑车，倒并不觉得冷，只是样子很狼狈，毫无形象可言，一路上别人看他们的眼神，好像见了才从动物园里出来的狼。

行至历峰大厦楼下，程致研把车交给吴世杰，就去上班了。他浑身湿透，鞋子里的水多得可以养鱼，幸好时间尚早，办公区大堂几乎没什么人，只有打扫卫生的阿姨看着他忍俊不禁，牵防暴犬的保安如临大敌地要求他出示证件。直至走进电梯，他才松了一口气，却不承想里面已经站着一个人，竟然就是司南。

她看起来神清气爽，身上是一件白T和一条短得不像话的灰粉色运动热裤，斜背着一只粉色Mulberry书包。

"早。"她主动打招呼。

"早。"他回答，转过身对着电梯门，以免和她面对面。

从大堂到天庭办公楼层的那几十秒，长得像一个世纪。电梯门是镜面金属材质，清楚地映出轿厢里的两个人，湿透了的黑色骑行服紧贴在他身上，头发上的水滴下来，沿着脖子滑进领口，她脸上倒没有什么特别的表情。

"这个礼拜上早班？"他随便找话说。

"不是，"她回答，"神经衰弱，睡不着。"

他点点头，又没话讲了。两人同时抬头看电梯面板上的数字。

"你每天都骑车上班？"少顷，她开口问。

他点点头，心里补充，一般没有这样的天气。

"你知道哪里买自行车比较好？我也想买一辆，前一阵跑步把膝盖伤了。"

他想说，骑车对膝盖也挺伤的，脱口而出的却是："你什么时候想买，就来找我，我带你去。"

电梯停在员工更衣室楼层，门打开，她对他笑了笑，说了声："好啊，谢谢。"就走了。

工作时间，他一向是非常注意仪表的，用吴世杰的话来说就是，从地上捡个铁圈儿，随时都能去礼堂结婚。平常虽然也是穿骑行服上下班，却从未狼狈至此，这么不巧就给她撞上了。

也就是在那一天，名媛何苏仪带着她的婚礼策划师来天庭酒店看场地。

何苏仪三十五岁左右，在本城电视台做一个名人访谈节目。她不喜欢人家把她当作媒体人，自称是旧上海豪门何氏家族的后人，常常拿这一背景出来做做文章，仿佛当主持人只是一种消遣，名媛才是她终生奋斗的事业。数月之前，她与某互联网公司总裁公开了恋爱关系，继而又宣布婚期，订下了W天庭的主宴会厅，以及三百人的西式晚宴。

何名媛到达天庭时，已近中午，由公关部和餐饮部出面接待。程致研曾与她有过一面之缘，收到消息，便也上去打了个招呼。

大雨稍歇，天依旧是阴的，历峰大厦第八十四层，挑高七米，面积逾五百平方米的主宴会厅如神殿般华丽肃穆。

餐饮部来了一位宴会销售经理，公关部则是关博远亲自出马，近身陪伴。

何苏仪远远看到程致研进来，便对他笑，朝他伸出双手。程致研走过去，依着何名媛的习惯，与之拥抱吻面。

未及寒暄，便听到大厅两侧的喇叭里传出音乐声，司南从舞台旁的控制室里出来。

到那天为止，司南被抽调到公关部帮忙刚好满一周。凭她的伶俐，再加上和查尔斯的那一层关系，程致研料到关博远会对她特别优待，却没想到已经到了上哪儿都带着的地步，心里觉得有些好笑，但除了笑，又好像有些别的滋味。

司南看到他愣了愣，随即淡淡一笑，那笑似乎意味深长，又让他记起了早上电梯里那一幕。

"何小姐觉得怎么样？"宴会销售经理问何名媛，"我们这里用的是跟歌剧院一样的顶级音响系统。"

何苏仪凝神细听："左边那个位置好像有杂音。"

宴会销售表示很迷茫，从来没人质疑过这一套神级系统。

"我未婚夫是发烧友，对这方面比较挑剔，婚礼上也会有些特别的节目。"何苏仪解释，又看看周围几个人，"你们真的听不出来？"

程致研和关博远都准备开口解围，却没想到有人比他们反应更快。

"是有一点，我去叫工程部的技师过来看一下，应该只是设备调试的问题。"司南道，说完就去打电话找人了。

何苏仪对这个态度十分满意，她还要去电视台录节目，所以先行告辞，留下婚礼策划师检阅其他项目，鲜花、桌布、舞台背景、菜色、酒水，不一而足。

临别，她对程致研道："看到Sylvia，代我向她问好。"

"……好。"程致研没想到何苏仪会突然提起这个名字。

Sylvia?

他从来不这么叫，只说"她"，或者干脆叫中文名字，陆玺文。

大约两年前，W天庭筹建期间，陆玺文是来过上海的，在国际频道做过一期访谈节目，采访她的就是何苏仪，两人恐怕就是这么认识的。

名媛走后不久，司南领着工程部的人来了。

检查之后，技师很郁闷，问："一切正常啊，到底是什么毛病啊？"

"别问我，"司南对他笑，指指自己的耳朵，"我戴助听器的。"

程致研在一旁冷眼看着她，心想这妞儿还真是不简单，方才反应这样快，对名媛连声附和，现在又能如此坦然地拿自己的缺陷打趣，实在想不通那天的例会上，她为什么会对他的一句话那样介意。

"找音响公司的人来重新调试一下吧。"他交代了一句，就离开了宴会厅。

回到办公室，程致研便开始觉得头痛，不知是因为何苏仪临走提到的那个名字，还是因为早上淋的那场雨。

当天晚上，程致研就病了，先是发烧，烧到三十九度几，第二天一早热度退了，又开始重感冒。他对医院有严重的心理阴影，没有去看医生，只请了两天年假，在家休息。

那两天里面，他跟查尔斯通过一次电话，秘书给他送过一次东西，钟点工来打扫过房间，临走替他煲了一锅鸡汤。他吃了感冒药，睡得醒不过来，整锅的汤都烧干了，如果不是吴世杰刚好过来看他，很可能会煤气中毒就此挂掉。

"你看，我又救了你一次。"吴世杰居功自傲。

"要不是你，我也不会感冒。"他都不记得上一次生病是哪年哪月了。

"拜托，说话可不可以不要这么暧昧，别人听到会怎么想。"吴世杰赶紧撇清关系。

他哑着嗓子大笑，他们俩被人当作是一对也不是一次两次了，吴世杰女朋友太多，他又一个都没有，总之都是定不下来的人，也难怪别人那样想。

临走，吴妈又劝他："你这个样子，还是到酒店去住几天吧。"

"都差不多好了，明天就回去上班。"他推托道。

以他的职级，是可以在天庭有个长期的房间的，但这个特权，他从来没用过。每天在那里工作十二个钟头，有时甚至更久，戏都演够了，总得给自己留个喘气的空当。

而且，他也很中意现在住的地方，中华人民共和国成立前造的西式公寓，房间很大，地板踩上去咯吱作响，窗很多，窗边绕着凌霄和爬山虎，阳台对着一个小公园，有些像记忆中小时候的那个家。邻居大多是上了年纪的阿公阿婆，要么就是喜欢搞殖民地情调的外国人，见了面都很热络，背过身谁都不认得谁。他觉得这样很好。

两天之后，程致研回去上班，工作堆积如山，一连几天他都加班到很晚。

很快就到了周末，那天晚上，沈拓突然来办公室找他。

他有一阵没见过她了，同期的培训生当中，最受mentor冷落的估计也就是她了。想到这个，他心里多少有些愧疚，赶紧让她进来坐，放下手里的事情，耐下性子来问她：最近都做些什么？怎么这么晚还不下班？

沈拓回答说，这一个礼拜都在做"大师计划"的Welcome Package，因是第一次没什么把握，看了许多从前的资料，总算做完了，明天就要交了。

"关博远让你一个人做这个项目？"程致研打断她问。

"不是，"沈拓摇头，"还有司南，关总让我们两个人写一个草稿出来，然后给他审核。"

"怎么不见司南加班？"

"她也加班，我们分工不同。"沈拓解释，丝毫没有贬低别人抬高自己的企图。

程致研对她的印象更好了，对她说："先拿来让我看一下吧。"

她笑着说"好"。计划书她已经打印出来，随身带来了，此行的目的或许就是来听听他的意见的。

最前面是大师Friedman的背景介绍，任何一个百科网站上都能查到同样的内容——Alfred Friedman，现年二十六岁，十一岁成名，获过无数世界级大奖，签下一个又一个天价唱片合约，一次接一次的环球巡演……

而后是经纪公司向W天庭提出的要求：

1. 吃全素，厨房需单独准备一套全新厨具，以免沾染荤腥。

2. 在餐厅用餐时，必须有单间，保证不受打扰，不与其他人同桌。

3. 饮用水只限指定牌子的矿泉水，以及指定年份的Krug香槟。

4. 每天下午四点饮英式下午茶，大吉岭红茶、司康和青瓜三明治。

5. 床单一日换两次，浴室龙头里放出来的水需经水质及酸碱度测试。

6. 入住酒店期间，未经经纪公司安排，不签名，不接受任何形式的采访，亦不能有任何身体接触。

……

看完这整整一页，程致研笑问："跟你们联系的是不是Friedman的秘书戴安？"

"对。"沈拓点点头。

"戴安人很不错，"他向沈拓解释，"之所以提这么多古里古怪的要求，是因为Friedman有艾森曼格综合征。"

沈拓有些意外："司南在一个乐迷论坛上看到别人这么说，原来是真的。"

她们果然是分工不同，司南也是做了不少功课的。

"Friedman每次去纽约，就会住在曼哈顿的W酒店里，那里的人都知道，他其实不难相处，只是很讲究规则。"他试着宽慰沈拓。

看得出公关部这次真的是动了一番脑筋的，给大师准备的房间是位于九十二层的"夕雾"套房，面积约为两百平方米，复式两层，看正江景。为了保证安全和安静，"夕雾"上下左右的房间都会被空出来，在Friedman逗留期间无人入住。

宴会厅的斯坦威钢琴也将被搬到夕雾套房，供大师使用。那架琴是价值数百万美元的古董，每移动一次都要请专家调音保养。但就算再麻烦也是值得的，这架花大价钱从索斯比拍得的古董琴，经Friedman之手弹过，媒体不可能不报道，天庭想不出风头都难。

所有这一切安排，在将要发给Friedman经纪公司的Welcome Package里都有制作精美的照片和详细的英文介绍，文笔很不错。

"这一段是谁写的？"程致研指着一段客房介绍问沈拓。

她看了看回答："哦，是司南。"

"她一个人写的？"

"对，"沈拓就是这么老实，"她说她只是抄了几句艾米莉·狄金森的诗，但我觉得她英文真的很不错，笔头特别好。"

程致研笑了笑，并未多言，指出几个措辞上的小问题，就把计划书还给了沈拓。他想，这恐怕是个机会，让关博远知道，他不只会叫姐姐。

程致研的办公室在第七十九层的西北角，只有一面是墙，其余三面都是玻璃。已是深夜，天是黑的，没有星星，天际线以下，远近都是灯光璀璨的。房间里只开着一盏台灯，暖白色的光照着两个人。

谈完工作，沈拓仍旧没有要走的意思。她到底不是长于此道的女孩子，盘桓了几秒钟，气氛便有些尴尬。

她来的时候，手里拎着一只印着酒店LOGO的无纺布袋，方才说话的时候就一直放在脚边，没有动过，直到此时才弯腰从里面拿出一只不锈钢保温杯，放到他的办公桌上。

"这两天总听到你咳嗽，这是感冒茶，我让家里的阿姨煮的，我从小就喝，不苦，而且很有用。"她这个人就是这样，会紧张，但不会慌乱，只是说话的语速变得很快。

程致研有些意外，他与同事的关系一向很淡，而且，也无意改变。

"太麻烦你了，"他对她说，"可惜我不大能吃中药。"

她知道他是在国外长大的，以为他不相信草根树皮那一套，一时便又讪讪的。

"你为什么会觉得我怕苦？"他笑着问她，想缓和一下气氛，不至于让她下不了台。

"是我自己怕苦，总以为别人跟我一样。"她也回了一个微笑，伸手拿起那只保温杯，放回袋子里。

她俯身下去的一瞬，细柔的灯光倾泻在她身上，衬衣领口露出一点锁骨，显得有些瘦弱。他看着她，有一刹那的感动，毕竟祖父去世之后，再没有谁为他做过这样的事情了。

他不想太扫她的兴，就多解释了一句："我不能吃中药，是因为胃不好。清热的药里常有黄芩，我一吃就会胃痛，痛怕了，所以不敢吃。"

沈拓听他说得这样内行，倒被他镇住了，笑了笑回答："我还真不知道这里面有没有黄芩。"说完就拿了东西，告辞走了。

第二天一早，她又来了，仍旧是那只保温杯，放在他桌上。

"这次是我自己泡的，"她对他说，"桑叶、菊花、薄荷、甜杏仁和竹叶，没有黄芩。"

他抬头对她笑，有些无奈，却还是把杯子留下了。

她转身要走，又被他叫住。

"你有没有跟别人说，我替你看过大师计划的草稿？"他问她。

"没有。"她回答。

"那很好。"他点头。

她定定看着他，脸上有些疑惑，却什么都没问。

人的第六感是很神奇的东西，从那时开始，他觉得她是可以信任的。

九月，台风走了，大师计划在顺利进行中。

Friedman的行程，以及随行人员的数量已经确定，房间都已预留出来，酒水饮料、厨具、床品，也都按照特殊要求，一一采购到位，由公关部准备的Welcome Package也交到了经纪公司手上。

一切都和程致研预料的一样。

中秋节过后，便是名媛何苏仪结婚的日子。

名媛的未婚夫王晋，是一家社交网站的总裁兼CEO。那个网站即将在纽交所上市，正处于最终审核之前的静默期。虽然按照证券市场的惯例，王晋需保持沉默，不得向投资者提供消息，但不妨碍他与何苏仪一起在娱乐版频频高调亮相。

王晋的主场在北京，他发迹的时间不长，还没来得及到处置业，一到上海就住进了天庭酒店，何苏仪时不时过来看他。所以，婚礼前的那个礼拜，几乎每天都能在金融区方圆一公里内看到他们的身影。

而如影随形的还有另一群人，那就是娱记。

其实，王晋说穿了不过是一个互联网新贵，何苏仪是主持人，做的又是财经类节目，虽说有些名气，但也算是比较小众的，之所以能吸引这么些狗仔队，完全是拜王晋的前妻所赐。

王晋的前妻姚路是演员，几年前两人结婚时，王晋刚刚辞了工作开始做网站，真真是砸锅卖铁，一点积蓄都没有，吃的、住的、用的都是姚路挣出来的。后来，王晋的网络公司经过几次成功的融资，身家越来越可观，两人之间的关系却是急速恶化，很快就协议离婚了。当时只说是性格不合，直到年初，何苏仪公开了与王晋的恋情，才有人开始猜测，王、姚二人婚姻走到尽头，何名媛或许"功不可没"。

这一本情债在娱乐记者眼里是不可多得的好题材，跟踪的跟踪，蹲守的蹲守，巴望着能抓到爆炸新闻，最好王、姚、何三人狭路相逢，大打出手。于是，那几天天庭的大堂吧里总是坐着几个这样的人，看打扮就知道不是习惯消费五百元一顿下午茶的人物，每次都只是枯坐，看到何苏仪和王晋就冲上去拍照采访。

礼宾部出面赶过几次，没用，却也不敢做得太绝，说到底还是因为天庭没有深厚的媒体根基，与记者撕破脸，到头来恐怕引火烧身。

不得不说何苏仪在这点上做得十分漂亮，确有几分名媛风范，她并没有为难酒店，反而自掏腰包为在蹲守的记者提供简餐，中西式自选，扬州炒饭或者法式三明治，趁那帮人吃得开心，自己则和王晋二人从VIP通道从容出入。

就这样，总算混到了婚礼当日，主宴会厅里一早就有人布置、彩排，公关部的小喽啰们也被叫去帮忙，司南和沈拓自然就在其中。程致研刚上班就在电梯厅遇到她们，两人都已换了制服，正准备去八十四层。

他并不是喜欢研究女人穿着打扮的人，却不知为什么一眼就注意到司南脚上的鞋。她没穿酒店发的四平八稳的中跟工作鞋，却穿了一双黑色高跟鞋，鞋跟足有四寸，越发显得腿很直，足踝纤细。

他心里却只是想：这个笨蛋，穿这样的鞋站上一天，真是找死。

果然，到了下午，他又在管家部仓库遇到她，她正缠着保管员要小号的曲别针，说是伴娘礼服上要用的，趁机就找了个地方坐了一会儿，脱了鞋子，说腿快断了云云。

他突然也有了幸灾乐祸的兴致，对她说："谁叫你穿这样的鞋。"

她并不介意，笑答："听说六个伴娘里有三个是模特，我不想站直了只到人家肩膀。"

"去换双鞋吧，"他劝她，"还有大半天要站呢，晚上宴会开始后事情更多。"

仓库保管员拿着一盒曲别针来了，她一把接过去就要走，嘴上说："来不及了，人家等着用呢。"

"那我替你去拿吧，你的工作鞋在哪儿？"他脱口而出。

"在更衣柜里，可我没带钥匙，"她回答，"钥匙在我办公桌上的笔筒里。"

"好，我一会儿给你送过去。"

她笑着谢了一声就走了，剩下他在那里不敢相信自己真的揽了这么个差事。

但既然答应了，就要做到。他先去公关部办公室，找她的钥匙，而后又去女更衣室，托一个管家部的女孩子找到了她的工作鞋，装在一只塑料洗衣袋里拿上去。

他在上行的电梯里遇到查尔斯的秘书元磊。

元磊手里拎着一只菲拉格慕的纸袋，看到是他，就说了一句："帮老板买点东西。"

程致研点点头，心想，何苦跟我解释。

电梯到第八十四层，他走出去，元磊也跟着出来了。

—— // ∧ \\ ——

司南正跪在前厅的地毯上，帮司仪往身上别扩音器。

他站在原地，眼看着元磊朝司南走过去，把那只红色纸袋交到她手上，很快退回电梯里面，独自下到办公楼层，又找了个人把那双鞋送回员工更衣室。

他突然想起小时候的自己，那时他曾经怀疑自己是被诅咒的，所有梦想都不会成真，噩梦却会一一实现，想要的东西都得不到，即使握在手里也留不长久。不得不承认，命这种东西，是很玄妙的。

午夜之前，他正准备换衣服回家，手上的黑莓振起来，是四位数的内部号码，屏幕上闪着的名字是沈拓。

她从来没打过这个号码，他有些不好的预感，接起来就问：“什么事？”

“有几个记者闹事，要见领导，关总已经下班了。”话说得简单明了，背景很吵。

“就你一个人？”他问。

“不是，大堂值班经理也在，还有司南。”

“叫保安了吗？”

“叫了。”

“你们现在在哪儿？”

“商务中心的面谈室。”

“我马上过去。”他揉了揉额头，出了办公室去电梯厅。

五分钟之后，程致研到了位于第八十层的大堂。从外面看，场面控制得很不错。当时已近午夜，大堂吧已经没人了，只有礼宾柜台前有一对男女在办入住手续，接待员笑脸相迎，轻声轻气地讲话，一根针落在地上也听得到。但就在十几米开外，商务中心的面谈室里已经闹开锅了，几名穿黑西装的保安等在门口没有进去。

闹事的记者有四五个，看样子不是同一家媒体的，带头的是一个三十几岁的胖子，正指着大堂经理的鼻子骂："你们这是开门做生意的态度吗？小包的照相机是何苏仪的人摔坏的，你们不管，反倒把我们扣在这儿，你们今天必须给我们一个解释！必须给我们道歉！"

大堂经理脸上是处理投诉时的标准表情，微笑，时不时点头，表示万分理解，直到看见程致研进来，那招牌式的笑容才松懈了半分，欠身起来，对胖子说："蒋先生，这是我们副总，姓程。"

程致研的名片递过去，胖子就开始对他控诉在场的每一个天庭的人。他笑着听着，打太极似的绕着，这种事他见得多了，一向是对事不对人，不管客人怎么无理取闹，他都不会生气。他觉得面前这个姓蒋的胖子其实并不坏，不过是因为守了一个礼拜，什么新闻都没捞着，回去没法交差，所以急了，等骂够了，送几张餐券，至多一晚住宿，也就打发了。至于道歉，是最容易、最不值钱的。

控诉完大堂经理，胖子的矛头转向司南："还有你，我刚跟你说话，你为什么不理？"

司南愣了愣，笑了一下。

"你别笑，说的就是你！狗眼看人低是不是？"胖子又伸出胡萝卜似的食指。

程致研走上一步，挡在司南前面，把胖子的手拨开，不轻不重地说了一句："蒋先生，请你自重。"

胖子见状嗤笑一声："怎么，就她说不得是不是？"

"蒋先生，"司南往边上推了推程致研，还是对着胖子笑，"你刚才跟我说话，我没听见，是这样的……"

程致研伸手拦住她，对沈拓说："去叫保安进来。"

沈拓和大堂经理同时愣了一愣，另外那几个记者却开始群起而攻之。沈拓赶紧开了面谈室的门，保安鱼贯而入，不多时就控制住了场面。

临出门，胖子瞪着程致研，威胁道："你等着红吧！"

他看着胖子，回答："行啊，我等着。"

程致研知道，这件事可能远未到了结的时候。他从来就不是一个幸运的人，每一次冲动，每一个鲁莽决定，都终将付出代价，但是，至少对于司南和沈拓来说，这漫长的一天已经过去了。他让她们去换衣服，然后打电话给车队，让值班的司机开一辆商务车出来，送她们回家。

司机问他地址，他怔了怔，回答："把车停在办公区楼下，钥匙留给门卫就行了。"

他独自下到底楼，从门卫那里拿了钥匙，坐在车里等她们。不多时，司南和沈拓一前一后从旋转门后面出来，看到他坐在驾驶座上很意外。

"上车，"他对她们说，"我送你们回去。"

"你肯定？"司南笑起来，"沈拓家倒是不远，可我住在浦西。"

"那就先送沈拓，再送你。"他看着她回答，脸上还是淡淡的表情，"我也住浦西，反正都要过江的。"

她们听他这么说，异口同声地道了谢，拉开车门却不知道该怎么坐。让他像司机一样，一个人坐在前面似乎不太妥当，但谁坐副驾位置，好像也是一个很难决定的问题。

最后还是他开口发话，说："都坐后面吧，记得系安全带。"

两人倒还听话，上车坐定，分别报了地址。他发动车子，开出U形车道，驶上往南去的大路。时间已是凌晨，金融区几乎成了一座空城。从历峰大厦到沈拓家住的那个小区，不过十来分钟的车程，一路上两个女孩子都在聊名媛婚礼上的见闻，诸如新郎的朋友带来的女伴是谁谁谁，何苏仪的婚纱是多少钱买的，戒指上那颗石头有多大。

他第一次知道原来沈拓也这么能聊，她一向是安静的，看起来自信而高洁，几乎让他忘记了她也只是一个二十岁出头的小女生，而这个年纪的女孩子，对婚礼这种话题，都是热衷的。反倒是司南，平常看起来温暖随和，说起结婚却带着些冷冷的、嘲讽的态度。

程致研在前面听着，插嘴嘲笑司南："你才几岁？参禅参得这么透彻。"

她哼了一声，回答："程先生的意思是像我这样的'特殊情况'，不应该这么挑剔？"

他从后视镜里看她，没想到她仍旧在意那句话，心里却觉得有点好笑，她可以全无所谓自嘲，可以圆滑到那样的地步，利用自己的残疾大打悲情牌，却为什么独独对他的一句话耿耿于怀？

沈拓说了几句打圆场的话，司南却还是无意退让，问程致研："这和年纪有什么关系？你比我大，不是也没结婚吗？"

"因为我是风向星座，不喜欢建造，所以只能漂泊。"他随口胡扯，凡是不能回答的问题，就都归咎于星座，此乃真理，颠扑不破。

"你都漂了哪些地方？"

"最早是在纽约，而后是科罗拉多州的阿斯本……"他边想边说，"波多黎各的圣胡安、巴黎、沙特阿拉伯的杰达港，菲律宾，然后就是这里。"

"每个地方待多久？"

"最短的六个月，最长的不到两年，平均一年不到吧。"

"也就是说你快要离开上海了？"

还没等他回答这个问题，沈拓家就到了，让他在一个居民区边上停车。

"我送你进去吧。"他对沈拓说。

"不用,"她回答,"让司南一个人留在车上也不好,而且这里不能停车。"

她说话一向简洁,有理有据的,让人不能反驳。

沈拓下车之后,他们调头回去,进入过江隧道之前,又经过金融区,刚才那个话题就这样被忘了。

司南指着一座绿色玻璃幕墙的房子问他:"你为什么不住行政公寓?这么近,多好呀。"

那幢房子就在历峰大厦对面,关博远和其他几个孤身在上海的外籍高管就住在里面。

"我有幽闭恐惧症,不住不能开窗的房子。"程致研回答,语气是认真的,内容多半是玩笑。

司南冷笑了一声,说:"这么多怪毛病。"

"神经衰弱的人不要说人家。"他顶回去。

她不跟他争,松开安全带凑过来,朝他伸出手:"我的鞋呢?"

有那么一瞬,他紧闭嘴巴,很快又恢复常态,编了个理由:"刚才有点事情,忙起来就忘了。"

"就知道你是随口说说的。"她看起来并不介意,一只手扶着他的椅背,下巴靠在手上,那动作就好像伏在他肩膀上似的。

"坐好,系上安全带。"他提醒她。

"后排也要系吗?"

"对,麻烦你了,我车开得不好。"他一字一句地说。

她缩回去坐好,他突然弄不懂自己此行的目的,或许本来就没有,或许是忘记了。那之后他们就没再讲话,一直到司南住的地方,那是一个很不错的地段，小区里树影婆娑。她下车，谢了他，说了声再见，关上车门转身朝小区里面走。

"司南。"他降下车窗，叫她的名字。

她没回头，继续朝前走，然后拐了个弯就看不见了。

后来他才知道，即使戴着助听器，在她身后讲话，她多半是听不到的。她口齿清楚，反应也很快，不知情的人都以为她是正常人，即使是他，有时候也会忘记她听力有问题。

次日下午，程致研的报应就来了。

前一晚那个姓蒋的胖子是本城一家报社的娱乐版记者，入行也有几年了，很清楚圈内的规矩。此次冲突的核心其实是娱记和名媛，损坏的照相机也已经得到赔偿，整个过程中，酒店方面只是出面维持秩序，并无明显过错。在这件事情上过多纠缠，非但不会给天庭带来多少麻烦，反倒会让记者这一方很不好看。而且这种事情，大家看得都多了，心里都明白是怎么回事，再怎么搅和也激不起多大的水花。

因此，蒋胖子很聪明地选择了另一个角度，他联合了几个婚礼当天在场的记者，号称在食用了天庭酒店提供的火腿奶酪三明治之后，出现了腹泻症状，出具了医院证明，并将剩余的三明治送检，检测得出的结论是奶酪中酵母菌的数量超过国家标准数倍。就这样，此次事件从娱乐版成功升级到了社会版。

像W天庭这样的外企本来就是媒体最喜欢的曝光对象，一无政府背景，二无公关根基，而且名气大牌子响，一曝就是一个大新闻，又没有那么多牵牵连连的后遗症。观众看得也过瘾，一边看一边说：那些洋玩意儿卖得那么贵，说得那么好，原来也不过如此！充分激发了新闻工作者的职业自豪感，以及广大人民群众的民族自豪感，实在是不可多得的良机。

———// ∧ \\———

而这次的机会，等于是程致研亲手奉上的。他心里很清楚，事情本来完全可以小事化了，是因为他的处理不当，才变成了现在这样的大问题。当夜的情况，他不指望其他人会完全不知情，也无意逃避，主动就把主持善后工作的责任担了下来。

新闻见报之后，他临时召集公关部和餐饮部开了一次会。

会上，关博远看起来忧心忡忡，一开口就表示，公关部的工作安排本来就相当吃紧，出了这件事实在是雪上加霜。话虽是这么说，其实却早已进入看戏模式，只等着看程致研如何收场。

与之截然相反的是餐饮部的态度，贝尔纳是真心急了。这样的新闻一出，当地卫生防疫部门很可能会来做一次全面检查，如果食物中毒的罪名落实，餐厅将被勒令整改，酒店的声誉势必蒙尘。而且，出问题的奶酪是全进口食品，最坏的结果就是W酒店的全球采购供应链都将受到质疑，一旦到了那个地步，可能整个酒店的正常营运都要受到影响。

作为直接当事人的咖啡厅主厨萨瓦多是一个三十岁出头的意大利人，听程致研说完那则新闻里提到的检测结果，就插嘴叫屈："这是马苏里拉奶酪，不是美式软奶酪啊！里面怎么可能没有酵母菌？！"

这个道理在座的大多数人都懂，吃的东西里面就算检出大肠杆菌也是正常的，关键在于菌落群的数量。

九月的上海还没有多少初秋的感觉，连日来天气晴好，东南风带来海上的水汽，气温仍在三十度上下浮动。在这种温度和湿度下，奶酪是在离开厨房之后马上放在显微镜下面，还是数个小时之后再接受检查，得出的结果肯定是不一样的。而蒋胖子也正是钻了这个空子，才能把事情闹得这样大。

一连几天，程致研在这件事情上耗费了许多精力，他手上的筹码并不多，却丝毫没有妥协的打算。

幸而何苏仪做事还算漂亮，动用了自己的关系，尽量把影响控制在一定范围内。与此同时，程致研忙于应酬卫生检疫所的监督员，又委托酒店法务部的律师去调查了为蒋胖子提供检测服务的单位。

调查结果对天庭十分有利，那家名为"上海全卫食品检验服务中心"的机构，其实并没有出具检疫结论的资质，它的主营业务只是为其他食品生产企业经办各种许可证。那则新闻里所说的食物中毒、细菌超标，实际上是完全经不起推敲的，但话语权掌握在人家手里，天庭百口莫辩，除非索性把事情闹大，出律师信告报社诽谤。

是不是真的要这样做？做了之后又会有什么样的结果？程致研心里并无十分把握。也就是在这个时候，查尔斯找到他，说要跟他谈谈。

那时已是傍晚，斜阳西照，江面上波光滟滟，远处电视塔巨大的玻璃球体反射出荧粉色的光线。

"天气真好，不是吗？"查尔斯好像只是随口寒暄，"今天的照片拍了吗？"

"还没有。"程致研回答。

"那正好，拿上你的照相机，我们上去吹吹风。"

查尔斯知道程致研的习惯，每到一座城市，他都会选一个地方，每天在同一位置同一角度，拍摄一张照片，即使他自己走不开，也会托别人按下快门，风雨无阻。他会把那些照片裁成等宽的竖窄条，一天一条，直至拼接成一幅完整的风景。到那个时候为止，他有六张这样的风景照——纽约、阿斯本、圣胡安、巴黎、杰达港，还有云域岛。

在上海，他的拍摄点在历峰大厦的停机坪，绝对的制高点，可以俯瞰大半个上海，西面安全护栏内侧有一个银色喷漆做的记号，他每天都把三脚架架在那里。

他们坐直达电梯到顶楼，再走上三十六格台阶，推开一道门，便是停机坪。那是一个云淡风轻的日子，即使在那样的高处，风也并不凛冽，空气里混杂着夏末的绵软和初秋的瑟瑟。

查尔斯看着远处，突然问程致研："知道何苏仪为什么会帮这个忙吗？"

他没想到查尔斯对事情的进展这么清楚，只是沉默，等着下文。

"王晋的公司下个月十一号在纳斯达克挂牌，"查尔斯继续说下去，"Walden夫人是董事会成员。"

Ms.Walden，只这两个字便能令他如芒刺在背。

曾经有人叫她"那个姓陆的女人"。

后来她给自己起了个英文名字叫Sylvia，自诩是她朋友的人，或是刻意套近乎的人都喜欢这么叫。

再后来，大多数人都按照她的身份，叫她Ms.Walden。

但因为沃尔登家有太多位Ms.Walden，又有人叫她Lady W，以示区别。

这么多种称呼，全都指向一个人——陆玺文。

程致研静了片刻，才问："她知道这件事了？"

"也许知道，也许不，这不是关键，"查尔斯回答，"在这个圈子里，每个人做每件事都是有原因的，我相信你也明白这一点，只是有时候需要提醒。"

他突然很想问查尔斯：你为司南做的一切也有原因吗？如果有，又是为了什么？

查尔斯微笑，就好像会读心术，却并不打算给他一个答案，还是跟他谈工作："Friedman还有十天入住，食物中毒这件事，必须在那之前解决，没有诉讼、没有后遗症。"

程致研点头，这些道理他都懂，却不知为什么昏着连连。他想到陆玺文，想起十七岁时的自己。那个时候，他答应过她，不再辜负她的期望。

　　次日，所有筹码，软的硬的，全都摆上台面。大家都是聪明人，知道怎么做才能双赢。

　　就连那个蒋胖子也在受邀之列，作为一个一线跑新闻的小娱记，与领导们同坐一桌，怎么能不受宠若惊？开席不久，就已经完全换了一副面孔，连连与程致研对饮，只差直说：大哥今后若有什么托付，小的在所不辞。

　　程致研信命，也信基因，他平日里静水流深，其实却在交际应酬方面天赋异禀。这件事，他本可以做得更好，把司南的情况告诉他们、把那天的误会从根本上解开，但他不愿意。他自知身不由己，也不介意把自己放到最低，只能退守一条底线——不再把她牵连进来。

　　Friedman将于九月的最后一个星期日到沪，在那之前，食物中毒事件已圆满解决。蒋胖子所在的报纸在社会版刊登了一则后续报道，对整件事情做了澄清——记者不适另有原因，奶酪检测过程存在不合规步骤，酒店主动配合复检，并顺利通过云云，既吹捧了天庭，又把自己包装成为还原事实真相不吝于承认错误的新闻先锋。而程致研也借此机会，在本地媒体中打开了关博远一直未能打开的局面。

第 5 章

随后整整一个礼拜，程致研都没跟司南讲过话。两人偶尔遇到，她还是会像从前那样主动同他打招呼，他只是点点头，或者笑一笑，并不多理会。他觉得这样很好，彼此都可以按照原来的方式，沿着既定的轨迹走下去。像上次那样的错误，他至多只允许自己犯一次。

与此同时，他倒是花了不少时间在沈拓身上，很有一些mentor的样子。工作上，他是个讲究细节的人，对沈拓却总是很宽容，即使她犯了低级错误，也只是温和地对她说：It's fine, let's start from this point. （没关系，让我们重新开始。）

沈拓在他面前也渐渐放开了，平常遇到事情，或者有什么问题都会来找他，听听他的意见，有时还会跟他聊起一些工作之外的话题。她很聪明，学业上几乎可以说是无可挑剔，做事也很努力，只是待人接物不如司南那样玲珑。

在这一点上，关博远对她总是不甚满意，跟程致研提过几次，说她是金融专业出身，又是这样的性格，不如转去财务部工作吧。但程致研却偏偏喜欢她的不玲珑，他知道她并非懵懂，只是不屑钻营，只要她愿意，她也有很乖巧的地方，就好像她从来就不用他交代，就会把公关部发生的一些事情告诉他，但他对她说的话，却不会有第三个人知道。他不知道这种淡淡的却又是坚实的信任从何而来，自从进入W集团，他从未对任何人有过这样的信任，所以唯有分外珍视。

九月眼看就要过去，天气一日日清冷。Friedman抵沪之前，经纪公司派了一个代表到上海踩点，大师即将下榻的酒店自然也在考察之列。

位于第九十四层的夕雾套房早已布置停当。在天庭所有的一百五十间客房当中，夕雾不是最大的，也不是最豪华的，却是最优雅别致的，名家设计的Jugendstil（青春风格）装饰，紫檀木的黑配上丝绸和羊毛的柔白，是不流于庸俗的奢华，挑高的落地窗正对黄浦江，那架价值不菲的古董钢琴也已在窗边就位。

那天的参观，由关博远亲自陪同，程致研没有插手，当时的情形沈拓自会告诉他。

经纪公司的代表对其他安排都很满意，直到公关部一干人等带着他去看"夕雾"套房，代表说那间屋子和之前发过去的书面介绍里说的不一样，介绍里说从房间里可以看到日出，但实际上，所有的窗户都朝着西南方向。

"如果我没搞错的话，从这里是不可能看到日出的。"代表这样对关博远说。

"您确定介绍里写的是日出，不是日落？"关博远反应很快，脸上的笑也还算自然。

"当然，"代表不满意他的质疑，"那段介绍里还引用了两句艾米莉·狄金森的诗——当长夜将尽，旭日触手可及。"

在场的所有人心里或许都颤了一颤，就好像学生进了考场，才发现背错了科目。

起初关博远还试图跟人家套近乎，把这个小小的朝向问题绕过去，毕竟在黄浦江的这一边，要找到一扇既能看到江景又能看到日出的窗子是违背自然规律的。但经纪公司方面并不买账，坚持要么换房间，要么就索性取消预定，另寻酒店入住。

此时距离Friedman抵沪仅剩两天，换房间肯定是行不通了，初秋是旅游旺季，即使是天庭这样收费昂贵的酒店，入住率也都不低，再加上经纪公司提出的那些稀奇古怪的条件，根本没可能再匀出另一所完全合格的房子。

程致研等的就是这个结果，他需要这样一个机会，让某些人心悦诚服地明白谁才是真正的老板。

这次的大师计划，公关部、餐饮部、房屋部已经做了那么多准备工作，不管是人力还是物力，投入都很可观。风声也早已经放出去了，大师首次来华将入住W天庭，如果临时改了其他酒店，各种各样的猜测都会有，天庭的声誉很可能会受到影响。

Welcome Package是沈拓直接经手做的，现在出了这样的疏漏，她也是直接责任人之一。虽然那段客房介绍是司南写的，而且关博远也看过审过，但司南至少有查尔斯这个后台，按照关总的人品，不太会拿她开刀，沈拓的日子恐怕就没那么好过了。

当天下午，程致研经过复印室，看到沈拓面对角落静静地站着，身边那台复印打印一体机并没有在工作。他看着她的背影，叫了她一声。她回过头，脸上的表情还算平静，丝毫没有哭过的痕迹，但他还是能看得出来，她是担心的。

沈拓看见是他，开口就问："最坏的结果会怎么样？"

"不会有什么最坏的结果。"他这样回答。

她看着他，点点头。

"你没什么要问我的吗？"他反过来问她。

她摇头："如果有什么我该知道的，你会告诉我，不是吗？"

"当然，你不用担心。"他对她笑，揽过她的肩抱了一抱，然后就走了。

也就是在那天下午，关博远终于承认，这件事仅凭他一己之力，已经收不了场了。当然，他是酒店公关圈子里的老江湖，总是抱着一个坚定的信念，他关某人摆不平的事情，别人肯定也没办法搞定。于是，他写了封信给程致研，打算正式把这个烂摊子推了。

程致研没有推诿，算了算时差，打电话给Friedman的私人助理戴安。Friedman签的是一家美国唱片公司，助理戴安也是美国人，年纪在四十五岁左右，说话吐字清晰，铿锵有力。

戴安和程致研也算是旧识了，大约六年前，Friedman刚刚在乐坛崭露头角，曾经因为演出的关系，在曼哈顿的W酒店住过一段时间。当时，程致研正在管家部当差，Friedman还不到二十岁，是个文弱安静的男孩子，名气也没有现在这么响，他和戴安在一起，就像是一对普通的母子。程致研很喜欢那种感觉，所以，对他们格外照顾。

戴安很清楚程致研为什么打这通电话，开门见山地对他说："研，我也不想看到事情变成这样，但你是知道的，Alf有时候固执得像个小孩子，他认定的事情很难改过来，他不会跟你讲道理。"

"那么你们准备住哪儿？"程致研也直截了当。

"对岸的上海总会，他们说可以安排两个套房给我和Alf，其他人住在邻近的酒店。"

"只是为了看日出？"

"对，只是为了看日出，"听起来，戴安也很伤脑筋，"谁让你们在房间介绍里引用艾米莉·狄金森的诗句。"

程致研轻笑，不得不说司南是很聪明的，她一定是从哪里看到Friedman喜欢艾米莉·狄金森，这一招本来是高明的，只可惜因为一点粗心，聪明反被聪明误。

"戴安，就算帮我一个忙，"他笑道，"替我问问Alf，还记不记得他给我看的第一首艾米莉·狄金森的诗。"

"做什么？"戴安不懂。

"没什么，叙旧罢了，如果他还记得，或许会重新考虑这次的行程。"

"好吧，但别抱太大希望。"戴安摸不着头脑，但还是答应了。

午夜时分，程致研接到戴安打来的电话，确定Friedman行程照旧，一天之后到达上海，还是住在W天庭的夕雾套房。

挂掉电话，他坐在办公桌后面默默地笑起来。受祖父的影响，他曾经厌恶除了中国古体诗之外的所有诗，连带地对写诗出名的人写的其他东西也敬而远之，这种偏见直到他读过威廉·华兹华斯和艾米莉·狄金森之后才得以消除，而这两位诗人的作品，都是Alfred Friedman介绍给他的。

Friedman记忆力惊人，当然不会忘记那首诗：

If you were coming in the fall,

I 'd brush the summer by

with half a smile and half a spurn.

如果你能在秋天到来，

我会把夏季拂去，

半含微笑，半带轻蔑。

次日一早，程致研回信给关博远，告知了最新的进展。那封信不仅发给关总一个人，同时还抄送给了参与大师计划的一干人等，其中并没有明显苛责的话，只是交代关博远在整个接待计划完成之后，针对这次的波折做一个总结。

信的末尾有一句话：This is a valuable experience for you.（这对你们来说是一次宝贵的经验。）

他没有用"lesson（教训）"这个词，但字里行间的意思，相信关总心里都明白。

事情圆满解决，程致研心情不错，只可惜好景不长，短暂的平静很快又被打破。

一天之后，Friedman搭乘美联航班机，从纽约飞来上海，因为航班晚点，到达浦东机场时已是深夜，公关部派去接机的人里面就有司南。次日，整个天庭上下就都在传她和Friedman的事情。那丫头，竟然又红了。

Friedman说话声音很轻，而且还有个习惯性动作，喜欢用手遮住嘴。

司南一见到他，就直截了当地说："能不能把手拿下来？我看不见你的嘴巴，不知道你在说什么。"

长久以来，身边的人都顺着他、哄着他，默认他的所有怪癖，她这样坦率，让他觉得很特别。她甚至还坦然承认，自己就是那段房间介绍的始作俑者，不辨东西，日出日落都会搞错。他因为时差的关系，毫无睡意，她就陪着他在历峰大厦的停机坪上看了一次日出，作为弥补。

随后的那一个礼拜，Friedman的演出尚未开始，每天都要去东方艺术中心排练。司南受邀去看了好几次，他收到乐迷送的鲜花和礼物，也多半转送给她，很快堆满了她的办公桌。

—— // 八 \\ ——

十月初，Friedman与本城交响乐团第一次公开排练，音乐学院组织了数十名学生观摩，事后难免就有些照片流传到网上，很快就有人开始猜测，照片里那个和他一起坐在琴凳上的女孩是谁家的闺女。

就这样，一时间传言更盛，戴安代表经纪公司做出反应，她告诫年轻的大师，如果不是当真打算恋爱，就不要这样公开出双入对，给媒体制造机会。随后，天庭公关部也收到了同样的提醒，口气或许和缓一些，但意思是一样的。

关博远来向程致研请示，是不是要把司南从那个接待任务里撤出来？

说这话时，恰好查尔斯也在。程致研并未立刻回答，等着看大老板如何反应。查尔斯却也饶有兴味地看着他，等着他给关博远一个答复。

程致研只得保持中庸，让关博远开个会，把经纪公司的意思传达给每一位负责接待的工作人员，虽不能保证完全没有此类状况发生，但至少当事人不能是天庭的员工。至于撤换某个特定的人，倒也不必如此兴师动众，以免外界又有更进一步的猜测，倒把原本捕风捉影的罪名给坐实了。

对这样的处理方式，查尔斯似乎是满意的，哈哈笑着说："你不能不承认，她这样一个人是很有用的，没人能拒绝她，不管是出于欣赏、愧疚，还是怜悯。"

查尔斯没有提到司南的名字，但在座的人都知道这是在说谁。程致研一时愕然，花了整整一秒才彻底明白这番话里的意思——雇用司南，不是因为对她好，而是因为她很有用，并无其他。他突然有些难过，是为她，又像是松了一口气，为他自己。

那天傍晚，他又上顶楼停机坪去拍照片，在上行的电梯里遇到了司南。

她没有穿制服，身上是一件白色斜肩裁剪的连衣裙。他在楼下Lanvin的橱窗里看到过这么一条裙子，款式相同，颜色是深红色的，价格想来不会便宜。至于她这样一个工作不久的年轻女孩如何消费得起这样奢侈的行头，他不愿意多想，只是觉得相比那条红裙，眼前这件白的更适合她，衬得她肤光胜雪，骨架纤小，灯光映射下，裸着的左肩上有一朵柔和的光晕。

"下班了？"他问她。

她点点头，嗯了一声，然后说："Alf请我去随星阁吃晚饭。"

Alf？他心里想，很好，已经开始叫昵称了。随星阁是设在历峰大厦顶楼的私人俱乐部，会籍制度严格，但对于钢琴大师来说，根本不是什么难事。

"晚饭？"他看看手表，"现在才五点一刻。"

"他说他还是纽约时间。"

"纽约现在是早上。"

"我这人没什么常识，"她笑着自嘲，表情很俏皮，"我是不是打扮过头了？"

"没有，"他看看她，"你这样穿很漂亮。"

"谢谢，"她也看着他，粲然地笑，"你到几层？"

"顶层，"他回答，"我去停机坪。"

"去拍照？"她指指他手里的三脚架和照相机。

"对。"他点点头。

电梯升到顶层，两人一起出来，走到随星阁门口，她对他说："我到了。"

跟她道别时，他闻到淡淡的桃子香，清而不甜，不像是香水，也不像脂粉的味道。

而后他去爬那三十六级台阶上停机坪，在那个银色记号上架起三脚架和照相机，单腿跪下，看取景窗里那一幅熟悉的风景。微凉的风不断吹过来，但那一丝桃子的香味却始终不肯散去。

他一直没回头，直至听见身后高跟鞋的声音渐行渐近，才知道那吹拂不去的味道并非出于错觉。

司南走过来，蹲在他身边。他转过头看着她，发现她眼睛虹膜的颜色很深，几乎与瞳仁弥为一色，好像一望见底，又好像不是。

"我到得太早了，随星阁一个人都没有。"她开口解释，"你在拍什么？让我看看行吗？"

他没理会她的要求，只对她说："穿裙子就不要蹲着，难看死了。"

她很听话地站起来，抚平了裙子，挨着他就要跪下。他让她等等，把搭在栏杆上的西服外套拿下来，叠了叠，垫在地上。她静静地对他笑，跪在他的衣服上面，凑近了去看取景器。

初秋，晴空辽阔，丝丝柔淡的云已染作绯红，整座城市正以一种肉眼可及的速度，沉入绵绵暮色。

"我们这样跪着像不像拜天地？"她突然问他。

他侧目看看她，她很快意识到自己说了什么傻话，赶紧纠正："呸，我是说拜堂，哦不，结拜。"

他先是无可奈何地笑，很快就笑得收不住了。她脸红得不行，皱眉，闭上眼睛，好像只要看不见，就不用尴尬。

他不想让她太难堪，岔开话题问她："穿得这么少，冷不冷？"

她双手抱着胳膊，点点头。

"那赶紧下去吧，天黑了风更大。"

"还以为你会脱件衣服给我穿。"她撇撇嘴，显然没想到他会这

——\\ ∧ \\——

· 056 ·

么回答。

"我的衣服垫在你膝盖下面了。"他回答。

"那我走了。"她伸手撑了一下地，大约是觉得无趣。

他站起来，扶了她一把。她的手有点冷，手指细柔。

"上次你说要买自行车，买了没有？"他松开她的手，问她。

"没有，等你带我去呢。"

"周末有空吗？"

"就星期六吧。"

他们约好一个时间，那么快，那么容易。

她转身离开，程致研一个人站了一会儿，脑子里反复出现的是她那些特别的小动作，比如用右手食指掠一掠额前的头发，两只手捧着茶杯喝茶，一圈圈转动腕上的手镯……所有这些琐碎的细节，不知是什么时候看见了，又记住的。他回想过去的几年，不断地离开，去更远的陌生的地方，遇到许多人，经历许多事情，修炼得圆滑世故，他一直以为已经没有什么东西能在他心上刻下痕迹了。

直到天黑，他方才收起照相机，捡起地上的衣服，离开停机坪下楼。

星期六，程致研带司南去吴世杰的铺子买自行车。路上，他问她预算多少。

她想了想说："最多一个月工资，否则信用卡还不上，会被我爸骂，够不够？"

他笑笑说，够了。

到了店门口，吴世杰看到他们，喜笑颜开地问程致研："这位是？"

"我同事司南。司南，这是这儿的老板，你叫他吴妈就行了。"程致研随口替他们介绍，不等说完就开始检阅店里陈列的新货。

吴世杰听说司南要买车，便带她去看一辆刚装好的粉色公路车，大力推荐那个配置。

司南一看就很喜欢，直到听到报价，倒抽一口气叫起来："你这是自行车还是飞天扫帚啊？！"

"前后碟刹，液压避震，全钛合金车身，连脚架也是钛纤维！"吴世杰喋喋不休地侃起他的生意经，"我说妹妹，你上别家问问，光这个车架都不止我开给你的这个价！"

"脚撑也没有，书包架也没有……"司南是外行，挑不出什么错来，只能胡搅蛮缠地跟他砍价。

吴世杰一脸冤屈："妹妹，专业车哪有装脚撑、书包架的啊？"

"我预算就这点儿，你看怎么办吧？"司南拿过旁边柜台上的计算器，按了一个数字，塞到吴世杰手里。

"要不这样吧，"吴世杰做出一副狠了狠心的样子，按了归零键，笑嘻嘻地又把计算器递过去，"你把手机号码留下，哥给你个超V折扣。"

话说到这份儿上，基本就是打情骂俏了。吴世杰是北方人，平时做生意最烦人家跟他讲价，他的名言是：我开价六千，你非说三千卖不卖，这完全是一种调戏，可不能这样，我为人很正派的。但这种烦仅限于男性。对于适龄且面容姣好的女子，他一向很宽容，认为此类人群喜欢讨价还价，就跟他喜欢研究梅根·福斯特的三围一样，是一种天性。而司南，当仁不让的就在此列。

这样的场面，程致研看得并不算少，两人在美国念大学的时候，吴世杰就是这副德行，看不惯也习惯了。此时却不知为什么，听这边厢一口一个"妹妹"地叫着，他由心底里升起一股不耐烦来。司南每个月赚多少钱，他一清二楚，这辆车的售价差不多等于她两个半月的薪水，跟她的预算也差了十万八千里。能卖就卖，谈不拢就换辆便宜的，真不知道这两人还有什么好纠缠的。

"行了，就照这个配置装一辆。"他打断那两人热火朝天的对话，拿出钱包，把信用卡交到身边一个销售小弟手上。

司南和吴世杰不约而同地闭上嘴巴，转过头来看着他。销售小弟吃不准这唱的是哪一出，也不敢动，直到吴世杰示意按刚才说的价钱开票，才颠颠地跑去账台。

半秒钟静默之后，司南开口道："你干什么？我这儿价钱还没谈好呢，多出来的钱我可不还给你啊。"

程致研冷笑了一声，抛下一句："随便你。"说完转身就去账台签单，签完字，抬头就看见吴世杰正看着他，脸上的表情似笑非笑。他当作没看见，只顾盯着小弟开箱装车。

反倒是吴世杰按捺不住，慢腾腾踱到他身边，轻声道："丫鬟，我再问你一次，这妞儿是你什么人？"

程致研头都没抬，漠然回答："同事。"

吴世杰哧的一声冷笑，却也不再多问。

一直到车子装完，程致研都没怎么讲话，倒是吴世杰在一边拉着司南聊人生谈理想。店堂中央的柱子四周全都是骑行俱乐部活动的照片，在吴妈那张舌灿莲花的嘴里，每一张都有故事，每个故事都注定成为传奇，车子装好，他又自告奋勇带司南去试车，一直到天黑才散。

当天夜里，吴世杰打电话给程致研，上来就是一句："那个司南，真是你同事？"

"吴妈，这个问题你问了我三遍，我也答了三遍了。"程致研回答。

"既然你这么说，我也不跟你客气了，"吴世杰笑，"这姑娘挺有意思的，你帮我约她。"

程致研叹了口气，道："你积点德吧，她耳朵听不见。"

吴世杰愣了长长的一秒："不可能吧，我看她说话挺溜的啊。"

"助听器，读唇，反正就是那样，你少去招惹她。"

"你自己嫌弃人家，也不能拦着别人追她吧！"吴世杰仍不罢休。

"我几时嫌弃她了？！"程致研急了，"喜欢她的人多了去了，你就不能不蹚这浑水吗？！"

片刻静默之后，电话那头传来一阵笑声，笑得他心烦意乱，随口道了声再见，便把电话挂了。

十七岁之后，能把他激得火冒三丈的人已经不多了，而吴世杰偏偏就是其中之一。

但不管怎么说，有句话是对的，无论他是什么态度，都没办法阻止别人靠近她，比如查尔斯，比如Friedman，再比如吴妈。究竟该把她怎么办，直到现在他都不知道，她就像他手心里的一根刺，虽说不太痛，却总在那里，去也去不掉，一天又一天越刺越深，不知什么时候就成了致命的伤。

那几天，天庭公关部已经遵照经纪公司的指示，关照了所有参与接待的工作人员，与Friedman保持"44厘米正常距离"，他去酒店以外的地方，不管是排练、演出还是玩耍，也都由戴安亲自陪着，最多跟一个司机，再加一个演出公司请的翻译。

司南的工作瞬时清闲下来，刚好又新买了自行车，新鲜劲儿还没过，骑行队的活动，她几乎每次都会参加，很快就跟吴世杰混熟了。

程致研骑车一向喜欢独来独往，很少参加集体活动，最多就是和吴世杰两个人一起。但从那个十月开始，只要他约了吴妈去骑车，必定买一送一，屁股后面跟着一个司南。

司南骑车的造型总是很惹人瞩目，头盔是玫红色，后脑勺上写着"Very cute indeed"（真的好可爱），配那辆粉色的自行车，嫩得像个小女孩，衬得他和吴妈像两个花痴。

一日傍晚，三个人从浦东骑到浦西。行至半路，离程致研住的地方不远，吴世杰叫肚子疼，不由分说地要借用他家的厕所。程致研从没想过会把司南带回家，更没想到是在这样一种情形之下，但吴妈情况紧急，别无他法。

三个人上楼进屋，吴妈冲进厕所，反手锁了门。

　　司南四处看看，脱口就说："你这里怎么这么乱？"

　　"乱吗？我不觉得。"程致研回答。

　　屋子只是普通，说不上纤尘不染，但也不算脏。钟点工隔天来一次，那天刚好没来，所以被子没叠，洗干净收下来的衣服也都堆在床上。

　　"如果是别人住，就还好，但是你……"司南对他笑。

　　"我怎么了？"他反问。

　　"酒店西面三百多面遮阳帘都要拉到一样的高度，你敢说不是你定的规矩？"

　　他尴尬地笑笑，她是对的，在天庭，他是完全不同的另一个人。

　　吴妈状况不妙，一时半会儿完不了。程致研只能给司南找点事做，以免大眼瞪小眼。他打开电脑，给她看他不计其数的照片。她随手就点开云域岛那个文件夹，里面大多都是风景照。这是哪儿？那是什么？她是喜欢旅行的人，缠着他问个不停。

　　翻到一张有人的，她停下来细看，夕阳西下，十几个人站在一片细白的沙滩上，中间最显眼的一个就是查尔斯。

　　"这是我们在开周会。"程致研告诉她。

　　"老板好帅啊！"她感叹道。

　　他同意她的观点，但还是侧目看了她一眼。

　　每每翻看旧照，他都会想念在云域岛度过的那一年半。那个时候，每个礼拜总有一天，清晨或者日落，查尔斯带着所有部门经理，沿着海滩绕那个椭圆形的岛屿徒步走上一圈。他身高六英尺三寸，算作公制超过一米九，总是穿着白色马球衫，藏青色百慕大短裤，赤着脚，或者跶一双乐福鞋，走在队伍中间，一边清理沙滩，一边开每周的例会。那是程致研开过的最不乏味的例会，同事中间甚至有人盼着开周会的日子。

程致研对查尔斯的感觉始终是复杂的，钦佩、怀疑、信任、防备，交融混杂，正如查尔斯这个人本身一样不简单。

早在十多年以前，W集团曾经有这么一个小团体，其成员都是由基层经理升上去的，大多是普通人家出身，甚至更低，虽常年在奢华场所工作，但内心本色不改。这些人想法比较务实，力主增加在发展中国家的投资，尤其是中国大陆。但他们的提议却始终没有获得大多数董事的支持，理由就是根据咨询公司的调查结果，除了日本和中国香港地区外，东亚的大多国家还没有做好为W这样的精品酒店买单的准备。

那个时候，沃尔登家的大公子Kenneth Walden刚刚成为集团CEO，此人虽说是曼哈顿出了名的无用二世祖，口头上的豪言壮语却不比任何一个商业奇才逊色，他的名言是：W不是希尔顿，更不是万豪，我们经营酒店不是为了给出差的推销员一个洗澡睡觉的地方。

就这样，W错过了第一波掘金的热潮，反倒在北美和欧洲买下大量地皮，如鸡肋般拿在手上，一囤就是十年。

与此同时，那个力主东征的小团体也逐渐土崩瓦解，大多数人都辞了职，另投别家，极少数留下来的日子也不好过，而这部分人当中就有查尔斯。

在Kenneth的老爸James掌权时，查尔斯最受赏识，升得也最快，几乎可说是平步青云，而立之年就坐上了旗舰酒店运营副总的位子。只可惜天有不测风云，James突然因为身体原因退居二线，查尔斯的好日子也就此终结。那几年，老沃尔登空有一个董事长的头衔，实权都握在两个儿子手里，他唯一能做的也就是保住查尔斯副总的头衔，再难顾及其他。

　　就这样一直到六年前，程致研进入W酒店工作，Kenneth和Draco突然开始清洗东征小团体的余孽，首当其冲的就是拿查尔斯开刀。

　　他们翻出查尔斯多年前提交的一份计划书，命他付诸实施。这份陈年老计划书里说的是要在菲律宾买下一座小岛，建一座度假村，实现这个计划最大的困难并不在于建造本身，而是因为那个特殊的时间。那一年，一场海啸刚刚席卷印度洋诸国，曾经宛若天堂的海域几乎化作废墟，旅游业百般萧条，条件万分艰苦。

　　沃尔登家两位公子的本意是想让查尔斯知难而退，但事情的发展却和他们的打算背道而驰。查尔斯爽快地接下了那个不可能的任务，很快抛下纽约的一切，跑到菲律宾去了。

　　当时的查尔斯在酒店圈子里已经有了些人脉和名气，许多人想不通，他为什么那么坚持要留在W集团，吃这碗不易下咽的冷饭。但事实证明，他的选择是对的。海啸之后，菲律宾地价骤降，再加上当地政府的优惠政策和各种补贴，他几乎没花几块美金就买下一座三平方公里大的无名岛，命名"云域"，又花了两年时间在岛上建起一座拥有一栋主楼、三十栋别墅的奢华级度假村。

　　到程致研去那里工作的时候，整个南印度洋海域的旅游业已全面复兴，甚至比以前更为兴盛，其中大部分是为数众多的中国游客做出的贡献，而云域岛度假村也成了众多旅行杂志推荐的终极梦想目的地之一。如果不是亲身经历，很难想象这个隐秘的乐园，仅在数年之前，还是查尔斯用抄底价买下来的一片什么都没有的滩涂。

　　"这个是你吧？"司南打断他的回忆，指着另一张照片问。

　　程致研有拍照习惯，但他自己的照片却很少，眼前这一张是个难得的例外，因为那是一场婚礼，而他在做伴郎。新郎新娘是一对漂亮的当地人，麦色皮肤，白色礼服，别着兰花，光脚站在沙滩上，身后的落日已有大半沉到海平面以下，深蓝的天、玫瑰色的晚霞，美如梦境。

"椰林树影，水清沙幼，蓝天白云，是位于印度洋上的世外桃源……"司南学着麦兜的口气念叨，一脸向往的表情。

程致研看着好笑，忍不住告诉她："年底之前你们可能有机会去云域岛，是查尔斯的意思，算是MT的海外培训，不过时间不长，就两三个星期。"

"师父已经告诉我了，"司南笑答，"只是还不知道我分在第几批。"

程致研顿时觉得有些无趣，默默不言。司南浑然不觉，关了那个文件夹，又点开了另一个，那里面只有六张拼接照片，但每一张尺寸都很大。

她一张张看下去，突然转过头，看着他问："是不是等拍完上海的照片，你就会离开这里？"

这是她第二次问他会不会走，上一次是在一个月前，夜里，他开车送她和沈拓回家。

他看着她，不确定她想要怎样的答案，所以也不知该如何回答。

她没有坚持，很快换了一种口气："这样真好，一年一个地方，一张照片，永远都是新的。"

他真的这样想过，一辈子又如何呢？不过就是几十张照片罢了。

当天夜里，吴世杰去医院看病，确诊是急性肠胃炎。随后几天，他荤腥不沾，很快就瘦了一圈。

紧接着的那个周末，是骑行俱乐部季度活动的大日子，原计划是周六一早出发去莫干山，在当地农家乐住一夜，周日再回上海，总共二十几个人报名参加，其中就有司南。这是她入伙之后的第一次出省活动，吴世杰本来信誓旦旦要好好带带她的，没想到吃坏了肚子，不能成行。于是，他郑重其事地把这个保驾护航的任务交到程致研手上。

程致研起先并不想去，酒店是有值班制度的，那个周六刚好轮到他上班。他给吴世杰两个选择，要么托别人当这个保姆，要么干脆叫她别去了。

"那妞儿我可劝不了，要不你自己去跟她说？"吴世杰很诚恳地跟他讲道理，"她车技菜得很，编队骑行的手势不记得几个，德清那边上坡下坡的路段又特别多……"

毕竟是做过律师上过堂的，吴妈几句话就把程致研说服了。他嘱咐胡悦然盯着酒店里的事情，有史以来第一次翘了一天班，清晨天还未大亮，就跟着那一队人马往莫干山去了。

那时已是十月末，江南秋意最正的月份，晨风清冽，天空澄澈，阳光像钻石的火彩一般干净而耀目。从上海到莫干山，巴士开了将近三个小时，进入德清县地界，一路竹林，一路风景。他们在石颐寺水库下车，短暂休整之后，开始装车准备进山。

从石颐寺水库到从山脚下的筏头村，远远就能看到莫干山的山门，再一路骑行上到山顶，沿途风景很好，满眼稻田竹林，但将近二十公里的上坡路不是开玩笑的，队伍中不多的几个女孩子爬坡爬到绝望，有的只能下来推车前进。

司南虽说是新人，体力却很好，尚能保持在第一梯队，程致研一直紧跟在她后面，听着她越来越沉重的呼吸声，看着她玫红色头盔下细碎的发丝逐渐被汗水沾湿，粘在脖子上。

终于到达山顶，她喝空了随身带着的两瓶水，下了车就直接倒在地上，龇牙咧嘴地抱着一条腿说抽筋了。他蹲在她身边，扳着她的脚，帮她按摩腿肚子。

领队过来夸她：第一次就这么猛，强人啊！

她得意地笑，擦干净脸上、脖子上的汗，把程致研喝剩下的半瓶水也喝了。

等掉队的人又等了一个多小时，他们找了个地方坐下来聊天。

程致研突然有兴致说起小时候的事情，他告诉她，别人都以为他是ABC，其实他生在上海，到美国的时候已经快五岁了。

他的祖父曾是个大学老师，在美国改行为拍卖行和画廊装裱中国字画，信手就能把韩愈、柳宗元译作漂亮的古英文。"致研"这个名字就是祖父起的，寓意"清远有致，刻意精研"。很长一段时间，他们生活在一起，所以他的中文一直没有荒疏，甚至还练过几年毛笔字，刚开始写自己的名字，不懂布局，每个字都写得很胖，三个字生生被拉成了六个字。

他找了根树枝，在地上写给她看，就像这样——禾呈至文石开。她趴在他肩上，笑得眼泪都出来了。

他一句都没提起他的父母，她似乎也没觉得奇怪，什么都没问。

笑完了，她抬起头看着他，看得非常仔细。他不知道她要干什么，心里一阵瑟缩。

结果她只是指着他眉骨上一道旧伤，问："这是什么？"

"念高中的时候被人用冰球杆打的。"他淡淡回答。

她像是倒吸了一口气，他随即笑起来，让她觉得他是在夸大其词，存心吓她。

已经过了那么久了，再深的伤也只剩下一条细细的白印子。其实这样的印子他头上还有，只是被头发盖住了。那时他身上穿着全套的护具，头盔被人扒下来了，所以全都伤在头上、脸上。

他没再说下去，她便开始说她自己。

"你知道吗？我的听力问题是天生的，不像有些人是因为后天原因，比如小时候吃了超过剂量的抗生素。"

他有些意外，她会对他说起这些。

"出生和四十二天的听力测试都没通过，六个月大就确诊了。"她继续说下去，声音平静而坦然，"长大了才渐渐知道外面那些人传的话，他们说是因为我爸做事太过分，处处不留余地，容不得旁人，所以才报应在孩子身上。"

她的语气波澜不惊，他却很是诧异，究竟是怎样的恶意，才能让人对一个先天残疾的小姑娘说出这样残酷的话。

"当时有这样的政策，第一个孩子残疾，可以再生一个，我妈其实是想生的，但我爸坚持不要，连残疾证都没给我办。"她不看他，向山谷间远眺，脸上带着些笑，像是在回忆美好的往事。

"那时候他逼我逼得那叫一个狠哪，他从前是建筑师，设计和工程都做，很忙，也没多少钱，却可以不惜一切代价带我出国去配最好的助听器，每天让妈妈和奶奶在我耳朵边上喊四五个钟头，教我发音和读唇，家里的电视机和收音机全都开到最大音量。他每天下班都要检查我的功课，一有时间就陪我练习，让我看着他的嘴，一个字一个字地重复。就这样，满四岁的时候，我开始能讲一些简单的话了。到上小学之前，我认识两千个汉字，除了有些口齿不清，几乎什么都能说。他托了人，外加塞了一笔钱，把我送进普通小学念书。开学第一天，我下课出去玩，走得远了些，没听到上课铃，一个人在操场角落里一直玩到老师来找我为止。"

她絮絮地说，眉飞色舞的，好像很高兴。

"上中学之后，家里有点钱了，爸爸请了专门的老师给我做语言康复练习，一个音一个音地纠正。考进高中，只要是面对面讲话，别人根本感觉不到我有什么不正常。当时我特别得意，没想到军训的时候就露馅了，一个操场上好几个班一起训练，几个教官叫不同的口令，根本听不清，只能靠猜，运气差起来一连几次都猜不对，教官以为我是存心捣乱，就罚我跑圈、站军姿。班主任老师听说之后找教官解释，教官又来向我道歉，说事先并不清楚我的特殊情况。我说不用，视力不好戴眼镜，耳朵不好戴助听器，没什么好搞特殊的。"

"再后来，我就被扔到美国去了，在加州待了快六年吧。"她抬头看天，似乎是在努力数着日子，"我爸是个很犟的人，从来不服输，也不许我在他面前叫苦。"

"你是不是跟他很像？"他问。

她摇摇头，笑起来："对我来说，他是个传奇，一直被模仿，从未被超越。"

他想到自己，其实他也是一样的，无论如何努力，都没能达到陆玺文的期望。

"但他的确教会我许多东西，"她笑完了，又说下去，"比如告诉我一定要漂亮地活着，一定要笑得很好看，这样别人才不会介意对我多说一遍，即使我听不到。"

说完那句话，她对他露出一个灿烂的笑脸。

他看着她点点头，评价道："的确不错。"起先只是揶揄的口气，慢慢却变了味道。

不知不觉已是傍晚了，夕阳下她的脸庞泛着一层柔和的光泽，像是濯净的细瓷，嘴唇是半透明的粉橙色。他突然伸手抚过她的脸颊，把她拉近自己，清浅地吻她。她开始还有些惊讶，很快便张开嘴，纵容他到更深的地方去，其间温热的气息带来的感觉强烈得近乎不真实，直到那一刻，他才知道，或者说才肯承认，自己想这样做想了有多久了。

但下一秒他便幡然醒悟，在嘴唇分离的一瞬轻轻道了声："对不起。"

她仍与他额头相抵，腻在他耳边问："干吗说对不起？"

他没有解释，轻轻推开她。

"怎么了？"她抓住他的手。

他搀她起来，却没办法给她一个解释，刚好有几个女孩子到达山顶，其中一个的车子出了一点问题，他就去帮忙修车。她远远看着他，起先只是迷茫，渐渐地就真的动气了。

仲秋的天黑得很快，远山的轮廓逐渐模糊，山上的路灯照不了多大一块地方。所有人都到齐之后，领队抓紧时间带大家下山。

程致研并没有忘记此行最初的目的，他找到司南，郑重提醒她：下山十几公里的下坡路，一定要记得带一点刹车，不要用前刹，要用后刹。她还在生气，无视他，默默不语。

下山似乎比上山要轻松，但亲身经历过的人都知道下坡比上坡更难掌控，尤其是在这种黑黢黢的山路上。领队不停地在前面喊左转右转，程致研很怕司南听不到指令，一直骑在她旁边，打开车架灯为她照路，大声重复领队的每一句话，提醒她注意前方障碍，不要压着路边的黄线，不要太靠近排水沟。

可能是他说话的口气不太好，听起来就好像在骂人，有个队员骑过他们身边，跟他开玩笑："怎么对女朋友这么凶，不怕回去跪搓衣板？"

司南闻声回头，没对那个人怎么样，却瞪了他一眼，而后就开始加速。

他赶紧跟上去喊："慢下来！"

她没听到，要么就是根本不愿意听，索性放开了刹车，越骑越快。他怕她出事，只能紧紧跟着，两人一前一后，很快就超过了领队和其他队友。他码表上的瞬时速度接近每小时五十公里，她比他还要快。

"慢下来，带一点刹车！"他继续对她喊。

话音未落就遇到一个弯道，她的前车轮碰到了什么东西，整部车子一下子跳起来，再摔下去，因为惯性又朝前面蹭出几米。那一刹那，他浑身都冷了，算起来他玩自行车已经快五年了，转动脚腕，松开锁扣，这一连串的动作就像本能一样，却不知为什么突然忘得一干二净，根本不记得自己还穿着自锁鞋，试图脱开脚踏下车，反而失去平衡，连人带车倒在她身边。后面的车子眼看就要到了，在这样的速度和路况之下，很可能来不及刹车。他顾不上多想，伸手解开锁扣，一把抱紧她扑进路边的草丛。身后五六辆车呼啸而过，不知是谁发出几声惊叫，而后便是领队大声提醒后面的人注意前方事故。

他爬起来，把两辆车拖到路边，再回来看她。她脸色有些苍白，除了手臂和小腿上有些擦痕，倒看不出有更严重的伤。

"有没有撞到哪里？"他一时不敢动她。

她好像只是吓傻了，坐起来看看他，半天才恢复了一点血色，夸张地长舒一口气，大笑道："你刚才看到没有？看到没有？太刺激了！"

他瞬时沉下脸来大骂："你不要命啦？！"

她从没见过他这样生气，吐吐舌头不敢出声，由着他检查手脚，看有没有扭伤。检查结果是出人意料的，她除了几处擦伤，毫发无损。倒是他自己，因为没及时脱开锁扣，把脚踝给扭了，方才情势紧急，一直没觉得疼，直到此时才发现有一大块青肿，一落地就疼。

对讲机响起来，领队问他们情况，知道他受伤之后，派了两个人上来接应。

天已经完全黑了，两人面面相觑时有些尴尬。他避开她的目光，低头摆弄车把上的GPS，北纬30.5°，东经119.9°，海拔149米，他漫无目的地存下这一组数字。

第7章

领队派来的人到了，帮着他们推车下山。当天夜里，整队人马就投宿在山脚下的一个村庄里。

他们住的那个小客栈虽然号称是农家乐，但常年人来客往，早已彻底商业化了。房子是四层楼的新式建筑，门口停着老板家的一辆皮卡、一辆丰田花冠。一楼有个大厨房，前后两个客堂能摆下五六张八仙桌，旁边摆着液晶电视和影碟机。

老板是个五十多岁微胖的中年人，系着个大围裙，斜叼着半根烟，听说有人受伤，便扯着嗓子叫老板娘拿碘酒和红花油出来给他们。

司南还是不跟他讲话，程致研只能和老板闲聊，打听这里有几个人，几间房，生意好不好。

老板告诉他：从二层到四层，总共二十五间客房，八十个铺位，初夏生意最好的时候，最多一晚住过一百〇六个人。

程致研随口吹捧：那就是百分之一百三的入住率啊！

老板自谦，不过是混口饭吃，又问程致研在哪里发财。

司南瞥了他一眼，对老板说："他跟你是同行。"

老板愣了愣，以为眼前这个人是邻村来的商业间谍，上下打量又觉得不像，叼着烟问："真的？你也开农家乐？"

"不敢当，"程致研笑答，"我只是个做伙计的。"

"你们旅馆入住率多少？"老板是个聪明人，马上活学活用。

"平均30%左右吧，旺季也不超过65%。"程致研如实回答。

老板一听，难掩得意。

一群人洗了澡换了衣服，坐下来吃晚饭。菜色普通，但分量十足，这一天消耗不小，大家都饿坏了，就连最秀气的女孩子也吃得风卷残云。吃到碗盏见底时，领队开口发言，总结了下午在山上的情况，表扬了几名队员，也严正批评了某些人，因个人恩怨，赌气骑车，险些造成连环撞车事故。

司南知道这是在说她和程致研，赶紧倒了一小杯黄酒，向领队赔罪。她参加骑行队时间最短，却已经跟队友混得很熟，因为长得好，性格外向，人人都愿意对她好。领队是个三十多岁的IT男，自然不会跟她较真儿，乐呵呵地与她对饮。她喝酒的架势豪爽，酒量却很差，一小杯下肚，脸就红了，话也变得多起来，嘻嘻哈哈地跟几个女孩子说个不停。

程致研在旁边看着她，他见过许多醉酒的人，那些喝了酒之后嘴特别碎的人大多是简单而快乐的，他为她高兴，唯愿她永远都是这样。

吃过饭，几个精力过剩的人开始唱卡拉OK，老板的存货不多，且全都是中年人喜欢的歌，要么民歌要么邓丽君，热闹或者暧昧。

程致研的手机响了，屏幕上显示的名字是吴世杰，他的脚踝仍旧痛，但还是瘸着走到外面去接。

"成了吗？"吴世杰问他。

"什么成了吗？"他不懂。

—— // ∧ \\ ——

"装什么傻，我牺牲这么大，你总该有点进展吧。"

他不说话。

"爽快点儿，要不我直接去问司南了。"吴世杰逼他。

"去问吧，她现在不跟我讲话。"

房间里有人起哄，要谁和谁对唱《当》。

"怎么搞成这样？"吴世杰追问，"他们在喊什么？"

"他们在唱歌。"

"那快去啊，点咱最拿手的那首，和司南一起唱。"

吴世杰有一张Adriano Celentano的黑胶唱片，念高中时经常在宿舍里放，其中有一首*La coppia più bella del mondo*（《世界上最漂亮的一对》），每次喝高了必唱。

"我们在莫干山脚下，怎么会有这首歌？"程致研回答，"而且，我不知道她能不能唱歌。"

吴世杰"哦"了一声，总算想起来，她终究还是跟别人不一样。

沉默良久，程致研终于把话说出来："我不知道明年这个时候我会在哪里，我什么承诺都不能给她。"

"为什么不去跟她谈谈？"吴世杰难得沉静下来，换了一种口气，"她做那么多事，也是为了你，她会理解，只要你过得好。"

"行了，再说吧。"程致研把电话挂了，他知道吴世杰说的这个"她"不是司南。

他早早去睡觉，却辗转难眠。他住二层的一个房间，农民别墅的格局，楼梯上来就是一个长长的阳台，连着六间客房。不知道几点钟，窗上响了一下，他爬起来看，竟是司南站在外面。

她叫他出来，开口便问："你是不是觉得我玩不起？"

夜风拂过，远近绵延的竹林发出一阵又一阵的沙沙声，他闻到她身上淡淡的酒气。

"我听说过那些事，关于你的。"她继续说下去。

"哪方面的？"他身边的流言一直很多。

"你这样的年纪，却高官厚禄。"

他不说话，等她说下去。

"有人告诉我是因为一个年长的女人。"

"'有人'说得没错。"他不遮掩，也不解释。抛开那句话背后隐晦的含义，的确说得没错。

他从没指望别人会为他守口如瓶。他刚到上海不久，有一次和同事出去喝酒，管郑娜和胡悦然叫"姐姐"，关博远就曾总拿他打趣，说他最擅长的就是这一招。那个时候，他就猜到关总可能知道些什么，但又只是一知半解罢了。

光线晦暗，她脸上的表情捉摸不清，又绕回那个问题："所以，你觉得我玩不起？"

他笑，而后回答："不是你，是我玩不起。"

两人都沉默，他反复想着她说的那几句话，他知道自己的确喜欢她，如果她只是想玩，他奉陪就是了，很简单的道理，却不知为什么心里空荡得这样难受。

"我懂了，"她回答，"只想让你知道，我不需要你给我什么，就像对别人一样对我。"

她等他一句话，或者一个手势，但什么都没有，她只能转身走掉。

他回去睡觉，还是睡不沉，却做了一个梦。他梦见自己十七岁，在波士顿乡下的一所寄宿学校里。

十年前，十七岁的程致研从俄亥俄州哥伦布市转学到波士顿AP

Academy读十一年级。从小学到中学，他一直都在公立学校念书，这是生平第一次走进如博物馆般古雅肃穆的校园。

AP Academy是一所有两百多年历史的老牌私立高中，学生中的少数族裔本来就不多，来自中国大陆的小留学生更是一只手就能数过来，而且多少都有些特殊背景。

程致研不是白人，也不是国际学生，更不是名门子弟，哪一派都不属于。在这种环境下，他似乎注定要成为异类，但事实却恰恰相反，他很快就在那里混得如鱼得水。这多半归功于他本身，他长相英俊，性格外向，功课很好，数学几乎每次都是满分，而且还有运动天赋，开学不久就被教练看中，进了冰球队。同时也与他生活境遇上的变化不无关系，从那一年开始，他总是有充裕的零用钱，开学前得到的礼物是一辆崭新的银灰色跑车。人总是趋利避害的，而他刚好就是人们喜欢的那种幸运儿。

当然，他在AP学院也并非人见人爱，万事顺意。他进入冰球队，挤掉了一名原先的队员。因此，该队员的死党邓肯从一开始就对他很排斥。第一天训练结束，他洗过澡去更衣室，邓肯当着他的面把他的书包和衣服从储藏柜里拿出来，扔在地上。他看见了，并不问为什么，过去就把邓肯撂倒了。十几岁的男孩子都是冲动易怒的，冲突很快升级，一直到老师介入才收场。

程致研在那场冲突中认识了一个人，那个人就是吴世杰。

吴世杰几乎是本能地站在他这边，第一时间加入了战局，并且在老师面前做证，说事情的起因是邓肯有种族主义言论。

事后，吴世杰告诉程致研，他最欣赏那种一句废话没有，上手就一板砖的气势，觉得特亲切。两人就是从那个时候开始成了朋友。

两方都受了些轻伤，程致研是无所谓的，邓肯靠体育特长奖学金入学，没有什么背景，本身也不想闹大，事情就这么无声无息地过去了。

那是程致研在AP学院闯的第一场祸，其结果并没有让他收敛，反倒更加张扬肆意，因为只有不断闯祸才能引起些许注意，让他觉得自己不是个孤儿。多年之后，他和吴世杰再想起那件事，总是颇多感慨，他已不是那个蛮勇的少年，而未成年就做过伪证的吴妈居然成了律师。

打过那场架之后，程致研在冰球队的日子并不像预想中的那样难过。

当时的他和吴世杰的体格差不多，都是六英尺出头，在亚裔中算是高大的，但在白人球员占绝大多数的冰球队里只能排在最末，比赛中与人正面对抗，完全没有优势。吴世杰是万年的板凳球员，但程致研在赛场上却很有存在感，他身手敏捷，反应快，总是能冷静快速地移动，而且每一步都很有脑子。

练习赛中的几个关键进球让他在队里脱颖而出，其他队员开始对他刮目相看。教练对他也十分看重，总是以他为例，对其他人说：你们看，在赛场上，身体和技术只是最基本的东西，关键比的还是脑子和意志力，最多再加上一点运气。

有时候，他甚至会指挥教练如何布置战术，实在过分了，教练便会大吼：现在我是绝对权威，你要听我的！但气消后还是最喜欢他，因为他的确有想法。在一场校际比赛中，他组织起一次绝妙的进攻，事后教练问他怎么会想到这样的打法？他不无得意地说：因为我下围棋，从五岁开始。

那时的他尽情享受拼杀，总是过分自信，根本不相信有他办不到的事情。他喜欢开赛之前的那个瞬间，和队友们站在一起，许多支球杆交叠，大声地喊：Who's better than we are? No one!（没有人比我们更强。）

　　他以为，身边这些人都是他的朋友。

　　圣诞节假期之后，AP学院冰球队与波士顿当地一所公立学校打了一场比赛。虽然只是普通校际比赛，但因为两队正在争夺一个参加全美高中生联赛的席位，所以任何一次对阵都很较真儿。

　　那天AP是客场作战，公立学校没有自己的冰球馆，赛场就选在一个社区体育中心里。观众席坐得很满，既有对战双方学校的学生，也有参赛球员的家长。程致研和吴世杰都没有家人在场，只有吴世杰读九年级的小女朋友拿着一部手持式摄影机，带着几个中国妞儿在场边替他们呐喊助威。

　　第一局AP学院比分落后，第二局又以两个进球反超。其中一个是程致研打进的，另一个也是由他助攻。那支公立学校的队伍作风彪悍，立刻以他为目标，严防死守。几次正面遭遇之后，双方队员都频频出现违规动作，冲突一触即发。

　　第二局结束，十五分钟休息，AP的队员士气高涨，在场边听教练布置战术，喝了一点水，处理了一下伤口，又再上场。

　　第三局，比赛陷入胶着。开场五分钟，吴世杰横杆阻挡犯规，被裁判处以两分钟小罚，坐进受罚席，他的小女朋友挤到场边，隔着防护网跟他说话，他火气很大，让她离他远点。

　　不知是谁先发出一声惊叫，吴世杰回头再看场上，已经出事了。对方一名球员在中线处突然加速，用球杆将程致研推倒，而后猛地撞向界墙。谁都能看出来那一下撞得不轻，虽然这种冲撞在高速的冰球比赛中并不罕见，但奇怪的是程致研并没有马上爬起来，只是用手里的球杆无力地阻挡了一下。

裁判随即吹响了哨子，示意对方边线界墙三米内冲撞，处以五分钟大罚，但场上的局势却没有因此受到控制，反而愈演愈烈。双方球员都朝出事的地方聚过去，很快乱作一团，每个人手里都握有碳素纤维的"凶器"，就连裁判过去劝架，也险些被打。

在场边的人看来，失控只是几秒钟的事情，边线裁判、记分员和两队教练尚且茫然无措，吴世杰就撞开受罚席的门，连滚带爬地冲进混战的人群，把已经失去意识的程致研拖了出来。他的头盔不知所终，眼睛半开半闭，脸上头上看不清有几处伤口，殷红的鲜血涌出来，沾染了黑色球衣和赛场上澄白的冰面。

比赛中止，校医跑进来做了急救，随后救护车来了，把他送进医院，因为严重的颅脑损伤，当天夜里又被转去了另一家医院，做了一场大手术。手术之后，他没有醒过来，医生们数遍了所有后遗症和并发症，挂在嘴边上的一句话便是：Hope for the best, prepare for the worst.（抱最好的希望，做最坏的打算。）

多年之后回想起那段经历，程致研总是觉得，昏迷中的自己并不是完全无意识的。他记得有一双手一次又一次地抚拉他的脸颊，记得有人握着他的手，温热的泪滴落在他的手背上，记得ICU病房外面隐约传来争吵的声音，听起来就像是隔着重重的水幕——

"我不要听百分比，他必须活下去，必须醒过来！"

"我不相信什么意外！他们每一个人都要付出代价！"

……

三天之后，那一层层浸淫着他的漫漫无边的水终于退了，他在清晨醒来，发现真的有一个人坐在床边，握着他的手，那个人就是陆玺文。他从没见过她这样憔悴，身上搭着一条灰色开司米披肩，斜靠在折椅上，眼睛里布满了血丝。

他慢慢转过头，对她说："妈妈，我没事。"

他的确没事，到底是年轻，身体底子也好，只做了六个礼拜复健，就行动自如了。医生最担心的记忆损失也没出现，他什么都记得。唯有一件事例外，他不记得有多久没这样叫过她了——妈妈。

陆玺文人生的头十八年，跟那个年代出生的大多数人都差不多，住在逼仄的小房子里，有两个或两个以上的兄弟姐妹，从小到大都是放养的，想要什么都得靠自己去争取。

就这样长到十八岁，陆玺文终于走出了与众不同的一小步，她考上了一所名牌大学，继而又认识了一个条件很好的男朋友。

此男名叫程怀谷，其父在陆玺文念书的那间大学里教古代汉语，所以家就在校园旁边。他比陆玺文大两岁，高中毕业之后一直赋闲，既没工作，也没上学，只是在家补习英文，隔三岔五到大学里去玩玩，表面上看起来和其他学生无异。陆玺文在学校里交友甚广，两人见过几次，一来二去就认识了。

至于是谁先看上谁，为什么看上的，因为年代久远，已不得而知。但可以肯定的是，当年的陆玺文并不是那种通常意义上的美女，她排球打得很不错，身材比一般女孩子高大，五官姣好，眉目间带着英气。相比之下，程怀谷倒是个典型的白面书生，跳舞唱歌他是会的，打球从来就不去。之所以说他条件很好，只是因为程家是正宗的书香门第，而且有颇为深厚的海外关系，程怀谷的曾祖父以及所有远堂亲戚都在美国，他自己迟早也是要出国的。

所以，在那个年代，谁都不会觉得这个无业青年配不上名校在读的女学生，反倒觉得陆玺文挺走运的，搭上了一条出国的捷径。

果然，她押宝押得没错，两人交往半年之后，程怀谷拿到了经济担保和俄亥俄州一所语言学校的录取通知书。那一年，陆玺文二十岁，程怀谷二十二岁，刚好满法定结婚年龄。在程家人的默许和陆家人的热烈拥簇之下，陆玺文退了学，赶在程怀谷签证办下来之前，和他领了结婚证书。

这场联姻背后有着太多源自不同立场的考量，陆玺文的算盘自不用去说，程怀谷作为一个新婚的青年男子，也更容易证明自己没有移民倾向，更凑巧的是，到了他真正坐在签证官面前的那天，他刚刚知道妻子怀孕了。

就这样，程怀谷很顺利地拿到了签证，飞赴美国。数月之后，陆玺文在上海生下一个体重七斤二两，身长五十三公分的男婴。她按照旧俗，坐了三十天的月子，摆过满月酒，就开始申请去美国陪读，那个褓褓中的小孩又成了她面签时最好的道具。签证官是个中年妇女，也是两个孩子的母亲，百分之一百地相信面前这个年方二十一岁的女人只是想去看看在大洋彼岸苦读的丈夫，小孩周岁之前肯定是会回上海的。

于是，陆玺文又走出了与众不同的另一步，她去了美国，并且在仅仅七个月之后，就与程怀谷协议离婚了。

多年之后，各种各样的人试图从她成为Lady W之前的那十几年里挖出些什么，他们问得越多看得越多，就越觉得这个女人本来就不是池中之物，她的每一次选择、每一个动作都像是在铺展一个巍巍泱泱的棋局，她注定会成就一番事业，而她身边的人只能在她身后看着她一骑绝尘。

没人能否认她的卓然子立，她之所以受人诟病，最大的原因还是在于她经历的每一次转机都是因为一个又一个男人。程怀谷给了她出国的机会，俄亥俄州立大学经济管理学院的某位教授又给了她一个永久居民身份。她花了四年时间，结了第二次婚，又离了第二次婚，其间拿到了经济学学士学位。

同年，她离开哥伦布市，在纽约找了份工作，彻底改头换面，开始像一个独立的美国女人那样生活。

那一年，程怀谷也已结束了自己的留学生涯，在哥伦布市一家体育用品商店做应付会计，拿极其普通的薪水，过极其普通的日子，最大的愿景不过是考注册会计师，再换一份薪水稍好些的工作。

那一年，他们留在上海的那个婴儿已年满五岁，程教授也已经退休。祖孙二人来到美国投奔程怀谷，在哥伦布市开始了一种完全不同的生活。

男孩转眼长到十岁，他开始慢慢懂得，他的父亲就是当地华人圈子里说的那种"搬运工"，把一个女人从国内带出来，到头来又被甩了。至于母亲，他只知道她叫陆玺文，每半年寄一次钱来给他用。

他习惯直接叫名字，因为父亲提起她的时候，总是说"那个姓陆的女人"，而祖父一直提醒他："致研，再怎么样，她也是你的母亲。"他觉得像父亲那样叫似乎有点过分，母亲、妈妈又太过亲密，叫不出口，所以，索性就叫陆玺文。

又过了五年，除了名字和钱，程致研对陆玺文还是所知不多，只是偶尔听见父亲用嘲谑的口气说：汇款金额见涨嘛，看起来混得不错。

十五岁那年夏末，祖父被确诊为肺癌晚期，三个月之后死在急诊室里。

葬礼上，程致研看到一个高瘦的女人，戴着太阳眼镜，蜜色长风衣的下摆随风扬起。在他居住的那个社区，很少能看到这样的人，也说不清是哪里不同，她几乎没有化妆，穿得也很朴素，但看起来就是跟别人不一样。

葬礼之后，她走过来跟他讲话，没有介绍自己，但在她摘下墨镜的一瞬，他就知道她是陆玺文。血缘是很奇怪的东西，就好像他还记得她的脸，刻在婴儿期的记忆里。

她问他是否愿意跟她一起生活。

他避开她的目光，回答说："随便，去哪儿都无所谓。"

其实他很想离开哥伦布市，觉得这是个无可救药的平庸之地。但在他父亲的眼中，哥伦布是世界上最适合居住的城市，物价平，税率低，即使薪水不高，也能存下钱来，而且还有个女朋友就住在附近，每个礼拜约会一次，方便而平易。

在程致研看来，这种生活足以闷死人，他想要环游世界，从冰封的北极到炎热拥挤的热带城市，每一天都是新的，像秒速三十七点二米的自由下落那样刺激。

陆玺文点点头，好像看穿了他的心思，然后解释："不过不是现在，等我安排好一切就来接你。"

她跟他说话的样子，就好像他是跟她差不多年纪的成年人，没有掩饰，没有诱哄，这让他感觉很好。

他并不懂她说的"安排好一切"究竟指的是什么，以为只是和他的抚养权有关的一些手续。数月之后，她也真的带他去当地民事法庭办抚养权变更手续。父亲的态度依旧不善，但从头至尾都没提出任何异议，看得出所有条件都已经谈妥，就只等签字画押了。

然后他被带去纽约，在那里又进了一次法庭。从那个法庭出来，他有了另一个法律意义上的父亲，他的继父，James Walden。

程致研第一次见到詹姆斯还是在哥伦布市，他和陆玺文一同来接他去纽约。詹姆斯比陆玺文大三十岁，已是年近古稀，但看上去比实际年龄年轻一些。他清瘦，极其整洁，穿着简单却也考究，笑起来很温和，讲话风趣，带新英格兰口音，有种缓缓的、不急不躁的调子，非常好听。

程致研是个极善模仿的人，不自觉地去学，很快就成了一种习惯，再也改不回来了。他知道詹姆斯很有钱，但却不知道他那么有钱，他们是坐他的私人飞机去纽约的。

办完正式的收养手续，他们走出法庭，詹姆斯对程致研笑，说："现在你也是我的孩子了。"

他已有两儿一女，外加好几个孙子孙女，程致研的年纪其实跟他的孙辈差不多。

那天之后，他们极少有机会见面，难得老头儿没有忘记这个便宜儿子，派人替他办妥了手续，转学去私立寄宿学校读书。知道他考到驾驶执照，就送了他一辆车。每月二十号有零用钱进账，像发薪日一样准时。

这一切都进行得极其低调，正如陆玺文和他的婚礼。他们是在纽约市政厅登记结婚的，整个过程不过十分钟，只有一个朋友在场见证，包括捧花和午饭花了不到一百美金。

但是，世界上没有什么事情真的可以避人耳目。冰球场上的事情一出，陆玺文第一反应就是，这不是意外。

医生的检查结果证实了她的想法，在那场群殴当中受伤的人不少，但大多都是肉搏留下的轻伤，只有程致研伤得最重，脸上头上共有七处伤口，既有球杆造成的机械性损伤，也有冰刀造成的锐器伤，有两处几乎致命。更重要的是，手术之前的血检中，还发现他体内有未代谢完的致幻药物成分，这也解释了他为什么会在被人推倒之后完全无力招架。如果不是吴世杰反应及时，把他从人堆里拉出来，很可能入院之前他就已不治身亡。

虽说执行不力，但计划本身十分高明。冰球赛场上的暴力冲撞司空见惯，在职业比赛中，打架甚至是合法的，而且在场的都是未成年人，没有人会第一时间想到要追究谁的刑事责任，等到再想追根溯源，物证都已经不在了，至于人证，那是最不可靠的东西。

陆玺文在得知这一切之后，报了警，但是没用，没有任何确实的证据能证明这是蓄意伤害，甚至谋杀未遂。当时在场上的球员不是说没看见，就是保持沉默。比赛中止之后，球杆和冰刀都被队员各自带走了，再找回来做分析，也没有什么明确的结果。最后，警察甚至提出了一种截然相反的假设——程致研在赛前自行服用了迷幻药，比赛进行到第三局时，药劲上来了，出现了幻觉，所以才造成了当天的意外。

陆玺文勃然大怒，请了律师和私家侦探，连吴世杰女朋友的摄像机也被拿来充作线索，发誓不会放过任何一个牵连在内的人。

那个时候，程致研已经清醒，从ICU转到了普通病房。

吴世杰过来看他，摊手摊脚地坐在双人沙发上，前言不搭后语地说："那天真吓死我了，这辈子没见过这么多血……那个真是你妈？看着真年轻……"

陆玺文看上去的确很年轻，似乎时间不曾在她身上留下什么，不明底细的人根本想不到她有个念十一年级、身高六英尺、打冰球的儿子。只有凑近了细看，才能分辨出那层脂粉下面的疲色。

程致研并未理会吴世杰的聒噪，静静地听着陆玺文在洗手间里打电话，她努力压低声音，但有时候还是控制不住：

"你要保护你的孩子，我也要保护我的孩子，他现在躺在病床上，他只有十七岁！"

"我怎么知道不会有下一次？！"

"你说我不是在保护他，你告诉我，我该怎么做？！"

"这不可能，他们做过什么？他们有什么能力接手？！"

他猜到电话那头是詹姆斯。在他的印象中，陆玺文一向是极其冷静的人，这是唯一的一次，他听到她这样歇斯底里。

詹姆斯最终还是说服了陆玺文，用自己的方式解决了这件事。数日之后，詹姆斯让出了集团CEO职位，对外只宣称是因为健康原因。也是在那一天，陆玺文通知律师和私人侦探，放弃一切调查和诉讼。Kenneth和Draco终于得偿所愿，大权在握，暂时放过了这桩家族争斗中的其他利益人。

出院之前，程致研收到詹姆斯送来的花篮，里面有一张卡片，上面写着：Be a man, protect your mom.

如果是在过去，他会怀疑陆玺文是否需要他来保护，他又有没有能力担起这份责任，但从那个时刻开始，他知道自己别无选择，他们已经上了这条船，就只能沿着既定的航向驶下去。

第二天，程致研醒得很迟。因为脚伤，他没有参加上午的活动，独自一人坐在阳台上，等着下午返城。

夜里不知什么时候下过一场小雨，空气微凉，弥漫着湿漉漉的竹叶的味道，闻起来像极了一味平喘的中药。老板的小女儿在屋檐下挂了一串风铃，山风拂过，便发出清越的声音，反衬得四下寂静。临近中午，一队人骑着脚踏车从山路上下来，离得很远，他就看到那顶玫红色的头盔，心突然松下来，就好像丢了什么要紧的东西，又出其不意地失而复得了一样。

吃过午饭，骑行队坐上巴士，离开莫干山回上海。他不知道还会不会有这样的机会与她在一起，没有其他原因，仅仅是在一起。

回到上海，程致研瘸了两天，等扭伤好了，第一批去云域岛培训的名单也出来了，其中有司南，也有沈拓。

签证很快就办好了，出发的日子也已经确定。按照惯例，酒店为他们买了国际旅行保险。那段日子，并不太平，保险公司为此发了个特别提醒，但没几个人把这种事放在心上，只觉得是走走程序。初冬时节，全世界成千上万的人去那里度假，能去享受阳光沙滩，MT们都很开心。

当月的例会之后，程致研叫住司南，她手上还拿着刚刚发下去的紧急联络卡。

"你记不记得上次照片上看到的那个菲律宾人？"他问她。

"嗯。"她点点头。

两人好几天没讲过话了，但至少此时，她看起来还是挺乖的。

他从她手里拿过那张紧急联络卡，又从效率手册里撕了一张便笺，在上面写下一个名字——洛伦佐·桑托斯和一串电话号码，然后把纸对折了，塞进那个装卡片的塑料封套里，交还到她手上。"这个人原来是度假村的救生员，后来在主岛上开了一个卖潜水用具的商店，你要是想考潜水执照就去找他。"他解释。

她接过来，似是无所谓地随手放进口袋里，却站在原地不走。

他感觉到她的目光落在他身上，低着头反反复复理着桌上那两三张纸，许久又补充道："要是遇到什么事，也可以找他帮忙。"

"才三个礼拜，能有什么事？"她不以为意，"他结婚你是伴郎，你们是好朋友吧？"

"不是，我欠他钱，你去了刚好拿你抵债。"他不冷不热地回了一句。

这丫头还是那么好骗，愣了一下才笑出来，嘴里不屑地切了一声。

说完那几句话，他站起来拉开门，让她先走，两人一前一后从会议室里出来。

走到消防通道门口，她突然回头对他说："对了，有件事我要跟你说。"不等他回答，便推开门，把他拽进楼梯间。

他看她神色郑重，以为真有什么要紧的事情，低头看着她，等她说下去，却没想到她抬头便在他唇边亲了一下。

"你干什么？！"他推开她。

"对不起。"她迎着他的目光，一个字一个字，说得很清楚。

他疑惑地看着她。

"你会说对不起，我也会啊。"她带着些挑衅回答。

"那好，这下扯平了。"他耸耸肩，推开她就要去拉门。

她有点急了，拦在他面前："就这么简单的事情，我不懂你为什么这样，你要么索性离我远点，要么……"

"要么怎么样？"

她不说话，默默看着他。他第一次发现她有一个坏习惯，看人时喜欢斜睨着眼睛，带着似笑非笑的表情。

僵持一秒后，她放开他，往后退了几步，慢慢脱掉外套，背靠着墙。制服西装里面是一件乳白色衬衫，半透明的丝织面料像雨后凝结的雾气，也像蛋糕上的一层糖霜，身体的轮廓在其中若隐若现。

他意识空白，走近她，低下头。她的手在他身上，没有什么分量，却控制了他的动作，令他莫名觉得一阵冷，微不可察的战栗之后，又有一股燥热自胸腹深处向周身弥散。他把她按在墙上，低头吻她，一只手托起她的脸颊，抚过她的脖子和锁骨，顺着她身体的曲线滑下去。她皮肤的温度与微湿的汗意透过涩涩的丝绸，在他指尖留下了深刻的印象。她怕痒，忍不住轻笑了一声，楼梯间里回音总是很大，一丁点儿喘息声都被无限放大，他赶紧捂住她的嘴，粗重凌乱的呼吸也不知是她的还是他的，喷在他手上，他松开手，又吻下去。

门禁的嘀声，随后便是开门的声音，听起来就是从下一层传来的。他们几乎立刻分开，他往上，她往下，捡起地上的外套掸了掸，一边走一边穿，理了理头发。他往上走了半层，听到下面传来她跟人打招呼的声音："……午饭吃多了，来走走，消化消化……"

他往下看了一眼，她也正探出头来看他，做了个骑行手势，提醒他前方有障碍，浅笑了一下便转身离去。他站在原地，想起方才两人之间难以置信的默契，心里却有一丝淡淡的凉，那种空落落的凉意在他心里无限放大，几乎叫他无力呼吸。

他回到办公室就进了洗手间，扫了一眼镜子里的自己，身上的衣服皱得不像样，衬衫前襟还沾着一点脂粉。印象中她有着桃子一样细柔的肤色，他一直以为她不化妆。他从抽屉里拿了一件衬衣，撕开塑封，匆匆换上，头昏脑涨地看了几封邮件，又好像什么都没看懂。一封新邮件落进收件箱，发件人是司南，正文空白，只有标题：1105 ready for room inspection（1105房间恭候检查）。

大师计划结束之后，司南就已经回到了管家部，每天的主要任务就是以楼层主管的身份，调配一群阿姨的工作，然后做做客房抽查。

天庭管家部的女佣不像普通酒店那样统称House Keeper，而是按照W集团的惯例，分为Chamber maid和Linen maid两种。Linen maid只负责消耗品、毛巾、床上用品以及房间里的其他纺织品的更换和补充，Chamber maid则负责打扫房间。所做的事情未必有多少不同，但名头听起来颇有一些古风，仿佛来自伊迪斯·华顿小说里的某个章节似的。

这两类女佣以楼层为单位分组，由maid supervisor（女佣主管）负责，管家部MT的培训就是从这个职位开始的。虽说位卑权轻，却也有其优势，只要maid supervisor这一关不通过，那间客房在礼宾系统里就是unavailable（不可用）的状态，无法安排客人入住。这是酒店里众人皆知的秘密，有许多鸡鸣狗盗的事情就是这么出来的，只要闹得不过分，一般都可以混过去，只是没想到司南入职才不过数月，竟已经学会了。

程致研对此类伎俩有种本能的反感，他入行六年有余，从查尔斯身上学到许多东西，大部分是工作上的，但也有一些是私人的习惯，比方说，不仅要控制情绪，还要减少手上细小的动作；或是在办公室常备半打洗干净熨好的衬衫，以备不时之需；还有如何在酒吧请陌生女人喝酒，不说：能给你买杯酒吗？直接问：你要喝什么？

而其中最重要的一条就是——不在酒店里乱搞。

他不喜欢这种受人控制的感觉，直接把那封信转发给胡悦然，请胡总监督他去"检查"1105房间，同时也抄送了司南，以免她毫无准备，让胡悦然撞到什么尴尬的场面。

"要么离我远点，要么……"他反复回想她说的那句话，的确，他们之间就是这么简单。他选择，离她远点。

还有不到一周，第一批MT就要出发去菲律宾，培训三周之后，在圣诞节之前回来。那几天，程致研恪守诺言，离司南很远。只有一次，在员工餐厅偶然碰上了。当时，司南和沈拓正结伴在中餐柜台前面排队买饭，沈拓看到程致研进来，就朝他招手。

他朝沈拓点点头，径直去西餐柜台，买了一份沙拉外带。

司南应该也看到他了，却装作没看见。出了餐厅，他隔着玻璃远远看了她几眼，她已经买好饭了，正端着餐盘找座位。那天中餐套餐的菜是蒸狮子头、煎小黄鱼、红烧萝卜和清炒包菜，全都是她不爱吃的，所以她一脸的不乐意。

程致研知道她嘴巴挺刁的，不吃萝卜、不吃卷心菜、不吃肉糜，也不吃任何见"全尸"的食物，比如说整条上桌的鱼，但虾蟹贝壳却来者不拒。其实，他们总共也没聊过几次天，真正坐在一起吃饭也只有三四次，但他却连她爱吃什么不爱吃什么都记得一清二楚，可能真是中毒不浅了。

那一周的星期天，第一批六个培训生上飞机去了菲律宾。星期一回来上班时，她就已经不在酒店了。

　　程致研觉得这样很好，总算可以回到原先的模式，上班下班，工作吃饭睡觉，心无旁骛。当时已是十一月中旬，从那个时候开始一直到次年元宵节之后，都是酒店业的旺季，入住率比平时高出三成不止，前来举办各种庆典的客人也是络绎不绝。

　　客房和餐饮的生意都好了，各项消耗品的需求也随之吃紧。餐饮总监贝尔纳首先找到程致研，提议赶在圣诞节之前多进一批红白葡萄酒和香槟，供应商也已经找好了，而且还是个熟人——人事部招聘经理郑娜的老公。

　　天庭酒店有专门的采购部，不属于运营部门，直接向查尔斯汇报，打交道的基本都是集团指定的供应商。不过，食物原料、调味品，以及厨具之类的东西比较特殊，种类繁多，品级参差，而且许多生鲜只能在当地采购，餐饮总监和行政总厨总是有很大的发言权的。至于酒，刚好就在模棱两可的灰色地带。

　　天庭虽然开张不到一年，酒窖里已有相当丰富的收藏，其中顶级的陈年藏酒都是高价买来压箱底的，每年的新酒则由集团环球采购部在葡萄成熟季之前半年，去几个指定的酒庄预订。欧洲真正的老牌酒庄一季不过二三十箱出产，不管是产量还是价格，都不能满足节日期间的量贩需求，所以，在当地进一些平价货也是很正常的事情。

　　程致研早就知道郑娜的老公是做红酒进口生意的，郑娜虽然没有直接跟他提过，但也把酒单拿来给他看过。他不太喜欢这种事情，以他的立场也不能掺和，所以一直没有什么表示，结果，娜姐就直接找老贝去了。

　　一家酒店上下五六百号人，难免帮派林立，礼宾是一派，车队一派，工程部一派，保安部自成一派，管家部女人太多，涣散而不成气候，其中最是派系分明的还要数厨房，一中一西，分庭抗礼。想当初，程致研刚坐上副总的位子，也曾费了一番功夫收服这中西两派。

中餐行政总厨是个附庸风雅的啰唆的中年人，程致研花很多时间跟他聊天，听他讲古玩、讲食疗、讲药理，讲二十年前在日本打工时的经历，从不流露出半分厌倦。

西餐厨房一干人等是贝尔纳的嫡系部队，贝尔纳是个典型的漂在东方城市的西方人，人本身还算地道，只是被一小部分蝴蝶夫人式的女人宠坏了。程致研每个礼拜和他，还有西餐厨房那几个外国厨子去一次酒吧，一起喝酒，大讲脏话，离开时几乎总是带着刚认识的女人。

当然，真正打通关节的并不是这些表面功夫，而是实实在在的利益。厨房的水总是很深的，每逢总经理莅临，或者审计师来盘点，程致研会事先放风声出去，纵容他们在职权范围内捞些油水，比如用相熟的供应商，只要不过分，他就睁一只眼闭一只眼，因为他懂得水至清则无鱼。所以，这一次他也不打算拂老贝的面子，他势单力孤，需要餐饮部在背后力挺。

得了他的首肯，贝尔纳满意地走了。与此同时，W集团当年第三季度的财务报告也已经出来了。

那场始于华尔街的经济危机余波未平，对酒店业的重创全面爆发，几家跨国酒店集团都没能幸免，W当然也不例外，入住率下降了百分之十五，纯利倒退百分之五十以上，连续三个季度净亏损两千万美元。一片愁云惨雾中，唯一亮眼的就是东亚区的四家酒店，尤其是云域岛度假村，除了台风季，几乎总是保持着一房难求的架势，上海的天庭也是后来居上，业绩喜人。

季报出来之后，CEO Kenneth Walden召开了一次全球管理层的视频会议，天庭酒店高级经理以上的成员也都受邀参加。Kenneth在会上宣布，为了应对"艰难的经济环境"，将在北美和欧洲削减资本开支，并裁员三千人，同时增加在亚洲高增长地区的投资。

这最后一句话，相信很多人都等了许久，近十年间，W集团还持续不断在北美和欧洲扩张，每年仅房地产估价这一项上的损失就过亿，而对于亚洲两个最大的市场——中国和印度，却始终落后一步，沃尔登家两位公子都是骄傲的人，花了十年的时间，极大的代价，时至今日终于肯承认自己错了，实属不易。

视频会议结束之后，查尔斯叫住程致研，对他说："沃尔登太太下周来上海。"

程致研愣了一下，才对查尔斯点了点头，也不知该怎么回答。这的确是挺奇怪的事情，自己的老妈要来，却要旁人来通知。

陆玺文与詹姆斯之间的渊源，可能没有人比查尔斯更清楚。

詹姆斯退休之前，对查尔斯十分倚重，两人算是忘年之交，就连他与陆玺文那场极其低调的婚礼，唯一在场观礼的也是查尔斯，而陆玺文一度也曾与查尔斯走得很近。

到冰球馆事件为止，陆玺文已在W集团工作了七年有余，印在名片上的职位不过是董事会办公室战略策划组的一名初级经理，但东亚区好几个投资项目都由她协调牵头，与詹姆斯的一干亲信过从甚密，这帮人中自然就有查尔斯。

冰球馆事件之后，詹姆斯与两个儿子正式约定，手上的实权一次性移交，股权也逐年分出去，两位公子自然是拿大头的，零星的一些作为奖励分给表现突出的高管们。詹姆斯虽然年事已高，但一向保养得很好，身体轻健，思路敏捷，圈子里的人多少都猜到一些老头儿禅位的真正原因，明里暗里调侃，说这是典型的"不爱江山爱美人"。

CEO一换人，大方向立刻变了，那几个即将成形的项目全部被叫停，连詹姆斯亲自点将成立的战略策划组也撤销了。面对这样的局面，陆玺文心里一定是不甘的，却无奈势单力薄，只能妥协以求自保。她是最识时务的人，索性转型做了豪门阔太，从幕后走到了台前，过了几年装疯卖傻的日子。

那段日子，她从不过问任何有关W集团的事情，总是穿艳色的衣服，戴名贵珠宝，盛装打扮出入各种社交场合。像她这样的身世和身份，总是很容易红的。

一次接受采访，主持人问她，詹姆斯对她来说意味着什么？

"他是我的导师、朋友和情人。"她这样回答。

答案本身很不错，但所有人都以为她是惺惺作态，甚至包括她的亲生儿子程致研。

那一年，程致研刚刚大学毕业，也渐渐知道了一些W集团的事情。他知道陆玺文并不是真的放手了，这几年中，她不仅在美国的社交圈混迹，也在中国下了不少功夫。而以沃尔登家两位公子为首的管理层却因为连续几年业绩不振，受到董事会的诸多质疑。

警报在程致研踏入曼哈顿旗舰酒店的那一刻响起，Kenneth和Draco幡然醒悟，他们终究是世家子弟，手段还是不够狠，给了陆玺文五年时间再一次布局。如果冰球馆那一次真的得手，程致研死了也就死了，不巧的是，他命大，好手好脚地活着。五年之后，两方面不再像最初那样实力悬殊，而是形成一种微妙的平衡，再想做一次就没那么容易了。而这种平衡随着詹姆斯年事渐长，陆玺文在W的影响力日益扩大，势必是会被打破的。

面对这样的局面，两位公子不得不兵行险招，下了猛药，撤换了许多关键位置上的经理人，想要把陆玺文的影响力化整为零。唯独查尔斯因为有詹姆斯坐镇，不能擅动，只能激他让他自己卷铺盖走人。却没想到查尔斯不吃那一套，自觉自愿地去了菲律宾，一砖一瓦地做出成绩来。而云域岛的每一点成功都让董事会那帮食古不化的老家伙看到实实在在的利益和前景，愈加倾向于陆玺文那一派，反衬得Kenneth和Draco"占着茅坑不拉屎"。

就这样，在云域岛度假村开业经营三年之后，陆玺文受董事会特别任命，前往上海，筹建W集团在中国的第一家酒店——天庭。

所以，陆玺文这个名字在W天庭并不陌生，许多人都知道她是筹建委员会的成员，比这个更引人注目的自然是她的另一重身份——董事长太太。她到达上海之前的那个礼拜，程致研在同事中听到不少八卦，流传最广的是如何搭上有钱糖爹的终极攻略，其中第一条便是：宁可省吃俭用，不买名牌，坐飞机一定要坐头等舱。

那些传八卦的人并不清楚他与陆玺文之间的关系，他也就随便听听，左耳进右耳出，并不动气。其实，陆玺文命运的转变的确是从飞机上开始的。只不过当年的她在曼哈顿一家跨国旅游公司工作，要把机票升成头等舱并不需要花太大的代价，更不用省吃俭用这么夸张。而且，她在那次飞行中结识的也并不是詹姆斯，而是查尔斯。

除此之外，那个礼拜还有别的新闻，当月的集团电子期刊里有一个专栏，登载了云域岛的一些照片，其中就有天庭过去的那帮MT的身影。那六个小朋友还凑份子买了一大箱热带干果寄回来，分给上海的同事。

秘书拿了一包无花果干来给程致研，他不喜欢吃甜食，却还是留下了，可还没等拆封，云域岛就出事了。

最初的消息不过是集团内网上发布的一条旅行目的地提醒，寥寥几十个字，简短得不能再简短——近日，菲律宾各地举行大规模游行，马尼拉、巴兰玉计等城市交通或将长时间受阻。

提到的两个地方都在菲律宾最大的岛屿吕宋岛上，与云域岛所在的巴拉望省隔着一个苏禄海，距离上千公里，就好像是另一个世界发生的事，但程致研还是留心了一下相关的新闻。

次日一早，他又看到最新消息——持续数日的示威游行终于在凌晨两点激化。

随后那一整天，程致研都在刷新新闻网页，眼看着事态愈演愈烈。他让秘书打电话给度假村，得到的回答却是一切太平。午休之后，沈拓给他回了一个电话，详细说了一下那边的情况。这几天当地报纸头版都是示威的消息，好在暂时还没有更严重的事情发生。

隔着数千公里，她的声音有些失真，清晰却陌生。

"这几天尽量待在度假村里，不要去主岛。"他对她说。

"我知道，"她回答，"还有一周我就回去了，不会有事的。"

说完那些话，她安静下来，像是在等他说些什么。

"自己小心。"他对她说，而后道了声再见就把电话挂了。

云域岛位于苏禄海西面，巴拉望省的最南端，是座小小的珊瑚岛，环岛将近七公里的沙滩，全都是碎珊瑚经由海水冲刷形成，踩上去稍带粗糙的触感，不是长滩那种柔软的细沙，却更显洁白，在赤道的烈日下近乎耀眼，又不会被晒得发烫。由近至远，海水的颜色层次分明，从清澈透明，到翡翠般的绿，再到深邃的幽蓝。清晨天际泛白的那一刻，从那里坐上螃蟹船出海，时常能看到成群结队的鲸鲨和海豚。

程致研喜欢云域岛，也喜欢巴拉望省，相对于马尼拉所在的吕宋岛，这里物价平易，到处都有美丽的沙滩。他甚至想过退休之后在那里买一座靠海的小房子，过伪渔民的日子。

主岛的小镇上到处可见当地特有的吉普尼，速度平缓，好像永远都不赶时间。甚至连乞丐也很淡定，看到游客就慢慢过来，你若摆摆手，他就走了，不会一直跟着。大白天就可以看到许多青壮年男子在路边树荫下睡觉，都是没有工作的，到了夜里，他们的女人去酒吧工作，从外国游客那里赚钱养活家人。

云域岛度假村将近百分之八十的员工都是当地人，他们做最基础的工作，不求升职，只求领一份薄薪，继续过不温不火的日子。薪水总是按周结算，以免他们在月底哭穷，或者偷酒店的东西去换钱。

程致研初到那里时，刚好是三月，已经连续数月没下过雨了，许多村镇因干旱而严重缺水。轮休日他坐螃蟹船去主岛游览，看到女人推着带轮子的大木桶，光脚走很远的路去装水。他突然很想知道，查尔斯最初筹建度假村时是怎样一番情形，不确定自己此生会不会有这样的毅力和本事。

当天夜里，形势急转直下。

程致研在CCN网站上看到巴拉望首府公主港的视频时，已经是深夜十二点多。模糊晃动的影像显示，游客聚集的酒店、购物中心、餐馆和海滩都受到了不同程度的冲击。他立刻打电话去云域岛度假村的前台，要么线路正忙，要么就是长时间的铃音，无人接听，这在管理严谨的奢华级酒店几乎是不可能发生的事情。他后悔没有问沈拓要一个别的联络方式，试了不知多少次，终于放弃，换了另一个号码。

铃响了十数次之后，终于有人接起来：

"Lost Horizon Dive Shop."

"洛伦佐，是我，"他自信不用报名字，开门见山地问，"这几个礼拜有没有一个女孩子找过你？"

"什么女孩子？我生意很好的，每天好多姑娘找我。"

"名字叫司南，是上海过去培训的。"

"是有这么个人，"洛伦佐回想片刻道，"她在我这里学浮潜，还让我给她画了一张去钟乳洞的地图，就是从前你常去拍照的那个地方……"

程致研静静听着，突然很想问，她现在好不好？心里却很清楚，问了也是白问，听洛伦佐的口气，应该有好几天没见过她了。

"……她是你女朋友？"电话那头还在聒噪，"人长得挺漂亮的，就是太喜欢讨价还价了，说好四千比索的，非要还到三千五……"

"你有她的电话吗？"程致研打断他。

"没有，"洛伦佐又是一阵笑。

些微的希望破灭，他托洛伦佐留心度假村的情况，话还没说完，一阵电流声过后，电话就断了。

第二天一早，程致研在新闻里看到已有好几个国家发布了旅行警告。

他在杰达港工作时遇到过一次类似的情况，旅行警告发布后不久，机场就会乱成一锅粥，因为经停飞机减少，许多航班被取消，剩下的每趟班机都爆满，几乎一票难求。他知道自己已没有多少时间犹疑，立刻打电话给天庭酒店指定的旅行社订最早一班去巴拉望岛的机票。

果不出其所料，因为菲律宾航空公司的班机滞留在始发机场，所以当天直飞公主港的航班已经取消了，短时间内恢复无望。摆在他面前的，只有两个选择，飞去马尼拉，或者先到马来西亚的吉隆坡，再转机去巴拉望。

最早一班去马尼拉的航班就在两个小时之后起飞，去吉隆坡的要晚一些，所以，他选了马尼拉，带了一些简单衣物和美金现钞，直奔机场。在机场等候登机时，他打电话回酒店，让秘书替他从亚太区总部打听云域岛的情况，一有消息就转发到他的邮箱。查尔斯还没上班，他只能发一封信告假，但并未说明他要到哪里去。

三个半小时后，飞机降落在马尼拉尼诺伊·阿吉诺国际机场。

机场在城市南郊，距离市中心有十余公里，没有爆炸，没有武装分子，也不见示威游行。航站楼里挤满了等候返程航班的人群。

程致研一下飞机就开了黑莓，一连串的振动，十余封邮件涌进来，大多都是日常工作的往来信件，他匆匆看过，终于看到一封秘书转发给他的信，那是一封亚太区总部的内部通函，说云域岛度假村已有保安公司进驻，并且开始组织员工撤离。

相比国际航班一票难求的情况，菲律宾国内的班机却乏人问津，尤其是去往巴拉望的飞机，很多人临时取消了行程，超过一半的位子空出来。程致研很容易就等到一个去公主港的候补机位，售票柜台的女孩是华裔，看他也是中国面孔，就反复提醒他，返程的航班很可能延期，甚至被取消。

程致研耐着性子点头，说他很清楚那边的形势，但一定要过去。

临走，女孩还在问："你是记者吧？"

他摇头，收拾起证件就走。候机时，又打了一次度假村的电话，仍旧是漫长的铃音，可能故障仍未排除。

飞机一个半小时后起飞，四十分钟到达公主港国际机场。虽然号称国际机场，其实只是一座绿色玻璃幕墙的大平房，降落之前，飞机低低掠过城区边沿，远远便可看见建筑上贴着的纷乱的标语。

此时已是下午三点多，当地是多云天气，空气潮湿，温度不算很高。巴拉望是典型的热带季风气候，一年两季，十一月刚好在两季的交界处，绵延不停的雨季差不多已经结束，入夜之后偶尔会下一场雷雨。

程致研下了飞机，候机厅很小，但也跟马尼拉机场一样挤满了人，机场工作人员在现场拉起绳子，还有军警荷枪实弹维持秩序。他留心了一下出发区的人群，一眼就看到沈拓和林飞几个人站在一支蜿蜒的队伍里，一直悬着的心一下子放下来，直到跑到近前，细看之下竟不见司南的影子。

沈拓也看到他了，朝他挥手，喊了一声他的名字："致研！"脸上满是惊喜，挤过来隔着一条绳子抓住他的手臂。

她从没这么叫过他，更没有这样拉过他的手，但他根本没注意，开口便问："司南呢？"

"司南，"沈拓愣了一下，"她今天不当班，我们撤离的时候，她还没回来……"

程致研只觉得脑子里嗡的一声，几乎听不清后面的话。前一夜他就没有睡好，从早上到现在辗转三个机场，一路坐的都是宿雾太平洋航空公司的廉价航班，飞机上不提供食物饮料，他神经吊在那里，既不觉得渴也不觉得饿，滴水未进，更没吃过什么东西，直到此时才突然有种浑身虚脱的感觉。

好不容易冷静下来，他紧紧抓着沈拓的胳膊问："你知道她上哪儿去了吗？有人跟她在一起吗？"

沈拓看他的脸色，似乎有些害怕，语无伦次地解释："……她说过要去主岛，她轮休的时候总是去……我们是坐度假村的水上飞机来的，也不是所有人都走了，高管分成两组，有一组还在岛上……"

"她带手机了吗？"他又一次打断沈拓的话。

"应该带了，"沈拓从口袋里拿出一部白色的手机，"我一直打一直打，就是打不通……"

他一把抓过电话，转身就要走。

"你要去哪儿？我跟你一起去。"沈拓抓着他不放，弯下腰准备从绳子后面钻出来。

"不用了。"他挣开她的手，朝机场外面跑过去，直到到门口回头看了一眼，才发现她摔倒了，林飞和彭伟正拉着她站起来，她看起来就像是个挨了骂的孩子，几乎要哭出来，他这才意识到刚才那一下手脚重了，但这时候也顾不上那么多了。

因为航班延误，等待候补机位的人又太多，机场售票柜台已经关闭，旅游办事处也差不多关了门，卷帘门放下一半，只留了一个保安留守。程致研站在门口，很快考虑了一下。公主港的汽车总站位于镇北六公里处的圣何塞市场，那里可能还有长途车去南部，除此之外，他也可以租辆车，只是路程很远，单趟就要差不多八个小时，而且雨季尚未过去，中途不可测因素太多。他决定找一架飞机。

路边泊着几辆小型的吉普尼车，司机聚在一边抽烟。程致研走过去，跟其中一个说要去码头。他记得那里有一个美国人开的旅游纪念品商店，可以替游客安排行程，老板在岛上住了许多年，非常吃得开，无论是车、船还是飞机，没有他找不到的。

司机是个典型的菲律宾人，看人的时候低着头，眼神闪烁，混杂着无端的戒备和恶意，还有一些莫名的幸灾乐祸。他上下打量了程致研一会儿，开价一百五十比索。

公主港与其说是一座城市，不如说是个小村镇，在平时一百五十比索足够坐车去几百公里外的另一个市镇。但此时是非常时期，程致研没有还价，上了车。经过城市广场，他中途下车，找了台自动提款机，取了尽量多的现钞。

到了码头，他下车，拿出三百比索。司机看得很清楚，愣了愣，才伸手接过去，默不作声调转车头就走。他要找的那家店果然还开着，只是人丁稀落，只有一个小伙计在看店，两个记者模样的白人蹲在角落里一边上网，一边给照相机电池充电，听口音像是美国人。

程致研说明来意，小伙计立刻替他把老板找来了。这个晒得跟焦炭似的老头儿说，飞机是有的，只是驾驶员不一定肯飞这一趟。

程致研只能拜托他想想办法，价钱什么的都好商量。老板转头去打电话，操一口流利的当地土话。虽然和南部口音不一样，但程致研还是能听懂大半，老板说有个美国记者要租水上飞机，去南部离岛采访。

还是应了那句古话，"重赏之下必有勇夫"。价钱很快谈妥，不到半小时的飞行，索价五千美金。程致研随身带的现钞刚好只有那么多。但他急于要飞过去，至于到了那里之后怎么办，只能下了飞机再说。幸运的是，旁边蹲着的那两个货真价实的记者听说他租了飞机，表示可以分担一半的租金同机去南部。

上飞机之前，他试着用沈拓的手机拨了一遍度假村的电话，还是老样子，又在电话簿里找到司南的名字，按了拨号键，得到的提示始终是"无法接通"。

老板走过来，拍拍他的肩膀，递给他一瓶水，说："孩子，你脸色不好，不过就是工作嘛，没必要这么拼。"

他苦笑，却没有解释。所有人都把他当成是记者，这种时候，除了记者外，也没什么人会往那种地方跑。

上飞机之前，从沈拓那里拿来的那部手机响了，是林飞打来的。他告诉程致研，他们几个已经等到机位了，两个小时后飞去吉隆坡，再经由香港飞回上海。

没等他说完，沈拓就把电话拿过去，对程致研说："我在马航柜台多排了两个位子，地勤说明天或者后天应该还有一班飞机，等一下我把电话和联系人的名字发给你。"

她又恢复了一贯有条有理的作风，声音听起来很平静，一句废话都没有。

"谢谢你，沈拓。"他对她说。

"不用。"她轻声回答，说完就把电话挂了。

老板临时找来的飞机很旧，尾翼上很神气地写着Top Gun（壮志凌云），估计岁数也有这部20世纪80年代走红的电影这么大。机师恰恰相反，看上去像个半大孩子，估计还不满二十岁，很可能才刚刚考到执照。

最糟糕的是，海上开始变天了。

起飞之后，飞机两侧螺旋桨轰鸣，老旧的机舱在风雨吹袭中吱咯作响，飘摇不定。同机的那两个记者忧心忡忡，估计已经开始后悔做了这么个草率的决定，干巴巴地开玩笑说：万一碰到什么意外，把一条小命交待在这里，那可怎么好？

小机师听他们这样讲，兴奋地插嘴："你们都是美国人吧？有没有看过Lost？有没有？That's awesome！"

那两位哑然，显然没有想过坠机在某个南太平洋荒岛上，四个男人演出一场现实版《迷失》的可能性。

唯独程致研无心顾及这些，他靠在弦窗边闭了一会儿眼睛，却睡不着，只能努力去想到达离岛之后，应该做些什么，先去哪里再去哪里，但脑子里纷乱过着的都是一些毫无关联的画面——她走进那间面试的小房间，与他握手，第一次对他笑；电梯里，她站在他身后，他浑身湿透，雨水顺着身体的轮廓滑下去；停机坪上，她跪在他身旁，眼前是整座城市沉入绵绵暮色；或是另一个日落的时刻，莫干山山顶，他第一次吻她……

他惊讶地发现自己竟然记得与她相关的每一个细节，他以为自己早就过了一见钟情的年纪，其实却没有。这样的人，这样的相遇，或许终其一生也只有一次。又或许从第一眼看到她开始，他就很清楚自己对她的感觉，所以才会有那种本能的，却也是徒劳的抗拒。

飞机穿过那片雨云，继续往西南飞去，那里的天气似乎比中部要好一些，不过一会儿工夫，他们就在主岛东面的码头平安降落。

刚从飞机上下来，就看到不远处的船坞里泊着几艘被砸坏甚至烧毁的游艇，其中损毁最严重的一艘原本白色轻钢的船身已经龟缩成一团黑色的灰烬。街上人很少，不见一个游客，难得能看到几个警察，百无聊赖地逛着，绝大多数沿街的商铺都已关门歇业，有不少橱窗被砸毁，马路两旁满是玻璃碎片和丢弃的杂物，其中有一些孩子抱着的布偶和女人的胸罩，一看就知道是从民居里翻出来的。

　　程致研跟着那两个记者步行去小镇中心，他们的照相机和白人的面孔是最好的护身符。几个二十岁上下的年轻男子正从一家大门洞开的商店里，整箱整箱地往外搬香烟，往一部电动三轮上装，看到他们还挥了挥手，说了声：How are you? 他的一个同伴手里拿着一把老式步枪，嬉笑着喊：自由万岁！民主万岁！

　　记者过去跟那两个人攀谈，征得同意之后，开始录影、拍照片。程致研无意耽搁，与他们道别，继续朝镇中心走去。途中他又试了试电话，镇上的移动通信已经恢复，信号是满格的，但司南的手机仍旧打不通，她很可能不在镇上。洛伦佐潜水商店的固定电话运行正常，打过去是他老婆卡丽接的，她告诉程致研，洛伦佐一早就出去了，岛上的通信基站正在维修，大部分住宅电话已经能用了，但云域岛还是只能用卫星通信，手机信号时好时坏。

　　天眼看黑下来，海面平静，无风无浪，海天相接处有大片浅淡的乌云。他想起洛伦佐说过，司南要钟乳洞的地图，那个洞在小镇以北五十公里处，因为路不好走，坐吉普尼车要颠簸近两个小时才能到。她会不会真的去了那里，然后找不到车子回来？他不确定，只能去试一试。

　　主岛上的游客能走的都已经走了，原本随处可见的吉普尼车也不见踪影，他绕着镇中心的市场、邮局和教堂转了几圈，才看到一部过路的电动三轮。他朝司机挥手，用当地话打招呼，那人没停车，几乎紧贴着他的右臂擦过去，又开出老远才停下来。

　　司机是个女人，看上去已经不年轻了，但也不好说。程致研请她帮忙，带他去北郊的钟乳洞，虽然天色已晚，但他愿意多出一点钱。女人很淡定地看着他和他递过来的一沓钞票，对他点点头，示意他上车。

　　三轮车一路颠簸朝北驶去，他坐在后车斗里，一路留神看着，巴望能看到那个熟悉的身影。眼看就要出镇了，车子突然拐进了一条死巷，在一栋绿色石棉瓦顶的房子前面停下来，女人跳下车，伸手拍门，嘟嘟囔囔说了一堆什么。程致研立刻意识到出事了，抓起背包从车上下来，朝巷子外的主路跑过去，却已经晚了。

那个女人已经不见踪影，房子里出来三个人，挡住了他的去路。领头的胖子是个大块头，两边站着的两个马仔倒是典型的当地人身材，手上都拿着约四寸长的匕首。

马仔甲用口音浓重，却简单明了的英文对他说："钱、手表，放在地上。"

天已经黑了，死巷里没有路灯，空气潮湿滞重，闷得叫人透不过气。程致研不至慌乱，甚至有些庆幸，若是在马尼拉，遇到抢劫都是持枪的，匕首还算好。碰到这样的事，他多少有些心理准备，但还是打了个寒战，看着那个胖子，从口袋里拿出事先分开放好的一沓钞票，摘下手表，屈膝弯腰，慢慢放在面前半步远的地方。

"还有那个。"马仔乙眼睛尖，指了指他拿在手上的手机。

他一路都在试着打电话，所以手机一直拿在手上，没收起来，直到此时才有些后悔，没有把司南的号码记下来，如果他们拿走这部手机，他就连唯一可能联系到她的方式都没有了。

"这里有差不多一万比索，手表你可以拿去当，你们会满意的，"他无视马仔乙，直接跟胖子说话，"但电话我要带走。"

胖子没想到他居然会这么说，有点意外，随即就冷笑。倒是马仔乙觉得被藐视了，走近了一步，左右手来回玩着那把刀，然后朝他猛冲过来，手中的刀刃在黑暗中划出一条弧光。死巷里没有路灯，白天下过雨，地面泥泞湿滑。马仔乙脚下不稳，为了保持平衡，动作自然就慢了一点，这使得程致研有时间反应，闪身避开，一脚踢在乙的膝盖上，抬手猛劈他的手腕，匕首应声落地，马仔乙惨叫一声跪倒在地。

胖子和马仔甲见状一拥而上，程致研来不及捡掉在地上的刀，只能用脚踩住。其实他也不愿意动刀，真的闹出人命来，在当地警察面前，他是绝对讨不到便宜的。胖子一拳打过来，正中他的腹部，他来不及躲闪，只能硬扛，挥拳就朝胖子脸上打，指节撞上牙床和颧骨，胖子半张脸立刻就见血了，他的手好像也破皮了，火辣辣地疼。

马仔甲手里还有刀，马仔乙也已经缓过来，加入了混战。他只能死死抱住胖子，扭打在一起，让马仔甲无处下刀，混乱中身上又挨了好几下，也不知是拳脚还是肘，只要没中刀就还算走运，剧烈的冲击之后，各种疼痛和恶心的感觉，他也不知道自己还能坚持多久。

一道炫目的白光照进死巷，是汽车的远光灯。

"研！是你吗？"白光后面，传来一声惊叫。

眼睛逐渐习惯亮光，他看到死巷外面的主路上斜停着一部黑色丰田皮卡，两个人从车上下来，朝他跑了过来。跑在前面的是一个剃板刷头、肤色黝黑的男人，后面跟着一个瘦瘦的女孩子，身上穿着花哨的当地服装——竟然就是洛伦佐和司南。

更令人欣慰的是，洛伦佐手上拿着一支半米多长的射鱼枪，干净利落地松开保险锁，胖子及其马仔见状立刻就不动了。

胖子松开程致研，用当地话嘟嚷了一句，似乎是叫洛伦佐别妨碍他们发财。

程致研本以为还会有一番讨价还价，却没想到洛伦佐只说了一句话："他是云域岛的人。"

"那又怎么样？"

"记得两年前那场干旱吗？"

胖子不置可否，看着洛伦佐。

—— // ∧ \\ ——

"这岛上的海水脱盐净化设备是他从吉达港带来的。"

胖子愣了愣，回头又看了看程致研，示意两个马仔松手，甚至从地上捡起钱和手表来还给他。程致研有些不敢相信事情就这样解决了。洛伦佐说的不是假话，但也不完全是真的，岛上的净水设备的确是他从吉达带来的，但一手促成这件事情的人是查尔斯，而且其初衷也并不仅仅是做善事，只是为了与当地居民搞好关系，让度假村的生意更好做罢了。就像查尔斯曾经对他说的，"任何人做任何事都是有原因的"。

程致研接过胖子递过来的手表，但没有要那叠钱。司南自始至终都睁大了眼睛看着他，显然压根没想到会在这里见到他。他也觉得有些尴尬，不知道怎么跟她解释自己为什么会出现在这里，干脆就不看她，跟着洛伦佐上了车，坐在副驾驶位子上。

司南也跟上来，坐在后排。关了车门，洛伦佐发动车子，倒车朝离岛最南面的海滩驶去，码头和他的Lost Horizon Dive Shop都在那个方向。

程致研没回头跟司南讲话，只是问洛伦佐怎么会找到他们俩。洛伦佐告诉他，司南的确去了钟乳洞，租车去的，司机出发之前就收了全程的钱，等到要返回的时候，却趁乱跑了。手机又打不通，她只能步行到海边，在那里找了户住家给洛伦佐打了电话。洛伦佐接到司南之后，两人回到潜水商店，听卡丽说程致研也到了岛上，所以又出来找他，幸好往北去的只有这么一条路，才没有错过。

车很快开到镇中心，程致研翻下遮阳板，借着路灯的光线，他看到遮阳板后面的镜子里映出自己狼狈的样子。

洛伦佐瞥了他一眼，用当地话说："你要是在上海就爽快地把她睡了，何至于追到这里来吃这样的苦头。"

程致研一听，立刻变了脸色，回头看了一眼后排座位上的司南，那丫头正盘着腿吃一块饼，显然什么都没听懂，见他回头，就眨巴着眼睛问："我们现在上哪儿？"

他好像没听到她提问，只管跟洛伦佐讲话："你的快艇加过油吗？够不够开到云域岛？今晚我们回度假村过夜，那里挂美国旗子，保安公司也已经接管了，应该没人会去闹事，明天一早再坐水上飞机去公主港。"

"我说研，你离开巴拉望真是太久了，"洛伦佐叼着烟笑起来，"你以为这里的人会认什么旗子？就像刚才那几个家伙，只是想趁乱捞点好处，我只敢保证他们认得钱，还有我洛伦佐·桑托斯。"

程致研知道洛伦佐说得没错，但洛伦佐是开门做生意的，有店有家有孩子，他不想拖累了他。

正犹豫着就起风了，路边棕榈树巨大的枝叶全都往一边倒过去，雨点落在挡风玻璃上，台风到了。

"这下好了，"洛伦佐还是叼着烟笑，"上帝替你决定了，省得伤脑筋。"

三人回到潜水商店，雨已经下得很大了。

洛伦佐一家三口就住在店后面的平房里，那个区的电力供应还没恢复，小型柴油发电机的功率不够，屋子里灯光昏黄，也没开空调，只有天花板上的吊扇吱吱呀呀地转着。卡丽已经做好了晚饭在等他们了，才满周岁的小男孩丁丁只穿了一件汗背心，光着屁股满地爬。

看到程致研的样子，卡丽立刻去店里拿了药箱，又从房间里拿了一套洛伦佐的干净衣服给他换上。司南坐在旁边，看着卡丽帮他清洗手上的伤口，又看着他狼吞虎咽地吃下许多面饼、腌鸡肉和螃蟹。他不跟她说话，她便也默默不言，坐了一会儿就去洗澡了。她洗得很快，十分钟就出来了，头发湿漉漉的，穿了件吊带的花裙子，应该也是卡丽的衣服，有些旧，却有种亲切家常的艳丽。她蹲在地上逗着丁丁玩，卡丽看着他们露出温柔的笑。卡丽的年纪其实比她还要小，看上去却已全然是个主妇的样子了。

吃过饭，程致研也去洗了澡，浴室里还留着淡淡的洗发水的味道，他脱掉衣服看了看身上的伤，上腹右侧有一大块瘀青，很痛，但还不至于有内伤。他洗完澡，正要推门出去，突然想起来洛伦佐的房子里只有两间卧室，今晚怎么睡，是个问题。

等他走出浴室，才发现问题已经解决了，餐厅、客厅里已经没人了，主卧的门关着，朝西的客房开着门，透出一点灯光。他走进去，看到司南站在窗边，外面风雨交加，雨滴隔着木质百叶帘落进来，打湿了窗台和一小块地面。

她回头看到他，就朝门口过来，他以为她会走出房间，结果她只是把门关上了。仅隔着一面薄墙，传来洛伦佐弹吉他的声音。菲律宾是个出乐手的地方，在这七千多座岛屿上，不管走到哪里都有可能遇到天籁般的声音。

他站在原地，不知道该说些什么，最后还是她先开口了。

"你手还痛不痛？"她问。

他摇头："你没看见那三个人，脸上都挂彩了。"

她不以为然地嗤了一声："人家也就是样子难看点，又没有什么内伤，只有你这样不会打架的才打脸，没有杀伤力，自己手痛。"

他被噎得说不出话，不禁有些动气，他走了这么远的路，经历了这么多事情，到头来她却这么说。她好像看穿了他的心思一样，翘起一边嘴角对他笑，拉他在床边坐下，伸手掀起他的衣服。

"你干吗？！"他推了她一下。

她没有退让，也不出声，一手把他身上那件旧T恤撩到胸口，另一只手轻抚过右边肋骨下的瘢痕。他愣在那里，女孩子细而柔的手指抚过他的胸口，他的身体起了反应，他又一次试图推开她，把T恤拉下来。她还是沉默，扳着他的肩膀，抬起头看着他的眼睛，然后跪在床上吻他。

那个细致绵长的吻击碎了他所有的克制，他把她按倒在床上，吻她的嘴和脖颈，解开裙子的吊带继续探寻。那一层柔而薄的棉布下面，她的皮肤带着阳光的痕迹，温暖而濡湿，仿佛每一个细致的褶皱之间都带着雨林的潮意，一如周围的空气。她认真看着他，回应他的吻，长久的缠绵之后带他进入她的身体。他忘情地动作着，直到在她颊上尝到咸涩的滋味，他以为伤到她了，贴着她的耳朵问她怎么了。她不说话，连喘息也悄然无声，扳着他的腰背把他拉近自己，用身体告诉他不要停下来。

激情退去，他累到了极致，几乎立刻就睡着了。半夜，雨越来越大，他被雷声惊醒，下意识地伸手去抓，却发现身边没人。直到眼睛习惯了黑暗，他看到她侧身坐在窗台上，看着外面的雨幕。一道闪电划过，照亮了她的脸，沉郁悲伤的表情，他看到过一次，在W天庭的停机坪，她那样安静地跪在他身旁，看着整座城市沉入绵绵暮色。

他一动不动地躺着，久久地看着她，那么陌生，好像换了一个人似的，她那样一个看似不设防的人，其实却缩在一个胡桃壳里。他想要敲开那层硬壳，却又怕伤到内里的她，或者他自己也有一些害怕，不知道在那层硬壳背后会看到些什么。

一转眼便是天光大亮，热带的海滨就是这样，一夜风雨了无痕迹，像是一场梦境，只有屋后小小的游泳池里漂着的鸡蛋花和马缨丹花残破的花瓣还带着少许夜的记忆。

程致研醒来的时候，司南已不在房里了。他从床上起来，推门出去。洛伦佐正坐在餐桌边吃早饭，卡丽在厨房里做事。

洛伦佐看到程致研，一脸促狭地笑，问："昨晚睡得好吗？"

不等程致研反应，卡丽就过来踢了他一脚，指指门外说："她和丁丁在后院儿。"

其实隔着窗户就能看见，司南和那个蹒跚学步的小子正在院子里玩球，不时发出阵阵怪叫。程致研推门出去，站在廊檐下看着他们，她回头对他笑，又成了那个他熟悉的司南，一眼看得到底似的。

吃过早饭，程致研按照沈拓发给他的号码和名字，打电话给马来西亚航空公司，得到的是个好消息，当天晚上就有一班飞机空出来两个位子，他们能走了，在吉隆坡转机，大概六个小时就到上海了。他却觉得一丝失望，发现自己暗暗地希望走不成。他想起昨天洛伦佐在车上说的那句玩笑话，暗自苦笑，睡了她也不能放下，这一次，真的是麻烦大了。

下午，洛伦佐用汽艇送他们去云域岛，刚好赶上和岛上剩下的几名员工同机去公主港。那几个人都是外派到菲律宾的管理人员，其中一个曾经和程致研共事，两人很熟悉。司南很会看脸色，从一开始就和他保持距离，就好像普通同事一样。他不喜欢这种感觉，他还没来得及说什么，她就表现得如此乖巧。虽然，他自己也不知道该怎么把他们俩之间的关系告诉其他人。

从云域岛到公主港机场，一路上都很顺利，再没有任何波折与悬念。另外几个人要飞去马尼拉转机，航班比他们的早一个多小时，道别之后，终于又只剩下他们两个人。

程致研问司南要不要向家里人报个平安，她先说不用，过了一会儿又改变了主意，用他的手机拨了个上海的号码。电话接通了，她走到一边去听，没有称呼，只是一通唔唔啊啊，"挺好的""不用""你就别管了"，很快就说了声再见，把电话挂断了还给他。程致研也没觉得奇怪，十几二十岁的人跟父母的关系总是有些尴尬的。一般情况下，女孩子会相对好一点，她比较有性格，可能算是个例外吧。

他们搭乘的航班稍有延误，上了飞机又等了很久。司南靠在舷窗上睡觉，他把她拉过来，冷言斥道："你记性够差的了，当心起飞的时候把脑子震坏掉。"

她皱着眉，不情不愿地枕到他肩上。他们都睡着了，他再醒过来时候，发觉她还是背对着他，靠着舷窗那一边睡着。他觉得她那副睡相有些好笑，心里却掠过一阵莫名的失落。她不需要他。就像这一次，他自以为必须来，但事实上，即使没有他，她也不会有事。

他突然想起洛伦佐结婚前对他说的一番话，那天，他曾开玩笑地问洛伦佐："你为什么要结婚？"

"因为我真的爱上这个女人了，不结婚不行。"洛伦佐回答。

他完全没想到会得到这样乏味的答案："你怎么知道自己真爱上她了？"

"研，你记住，有一天，当你面对一个女人，觉得自己像一个娘们儿一样软弱，你就真爱上她了。"

那个时候，他曾以为这是发生在洛伦佐身上的个别现象。但这一天，恐怕真的来了。

到达上海已是次日凌晨，下了飞机，初冬的冷风扑面而来，他们又穿上厚外套，而后坐出租车去市区。车子先开到司南住的那个小区，程致研要送她到家门口，她说不用。他再坚持，她就急了，皱着眉对他嚷："我爸在家呢！我不想让他看到你！"

"你几岁了你？"他不想闹得不愉快，只能玩笑似的嘲她。

"你管我，反正比你小多了。"她回嘴道，拖着拉杆箱就进去了。

—— // 八 \\ ——

第12章

次日，两人都像没事人一般回酒店上班。

程致研离开酒店之前并未向查尔斯请示，只含糊其词地请了几天假。查尔斯却把他去云域岛当作是公司行为，大做了一番文章，先是在例会上表扬了他，而后又把沈拓代表所有当时在菲律宾的MT写的一封公开感谢信，在集团范围内昭告天下——上海W天庭酒店六名管理培训生在菲律宾云域岛度假村轮岗期间遭遇骚乱，天庭运营副总经理程致研不顾个人安危，于当地政府宣布紧急情况六个小时后赶到事发地点，组织大家撤离，并成功找回了一名掉队的员工。

程致研觉得自己实在是受之有愧，特别是对沈拓，所以根本没好意思把全文读完。

午餐时间，他在员工食堂遇到沈拓，把那只白色的手机还给她。

司南跟她坐在一起吃饭，见程致研来还手机，就逗她："沈拓，你可得谢谢程总，为了你这只手机，他被三个当地人围着打。"

程致研原以为沈拓不至于这么傻，会相信这种胡话，却分明看到她一下子涨红了脸。

"你别听她胡说。"他淡淡道。

—— // ∧ \\ ——

"我哪句话胡说了？"司南笑着反问。

他其实喜欢她胡搅蛮缠的样子，但周围人很多，只能沉下性子来不理她，就这么走了。

程致研去菲律宾的那两天，刚好错过跟陆玺文见面，她是前天到达上海的，开了一天的会之后，第二天就飞去北京谈一个新的投资项目。他不知道陆玺文有没有问起他，查尔斯什么都没跟他说。正常情况是，她不会问，至少不会在别人面前表现出特别的关心来，就好像他只是个普通的管理人员一样。

直到晚上下班之后，程致研才给陆玺文打了个电话。她声音柔和，说话缓缓的，告诉他这几天都见了什么人，新项目又谈得怎么样，一点都不像母子之间的对话。

"老头身体还好吗？"他问她。

"体检指标比我还好，"陆玺文笑道，"就是年纪大了，上个月莫名其妙地昏过去一次，怎么查都查不出原因。"

算起来詹姆斯已经快八十岁了，虽然看起来身体清健，但总会有灯尽油枯的那一天。等那一天来临，谁能坐上W的头把交椅，是陆玺文？Kenneth？抑或是Draco？谁都不知道，一切都还言之尚早。

至少有一点，程致研是很清楚的，根据婚前协议，陆玺文无权染指W集团的股权，而董事会里又有很大一部分人对Kenneth和Draco的表现不甚满意。也就是说，如果她能在这几年里搞定詹姆斯，并且争取到多数董事的支持，那么在詹姆斯去世之后，站在台前的人就会是程致研，而她便可以在幕后大权在握了。

其实，程致研从来就不是一个有企图心的人。童年时期，他和祖父生活在一起，耳濡目染的是书生的淡薄明净。少年时代，他突然变得很有钱，除了情感外，从来没有什么东西是他想要却得不到的。他之所以愿意蹚这潭浑水，很大程度上是因为陆玺文想要他这么做，是因为陆玺文不甘心。虽然他们并没有真正在一起生活过，但她毕竟是他最亲近的人。

陆玺文在北京总共待了两周，但那段时间，程致研和司南并没有太多机会在一起。在天庭，两人有一种无须多言的默契，还是保持上下级关系，绝无越矩。下班之后，司南是跟父母住在一起的，也不能太晚回家。程致研对此表示充分理解，女孩子家教严一点总是没错的。于是，两人得以亲近的时间，只有下班之后到夜深那区区几个小时。

就快到十二月的旺季了，程致研的事情很多，司南是小喽啰，上下班时间还比较固定，总是早早地在距离历峰大厦两条街之外的环形天桥上等他，鼻子被风吹得红红的。弄得他也无心在酒店耽搁，匆匆离开，去天桥上找她，捧着她的脸，亲吻她冰冷的鼻尖和嘴唇，再一起坐地铁过江，找个地方吃饭。那种淹没在陌生的人流中拥抱她的感觉，让他觉得既满足又安宁。而后，他会带她回公寓。在那里，和她在一起的分分秒秒都有种奇怪的氛围，就好像除了两人身体交缠肌肤相亲的部分外，其余的自己全都不存在了。那是一种从未有过的体验，颠覆了他曾经相信的一切，只觉得时间过得太快了。

他总是求她："留下吧，今晚留在这里好不好？"

看得出来，她也是不舍的。有那么两次，她经不住他劝，打电话回家，说跟同事换了夜班，不能回家。可能是这么多年下来习惯了，她家里人跟她打电话总是嗓门很大，他在旁边也能听见，她觉得很尴尬，讲话的态度就会不太好。

程致研起先觉得那种小脾气很可爱，类似的事情多了，才渐渐意识到，司南对自己的缺陷其实是很介意的，那些满不在乎的自嘲只不过是一种自我保护的方式罢了。就好像她很少在他面前摘下助听器，如果摘了，就尽量不开口讲话，生怕声音控制不好。还有不管夜里折腾到多晚，她总是醒得很早，他起床的时候，她已经梳洗妥当，头发吹得顺顺的，遮着她戴助听器的那只耳朵。他记得她跟他说过自己神经衰弱，其实，只是她比别人需要更多时间准备罢了。

面对这些小事，他有些茫然无措，他相信她是喜欢他的，但始终保留着一部分不让他进入，那是她小小的无声的世界，只有在那里她才会卸下所有防备，才是完整而真实的。虽然他的职业就是与人周旋，但见惯了的全是光鲜亮丽的人，而且，她对于他来说那么特殊，他不知道该怎么跟她说出自己的感觉，也不敢轻举妄动。

那个周末，吴世杰约人去阳澄湖吃最后一批大闸蟹。程致研放下手里的事情，租了一辆车，带司南同去。吴世杰是何等敏锐的人，纤毫必查，立刻发现他们俩之间有奸情。在他面前，程致研和司南都不觉得有避嫌的必要，大大方方地承认：对啊，有奸情，怎么着吧？

那天晚上，他们在苏州郊外的一家酒店过夜。吃过大餐，吴世杰的女朋友晶晶提议去唱歌。程致研考虑到司南，本想不去，但司南第一时间响应，他也不好推辞。

进了包房，晶晶点了一串歌，叫吴世杰跟她一起唱，吴世杰却光顾着跟司南说话，不怎么搭理她，她就一个人霸着麦克风唱。晶晶看着年纪很小，还在上大学，点的歌都是他们听都没听过的。

司南自然不唱，在一旁绘声绘色地跟吴世杰描述他们在巴拉望的经历，特别是程致研跟人打架那一段。

吴世杰听完，拍着大腿道："我老早就跟丫鬟说过，打架还讲什么道义，打要害，Hit and run（打了就跑）！这么多年都没记住！"

说到打架，吴妈无论实战经验还是理论基础都比程致研丰富，总是说他招式太绅士，打人只打腰以上，简直是中华武林的耻辱。说罢

— // 八 \\\ —

还郑重其事地跟司南握手，两人连声道：英雄所见略同啊！把程致研气得够呛。

临走，吴世杰终于拿过话筒，说要献歌一首，吩咐晶晶替他找《世界上最漂亮的一对》，没想到还真有。他一个人唱男女声，逗得另外三个人乱笑，他自己却很绷得住，还趁两段中间的过门儿一本正经地说：这首歌送给程致研和司南。

回到房间已是深夜，程致研回想吴世杰这一晚上的表现，隐约觉得吴妈有种反常的兴奋，虽然此人一向都挺亢奋的，但今天，也说不清是哪里，总有点不一样。他没工夫多想，就被司南拐到浴室里去了。

一起洗过澡后，他抱她上床。她趴在他胸口质问："你老实说，什么时候看上我的？"

"面试，第一次看到你。"他坦白，"你呢？什么时候看上我的？"

"跟你一样，面试那天，"她回答，"知道为什么吗？"

他摇头，等她解释。

"人事助理带我进面谈室，你跟她说了几句中文，舌头拐弯拐不过来的样子，连我都听得出来。当时我就想，哈哈，这人比我还口齿不清，觉得特亲切。"她大笑。

这个理由是程致研绝对没想到的，他一直觉得自己中文讲得很好，至少不至于口齿不清吧。

"你不是说之前在电视上看到过我，所以才来应征的吗？"他负隅顽抗道，"别不承认了，你就是对我一见钟情。"

"美得你了！"她一盆冷水浇下来，也不跟他拐弯抹角，嘻嘻哈哈地告诉他，其实她根本就没看过那个节目，至于那句"Work hard, play hard"是在前台等面试的时候，听另一个来应聘的人说的。

"那人是谁？最后有没有拿到offer？"他问她。

她想了想，回答："这么久了，早忘了。"

　　过了许久，她又说："还有，我申请的毕竟是一个要跟人打交道的工作，我这样的情况，相信大多数人都会把我刷掉的，你能给我一次机会，我特别特别开心。"

　　说这句话的时候，她正侧着头枕在他的胸口，他看不见她脸上的表情，但可以听出来，她的笑容已经敛去。他想，要不要告诉她实话呢？他就像那大多数人一样，觉得她是个麻烦，第一时间就想把她刷掉，而且也真的这么做了。给她机会的那个人，其实是查尔斯。可想到最后，还是什么都没说。

　　次日回城，他们在高速公路服务区停车加油。程致研的车先加好了，在前面等吴世杰。

　　一名加油站的工作人员突然走过来，敲了敲他的车窗玻璃，对他说："赶紧把车开出去，你油箱漏了。"

　　他的第一反应就是叫司南下车，跟吴世杰和晶晶待在一起。

　　"怎么啦？"她问他，还坐在副驾驶位置上不动。

　　他不回答，把她揪下车塞到吴世杰的车上，而后才把车开出加油站，找了服务区维修部的人来检查，但一时半会儿也查不出什么结果。

　　过了一会儿，司南等得不耐烦了，跑过去找他，说："我给租车公司打过电话了，他们说这个型号的车的确有这样的问题，因为车身防腐蜡遇高温会融化，刚好油又加得太满了，难免就会漏，漏掉一点就不漏了，保证不会有问题的。"

　　但他好像没听到她说的话，坚持不会再用这辆车，又打电话给租车公司，让他们来人把车拖走。她不能理解，这么小的一点事情，何苦搞这么大，也不懂他为什么突然变了脸色，又什么都不跟她说，有些生气了。吴世杰是猜得到他的担心的，顺势打了几句圆场，总算混过去了。

四个人坐着吴世杰的车子回到上海。一路上，程致研和司南都不讲话，直到车子开到他住的公寓楼下，他开了车门下车，司南还在赌气，坐在位子上没动，看都不朝他看一眼。他只好拉了拉她的手，她也不是真的不理他，就顺势跟着下车了。老式公寓的楼道里灯光昏黄，他们沿着螺旋形楼梯上楼，他一直握着她的手，心里想，她不知道他有多怕，害怕因为他，有不好的事情发生在她身上。

送她回家之前，他终于向她赔罪。当然，他还是没解释自己为什么要那样小题大做，只是低眉顺眼地对她说："你原谅我吧。"

她反问："原谅你有什么好处？"

"你喜欢什么花？"他问她。

"玫瑰吧，芬德拉。"她回答。

她以为他打算用一束花打发她，也没太为难他，却没想到次日整个天庭上下，前台、餐厅、酒吧、客房，到处都是奶白色的芬德拉玫瑰。

她在办公区遇到他，对他说："哼，原来是借花献佛，早知道就说个有难度的了，比如向日葵什么的。"

"那也不是办不到。"他不动声色地回答，趁四下无人很快吻了她一下就走了。

让他没想到的是，当天下午，陆玺文突然就从北京飞回上海了。直至她到达酒店，他才知道她此行的目的是与本城政府官员会晤，而后就要回纽约了。

陆玺文被安排在九十五层的套房里，查尔斯亲自迎接，程致研自然也得跟着。她穿一身黑，披一件浅米色的长大衣，除了手上一枚素金的结婚戒指外，没戴任何首饰。与老沃尔登在一起时，她总是穿艳

—— // ∧ \\ ——

色的衣服，因为他喜欢她盛装打扮，私底下却总是穿得很简单，因为她自己喜欢。

一行人上到九十五层，走进套房，陆玺文看了看门厅和起居室的插花，说："这是结婚还是死人，怎么一路上来到处都是白花？"似是很随意的一句话，目光却径直落到程致研的身上。

程致研不答，旁边还有行李员、私人管家之类不相干的人，她也不便再问。

第二天一早，查尔斯在办公区的大会议室里对全体管理人员讲话，陆玺文也在场，还是一如既往地保持低调，既不发言也不自我介绍，反正大家都知道她是谁。

程致研跟一众高管站在前面，身边是关博远和贝尔纳。他看到司南躲在靠近门口的角落里，时不时地看他一眼，露出忍俊不禁的笑。

他低头偷偷发了条短信给她，问：你笑什么？

她收到消息，低头去看，不一会儿又回过来：突然发现你眼神特犀利，特别是在关总那两只水泡眼旁边。

他想象了一下那画面，忍不住笑了，一抬头刚好就对上陆玺文的目光，忙收敛起笑容，集中精神听查尔斯讲话。

晨会之后，陆玺文又开了一天的会，直到傍晚才召程致研去吃晚饭。他临时收到消息，只能打电话给司南，告诉她，他晚上有事，不能见面了。司南倒也无所谓，说管家部刚好出了点状况，她也走不开，可能也要加一会儿班吧。

挂断电话，程致研上到九十五层，走到套房门口，他是有钥匙卡的，就直接刷卡进去了。

晚餐已经送上来，摆在餐桌上了。陆玺文换了衣服，一身舒软的米色开司米连衣裙，斜靠在起居室的沙发上，看见程致研进来，便示意他坐她身边。他在餐厅倒了一杯酒，才慢慢走过去坐下。陆玺文笑着看他，伸手摸了摸他的脸和肩膀。程致研往旁边让了一让，避开她的手，倒不是厌恶，只是他始终不习惯这些亲昵的举动。

两人一同吃饭，边吃边聊。陆玺文跟他说了这几天见的人、开的会，亚太区这一块是她带着几个心腹从一无所有一点点做起来的，现在W集团最赚钱的生意也就是这里，北美那边每年单地产跌价就过亿，股价落到十年前的水平，只要能把中国的生意抓在手里，就等于抓住了整个W集团。毋庸多言，程致研就知道事情进展顺利，W在中国大陆又要有大动作了。当地政府表达了希望他们进一步投资的意向，还要把本年度的最佳外资酒店和最佳雇主奖颁给天庭，帮他们创创名声。

"现在也是时候更进一步了，"陆玺文继续说下去，"我回纽约之后，就会安排把你调回总部，负责新的投资项目。"

他低头啜了一口杯子里的酒，许久才开口道："你有没有想过或许我不想回去？"

"为什么？"陆玺文问，但看起来并不吃惊。

"因为，我想留在这里……"他不得不字斟句酌。

"是因为管家部那个女孩子，对不对？"

她竟然都知道了。他惊讶于她的效率，反倒觉得一阵轻松，心想那就索性说开了吧，点点头，笑答："她是一部分原因吧，也是因为我自己，我想找个地方定下来，这里挺好的。"

陆玺文听他这么说，并没有什么特别的反应，淡淡道："你这几年做得很好，现在这个位子也算是扎扎实实一步步升上来的。詹姆斯也常说你有几分查尔斯当年的样子。难得你懂得韬光养晦，不争而争，妈妈很欣慰。"

———— // ∧ \\ ————

程致研隐约猜到她的话外之音，不言不语，等她把真正要说的说出来，但她却低头吃饭，不再说下去，就好像他刚才根本没说过不想离开上海那番话。

他从来不跟人硬碰硬，笑道："其实，这几年我过得也很开心，不是随便什么人都能有这样的经历。而且，要不是因为走过这么多地方，我也不会在上海遇到她。"

陆玺文停下刀叉，许久才问："你清楚自己要放弃的是什么吗？"

他看着她，郑重地点头。

"两者并不矛盾，"她还是试图说服他，"你以后肯定是要两边飞的，而且只要你愿意，完全可以带她去纽约。"

他摇头，回答："我只想把手上拥有的东西保护好。"

"你害怕？怕什么？"她笑问。

"上个礼拜，我在高速公路上，加油站的人告诉我油箱在漏油，虽然后来发现是虚惊一场，但我那个时候是真的害怕了。"

"你是我陆玺文的儿子，这么多年都这样一路过来了，你从来都没怕过，十几岁在那个冰球馆里都不怕，更何况现在？"她的声音里似乎有铮铮的金属声，"而且，现在不比十年前了，没人有这个胆子动你。"

他淡淡地笑，是啊，今时今日的陆玺文早已经不是十年前那个漂在美国的单身母亲了。其实，凭他对詹姆斯的了解，相信老头儿百年之后一定会为陆玺文，甚至为他，做出妥当的安排，他不明白为什么陆玺文这么放不下。

"钱真的就这么重要？"他问她。

她并未动气，心平气和地回答："当财富累积到一定程度时，就不仅是钱这么简单了。而且，也不光是为了钱。"

"还有什么？"

陆玺文默默不语，很久才轻声道："你以后会懂的。"

一顿饭吃完已经快九点了，临走，陆玺文叫住程致研，笑着对他说："这次时间太仓促了，我明年一月会再来一次上海，你带她来，我们一起吃顿饭。"

程致研自然很清楚这个"她"指的是谁，他点点头，心里多少有些触动，就像祖父曾经对他说的：不管怎么说，陆玺文都是他的母亲，最看重的始终是他是否安好、是否快乐。

离开九十五层套房，他有种难得的轻松，一部分是因为终于跟陆玺文把话说开了，另一部分是想通了一件事，或许真的如她所说的，两者并不矛盾，他根本不必纠结这么多。

他在电梯里打司南的电话，她已经下班回家了，只跟他讲了几句话，就说要去洗澡，把电话挂了。第二天刚好是她轮休的日子，程致研却要去机场送陆玺文，两人又没见面。

从机场回来，查尔斯叫程致研去办公室，让他负责最佳外资酒店和最佳雇主两个奖项的申报工作。秘书元磊也在，已经把流程和前期需要做的工作都整理好了，接下去只要公关部按照这份大纲准备材料，然后各部门配合组委会和媒体做宣传就行了。

元磊又补充道："还有，关于最佳雇主那个奖项，财经频道的张总监说要准备一些个别员工的采访，也就是树个典型什么的，哈哈。"

程致研没有异议，一一点头答应。

好不容易等到下班，他打电话给司南约她出来吃饭。她还是像前一天一样兴致不高，说已经吃过了，不想再出门。他没勉强她，挂了电话却还是不甘心，虽然只有一天多一点没见面，他已经很想她了。他离开天庭，坐出租车到她住的那个小区门口，又给她打电话。

———— // ∧ \\ ————

她还是那样答复他：都已经躺床上了，不想出门。

"你不出来，我就进去找你了。"他试探道。

"你在哪儿？"她问。

"小区门口。"他回答。

"那你进来吧，"她似乎犹豫了一下，"二十三号，就是最靠湖边的那一栋。"

小区门禁森严，保安问他到几号，业主姓什么，又打电话进去确认过才放行。出租车开到湖边，二十三号是一栋三层建筑，不大也不张扬，但算上那个区域的房价，也不是普通人家能住得起的。门厅隐约亮着灯，他付了钱下车，这才觉得自己这样突然造访似乎有些冒昧，大门却已经开了，司南穿了身睡衣睡裤站在门后，对他说："进来吧，冷死了。"

他走上台阶，她伸手拉他进去，关了门就腻在他身上，也不说话就吻上来。

他被这突如其来的热情弄得措手不及，笑着推她，问："你干什么？"

"怕什么？我爸妈都不在家。"她脱掉他的外套，开始解他衬衣的扣子。

他这才知道她为什么突然变得这么大方，以前送她，都是送到小区门口，从来不让他进来。他觉得她的态度有些奇怪，但架不住她这么主动，吻着吻着也就顾不上其他了。她让他抱她上楼，进了二层南面的一个房间，里面只开了一盏床头灯，床上被子掀起一个角，她刚刚应该就躺在里面，枕头上还带着她身上那种特别的桃子味儿。

事后，她仰面躺着，不声不响。

"你爸妈上哪儿了？"他侧过身看着她。

— // 人 \\ —

"放心，一时半会儿回不来，"她语气戏谑，"我爸是去出差，他去一个地方两周以上总是带着我妈，伉俪情深吧。其实，他老是说我妈笨、没用、什么都不懂，反正在他眼睛里，所有人都很无能。"

　　"他们什么时候回来？"他抚着她裸露的手臂。

　　"问这干什么？查户口啊？"

　　"我在想什么时候过来正式拜访。"他想，带她去见陆玺文之前，自己总得先见见她的家人。

　　她突然转过头来，眯着眼睛看他，片刻之后笑出来："怎么突然想起见家长，搞得像真的一样？"

　　"什么时候说过是假的啦？"他反问。

　　她不回答，拖他起来去浴室淋浴，然后帮他穿好衣服，打发他走人，对他说，家里的阿姨一早就会来做清洁，邻居跟她父母很熟，嘴还特别碎，如果他留下来过夜，或者离开得太晚，她准得倒霉。他隐隐觉得有点不欢而散的味道，但想来想去也没什么地方做得不对，而且，临走她还在门口踮着脚吻他，对他笑，手不安分地摸过他的身体。

第二天一早，管理层会议，其中一个议题是当年的优秀员工奖。

年度最佳服务奖毫无悬念地给了首席礼宾师Tony Beasley，另一个最佳新员工奖却颇费斟酌。天庭开张不过一年多，其实绝大多数都是新人，表现好的有很多，但好像也没有特别突出的。

在座的都是各个部门的头头，提名的当然也是自己麾下的人。查尔斯不做定夺，谁都不能说服谁。唯一一点达成共识——因为老托是外籍雇员，另一个奖发给本地雇员会比较好。

"你们觉得司南怎么样？"胡悦然开口道。

"管家部那个MT？"关博远笑着问，"她才工作几个月而已，我们上最佳雇主榜单，可还要拿优秀员工做宣传呢，你给我个没故事可写的人，不是给我出难题吗？"

程致研忍不住提醒："九月十月那两个大项目，她都参加了。"

"你不说我倒忘了，"关博远拍拍脑袋，"她是不是耳朵听不见？这倒是个卖点。"

程致研觉得这话听着十分刺耳，司南能不能得奖，他根本就无所谓，但拿她的缺陷做卖点，就太过分了。但他还没来得及说话，大

Boss就开口了。

"干脆我们投票得了，"查尔斯笑道，"我投司南一票。"

大Boss都发话了，还有谁不服的？很快结果就出来了，司南成了当年的最佳新人。胡悦然准备了正式提名需要的材料，司南自然也听说了这个消息，程致研看她挺开心的，也觉得这是件好事，自己之前可能真的是想太多了。

随后的那段日子，程致研过得极其混乱，既是因为时值年末，酒店事情很多，忙得不可开交，也是因为司南。从那个十二月到次年一月，他经常加班，工作时间不固定。在司南的坚持下，他们开始在酒店里幽会。他越来越发现，她不是一个很好拿捏的人，又或许他根本就不知道她是什么样的人。她看似单纯，时而任性，她和别的女人不一样，专注于自己的欲望，不羞于提出要求。对他而言，这种态度有种铭心刻骨的性感，让他难以自拔。有时候，她还是会极其认真地看他，就像他们在巴拉望第一次在一起时一样，每当那种时刻，他确信她是爱他的，有时候，却不再自信。

就这样到了一月初，天庭酒店举办年会，两个优秀员工奖都将在那天晚上颁发。

宴会开始之前，程致研接到陆玺文的电话，得知她就快来上海了。他想起陆玺文说过的话——一月初，约个时间，带她来，一起吃顿饭——突然有种近于幸福的感觉。

放下电话，他离开办公室去宴会厅，在门厅遇到司南，身上是一件藕色抹胸礼服。她皮肤的颜色特别适合那种暖暖的粉，上班总是一身黑色制服，他难得见她穿这样的衣服。

他示意她出来一下，把她拉到角落里，吻落在她的颈窝，嘴里呢喃道："今天为什么这么美？"

— // ∧ \\ —

她推开他，笑问："你中的什么邪？不怕人家看到？"

"由他们去看，怕什么？"他捧着她的脸亲她，几乎难以自制，"你今晚一定要跟我走。"

"不行，"她或许是故意这么说，"我累死了，要早点儿回去睡觉，这几个月老说做晚班，我爸都快起疑心了。"

"我陪你睡，就今天这一次。"他坚持。

"我看你今天真的有点不对。"她看着他笑，没答应也没说不好。

晚宴上，查尔斯颁了最佳服务奖给老托，新人奖给司南。程致研坐在主桌边，看着查尔斯在台上拥抱司南，在她耳边低语，明知是很正常的举动，说的应该也就是congratulations，well done之类的话，却很想上去把她拽下来，那种莫名的冲动让他觉得好笑。

年会结束得不算晚，九点半就散了，有人起哄让老托和司南请客，两人一口答应，带了十几个人又杀到新天地去喝酒，就连查尔斯和贝尔纳也去了，程致研自然也跟着。他们去的是一间东欧风格的酒吧，墙上挂着卡夫卡像，吧台上最有特色的是七十度的苦艾酒。

酒保摆开一溜朋塔雷玻璃杯，倒进碧绿的酒，在杯口放一枚勺匙，上面放一块方糖，点燃的方糖掉进酒里，酒也起火，再注入冷水，直至火熄灭。司南也想试试，程致研不让，她手伸向哪只杯子，他就抢先拿起来，一饮而尽。其实，那家店的苦艾酒也是顺应了本地客人需求的改良版，酒精含量估计也就在五十度左右，但他连着几杯下去也有了几分醉意。

十二点多，一群人拼车回家。酒吧离程致研住的地方很近，车开到公寓楼下，他下车，手扶着车门看着司南。或许是知道他喝多了，她不放心，愣了一下，也跟着下车了。

随后发生的事，他只隐约记得一些细节。他们上楼，没有开灯，

—— // ∧ \\ ——

133

在床上亲热。他对她说："我爱你。"她没有回答。他求她留下，她还是没有回答。他突然意识到，她已经很久没有到这里来过了，总是在酒店里找个房间，做爱之后也没在一起过夜。

她觉察到他的颤抖，伏在他耳边问："你怎么了？"

"胃痛。"他回答。

她伸手开了灯，看他脸色苍白，就问："你这儿有胃药没有？"

"没了。"

"谁叫你抢我的酒喝，疼死活该。"她撂下这么一句，从床上下来，去厨房忙活了一阵，端了一只马克杯回来。

"把这个喝了。"她拽他起来。

"是什么啊？"他问。

"白糖水，醒酒的，喝了胃里会舒服点。"她骗小孩似的哄他。

他很听话地喝完，又趴下睡了，闭着眼睛道："你对别人都好，就对我这么凶。"

她关灯上床，冷笑了一声："否则怎么显得你与众不同啊。"

他笑起来，把她搂进怀里。她身上有清淡干净的桃子香，细柔的发丝贴着他脖颈，似乎很快就呼吸匀停，轻拂着他的胸口。他胃里还是隐隐地痛，又不想扰了她的好梦，就那么抱着她一动不动地躺着。好像过了很久，她动了一下，微微侧身，伸手把什么东西放到床头柜上，发出很轻的"嗒"的一声，然后翻了个身，背对着他，微蜷着身体。他猜到那是她的助听器，她以为他睡着了，才真正放松下来。这个忽然而至的念头让他很难过，眼看着冬夜清冷的月光一点点淡下去，她纤瘦的肩的轮廓也逐渐模糊，可能是做梦吧，他伸手去抱她，却怎么都触不到。

再醒过来时已经是天光大亮，司南已经起床了，骑在他身上捏他的脸，把他弄醒。他磨磨蹭蹭地穿了衣服跟她出门，两个人走路去附近的超级市场买菜。

她推着购物车走在他前面，时不时地回头跟他说话："哎，你吃不吃这个？""螃蟹好像很新鲜，可惜我不会做。"

她头发有些乱，身上套着一件他的旧卫衣，袖口褪了色，看起来家常而亲切。他伸手抚过她的脖颈，她怕痒，一下打掉他的手，回过头来质问："你干吗？"

他不想解释，仅在那一瞬，他突然领悟，遇到一个对味的人，一起过着琐碎的日子，平凡若微尘，或许人生本该这么简单，是他自己一直以来把事情想复杂了。

吃过晚饭，他们又出去散步。地铁站周围有许多摆地摊的小贩，司南买了一包巴掌大的塑胶小花，说可以贴在淋浴房的地砖上做防滑垫。他很喜欢她买的这些小东西，就好像他们已经住在一起很久了，并且还会一直这样住下去。

路灯下面，有人抱着吉他卖唱，那是一首他从没听过的中文歌，旋律却有些熟悉，又让他想起云域岛的那一夜。

他牵她的手，说："我们回家吧。"那时候，他是真的喜欢这句话。

他们一路走回去，走到他住的那幢旧公寓楼前面，她突然问："你还记不记得昨天晚上我们下车的时候，车上还剩下谁？"

他摇摇头说："不记得了，管这么多做什么？"心里却着意回忆了一下，很快想起来，那辆车上还有沈拓。

第

/14/

章

数日后，W天庭荣登最佳雇主榜首的消息已经见诸报端，公关部安排一系列媒体采访大造声势。集团总部对这次宣传很重视，特别从纽约请了《VOGUE》杂志的摄影师来上海，为之后杂志报纸上的新闻报道和专题文章提供照片。

不知是凑巧，还是此人原本就是通过陆玺文的关系安排的，一月的最后一个礼拜，这个诨名叫Fay的摄影师和陆玺文同机飞来上海。程致研去机场接机，陆玺文看起来心情不错，回酒店的路上，一直在跟Fay说她希望那些照片怎么拍怎么拍。

"《H商业评论》答应给我们四个版面，应该会有一个整页的图片，"陆玺文道，"我觉得放人像会好一点，光是室内环境就太冷了。"

摄影师Fay表示赞同。陆玺文又说，W天庭大堂层电梯厅里有一面影壁，米色大理石上面镶银色W纹饰，作为背景高雅素净，也很容易突出主题，建议就在那里拍摄那帧人像。

而后，她问程致研："你看放谁的照片比较好？Tony Beasley？还是拿新人奖的那个女孩子？"

乍一下提到司南，程致研倒还真有些措手不及，他想了想，尽量不掺进私人的情绪："还是新人奖那个吧，她是中国面孔，在这里做宣传更合适一点，而且老托也不会在乎这些。"

陆玺文点点头，似乎很满意他的回答，嘱咐Fay就这么做。

到达酒店时天已经黑了，程致研让礼宾部为Fay安排房间。陆玺文还是住上次那个套房，他送她上去，又聊了几句。陆玺文说了不少关于纽约那边的事情，又说她这一阵飞来飞去地忙，詹姆斯却一直住在湖区的别墅里度假，乐得清闲。每次说起老沃尔登，她脸上总会拂过一丝笑容，让人有种错觉，她是真的喜欢这个年纪足够做她父亲的老头儿。

那天晚上，陆玺文因为舟车劳顿，很早就休息了。从九十五层套房出来，程致研打内线号码找司南，她似乎料到他没时间应酬她，已经下班走了，言语间并没有明显的不悦，只是有些淡淡的。

为了让她高兴，程致研跟她说了说拍照的事情。到底是二十岁出头的小姑娘，她有些小紧张，有些小兴奋，虽不是封面照，但毕竟也占着大半个版面，而且还是《VOGUE》的摄影师操刀。

第二天下午，摄影师Fay带了他当地的团队来拍照片。程致研找了个借口去大堂层看司南，她已经化了妆，站在影壁前面等着了，身上还是黑色制服，脸上的妆却要比平时浓一些。旁边还有公关部的几个人，沈拓也在。

不多时，灯光什么的都调试完毕，Fay试着按了几张，看了一下效果，然后抬起头对司南说："能不能把头发掖到耳朵后面，或者，梳起来？"

司南愣了愣，没动。

Fay说的是英文，以为她没听明白，就又重复了一遍，说完还笑着解释："现在这样，我拍不到你的助听器。"

司南还是在原地没动，也不说话。化妆师过去帮她，被她挡开了。

程致研根本没想到Fay会说这些话，还没来得及开口，Fay已经转过头来向他求援："程先生，这不是之前都说好的吗？她不配合怎么拍？是不是要找人用手语告诉她？还是要写下来给她看？"

程致研没回答，只知道司南睁大眼睛看着他，胸口起伏。他从没见过她这种表情，刚要走上前去说些什么，她已经转身跑了。他无暇顾及别人，赶紧追上去，眼看着她进了走廊尽头的女洗手间。那个洗手间就在大堂吧旁边，进出的女客不少，他实在不能跟进去。

正好沈拓也跟过来了，问他："这是怎么了？"

"你替我进去看看她，"他一把拉住沈拓，"叫她出来，我有话跟她说。"

沈拓看着他，点点头。其实他们之间的事情，她应该也猜到个八九不离十了，没必要再避讳什么。

沈拓进去不过几分钟，程致研在门口就等不及了，几乎要打电话叫工程部拿"维修中"的牌子来，停用那个洗手间。正着急着，面前的门却开了，司南从里面走出来。

她脸上的妆有些花，眼线也晕开了，似乎是哭过了，但表情很平静，就连头发也已经按照Fay的要求梳起来了，走过他身边的时候，甚至还跟他说了声："对不起。"

他跟上去，抓住她的手臂，轻声道："你跟我说什么对不起？不愿意可以不去。"

"大家各取所需罢了，我有什么不愿意的？"她漠然地回答，甩掉他的手，径直走出去，对Fay道了歉，又叫化妆师来补妆。

他站在角落里看着她平静地做这一切，而后站在那个W字纹饰前面对着照相机镜头微笑。

—— // ∧ \\ ——

她的耳朵长得很美，从耳郭到耳垂形成一个优美圆润的弧度，没有一处突兀的软骨，就连那只肉粉色的内耳式助听器也似乎浑然一体。这一切原本只属于她自己，就连他也不得触碰，现在却要暴露在众目睽睽之下，他很难揣摩她此刻的心情。

有好几次，他想要走出去，叫Fay停下，带着其他所有人立刻离开，却始终没有真的这么做。不知什么时候，陆玺文也来了，就坐在大堂吧靠窗的位子上喝茶，她似乎并没有朝这里看，但他知道，她喜欢一切都在她的掌控之下。

后来发生的事情出乎程致研的意料，又好像在他的意料之中。

样片很快就导出来了，由公关部整理好，交给查尔斯审阅。查尔斯看过之后，当着许多人的面，明确表示反对用那一组露助听器的照片，一点都没顾忌陆玺文的面子。

他一字一句说得十分清楚："司南之所以得奖是因为她很聪明也很努力，而不是因为她身体上的瑕疵，这或许是很煽情的故事，但绝对不是我想传达的信息。"

程致研惊讶于查尔斯的震怒和坚持，也不能不注意到那句话里的用词，"瑕疵"，而不是"残疾"，或者"缺陷"，似乎含着几分感情。他突然觉得惭愧，自己竟不能这样冠冕堂皇地保护她。

更让他意外的是，陆玺文竟然对查尔斯的意见全盘接受，同意重新拍一组人像。而且，之后接受采访时，如无必要，也绝对不提司南的听力问题。他看着心平气和的陆玺文，突然意识到刚才发生在大堂的那一幕或许并不是真的为了拍照片做宣传，而只是为了解决另一个小问题。

结束那次短会，程致研径直去找司南，她已经不在大堂里了，也不接他的电话。沈拓是公关部的人，还在那里正跟着Fay那帮人，忙得脚不沾地。

"司南上哪儿了？"他抓住她问。

沈拓也很迷茫，但还是停下手上的工作，帮他打电话找人。

司南的手机和Blackberry全都无人接听，打办公室分机总算接了，但说话的却是管家部的一位楼层主管。那人告诉程致研，司南好像回过办公室，然后又走了。她今天是正常的日班，六点钟下班，现在已经六点多了，可能是去更衣室换衣服了。

程致研只能去更衣室碰碰运气，但在那里还是没找到她。他想她很可能已经离开酒店回家了，便匆匆坐电梯下楼，打电话给车队，叫了一辆车去她家。司机沈师傅是个三十五六岁的上海人，平时是很能侃的，今天看程致研神色不对，只得噤声，闷头开车。

那个钟点正是晚高峰，又刚好是雨夹雪的天气，道路湿滑，金融区周围堵得不像样，车子走走停停，半天还没进隧道。

"前面那个不是老板的车吗？"沈师傅突然开口道，似乎是自言自语，但音量足够让坐在后座上的程致研听到。

程致研忍不住望了一眼，果然，就在十几米开外，车阵里排着一辆沙色的SUV，看车牌正是查尔斯的车子。但查尔斯住在浦东郊外，下班回家是不会走这条路的。

因为SUV底盘高，从程致研那个角度看不见驾驶员，但还是能清楚地看到副驾位子上坐的人正是司南，她微微低着头，好像在发呆，身上披着一件男式西装。他默默看着她的侧影，终于知道自己为什么在更衣室扑了空，她很可能连衣服都没换就去找查尔斯了。

一月最冷的日子，她连外套都没穿，一心想着要离开那个地方回家。

他带她走，在电梯里脱掉西装，披在她身上。

他的衣服带着些微体温，没有外国人身上常有的冲鼻的香水味，让她觉得温暖和安全。

程致研就像顺着惯性往下滑一样想下去，直到他意识到，再这样两辆车一前一后地开下去，沈师傅心里会怎么想，又会牵扯出多少流言来。车子已经驶出了隧道，他随便说了个地方，让沈师傅在路边放他下车。他讨厌自己在这种情况下还想得这样周全，但他没有办法，只觉得深深的无力。

"程总，后排座位下面有伞。"沈师傅提醒。

他听见了，却还是关上车门，转身离去。雨夹雪已经变成了一场冻雨，他只穿了衬衣和西服，却并不觉得很冷。

回到公寓已是深夜，他脱掉被雨淋湿的衣服，站在淋浴龙头下面，温水落在皮肤上，先是麻木，而后是近乎烧灼的感觉，逐渐变成一阵阵深切的疼痛。他紧闭着眼睛，握紧拳头，却不能控制剧烈的颤抖传遍全身。

早晨醒来时似乎有一些热度，他还是照常起床去天庭上班。司南一直都没接听他的电话，他最怕的是她会突然辞职，然后彻底消失。但这种情况并没出现，上午营运部门例会，她好好地坐在会议室一角，除了脸色不太好之外，其他一切如常。

一个小时的会，他一直看着她，自始至终都没讲话，别人说什么也只听到只言片语。她并不有意避开他的目光，很坦然地看着正在发言的那个人，偶尔转过头和坐在旁边的沈拓说句话，有几次甚至露出短暂的微笑。他讶异于她竟然可以这样平静，其实他很早就知道，她外表柔软，骨子里却硬得像一块坚冰一样。他们之间的问题很早就在那里了，但那是她不许任何人进入的禁区，而他太怕失去她，只能陪她装傻。

好不容易挨到会议结束，她站起来跟着其他人一起走出去。他还坐在原来的位子上，叫了一声她的名字。她好像没听见，倒是沈拓回头看了他一眼，拉了拉她的胳膊，但她继续朝门外走。他站起来走过去，一把把她拉回来，她试图挣脱，但他抓得很紧，等其他人都走了，关上会议室的门，拿起遥控器把几道百叶帘都放下了。

"为什么不接电话？"他问她。

"你想说什么，现在也可以说。"她回答，站在那里看着他，似乎心平气和。

这种态度反叫他更加无措，他要说什么？昨天的事情，他之前并不知情？她遇到这样的事，他也不开心？这些都不是问题的症结，听上去那么无力，说了也是白说。

"你不说？那我来说吧。"她伸手拨了拨面前的百叶帘，"记不记得我们去莫干山那次，我跟你说，我不需要你给我什么，只要你像对别人一样对我？"

他点头，那天深夜的对话，与兼蓄着竹叶清香的山风一样记忆犹新。

"那天，你回答说你玩不起，我不甘心，总想试一试。"她自嘲地笑，"直到昨天，我总算知道你说得有道理，我们都玩不起，两个从第一次见面开始就没一句真话的人根本就不应该在一起。"

他听她说完那番话，最初还有一些茫然，很快反应过来，问："是不是查尔斯跟你说什么了？"

"该说的都说了，"她回答，"说起来挺可笑的，上个月沃尔登夫人来上海，所有人都在传，她就是那个提携你的姐姐，我竟然也信了。那天，有客人说在房间里丢了东西，我在保安部看监控录像，眼看着你走进九十五层她住的那间套房，我还对自己说，不是讲好了不要什么的，傻瓜你难过什么，这么不用还跟人家说自己玩得起……"

他看着她在那里自嘲，握着她胳膊的手松了一些，原来就是因为这个，一个月以来她这样对他。

"那现在你都知道了，沃尔登夫人是我母亲，就这么简单。"他对她道。误会都解开了，还有什么横亘在他们之间的呢？比这更深的不信任？从他们第一次见面开始？

她点头，然后又笑："你任重道远，的确不该惹上我这个麻烦。其实，你不如早点儿告诉我，那天面试之后，你根本就不想要我，留着我就是要派这种用场的，我也好有个心理准备。"

他没想到她会这么说，一把抱紧了她，一只手托起她的下巴，质问："这也是查尔斯告诉你的？！"

他下手不轻，或许弄痛了她。她不得不抬头面对他，但却没叫痛，也不挣扎。这种态度反叫他毫无办法，直觉身不由己，几乎要落下泪来。她倒比他镇定，始终避开他的眼睛，两只手撑在他胸前，护住身体。

这时有人来开会议室的门，看到里面两个人的样子，露出好奇的眼神，赶紧又把门合上了。有那么短短一瞬，他松开了她，她趁机推开他就跑出去了。他没来得及拉住她，眼看着她走掉，怀抱里原本实实在在的一个人，他没办法留住。而且，还是因为查尔斯，这对他来说不啻是双重的打击。虽然他与查尔斯之间的关系从来就说不上很亲密，但对他来说，查尔斯一直以来都是他事业上的偶像，甚至于是一个类似于父亲的形象，沉稳、有力、正直，陆玺文那么多次的提醒，也没能彻底改变他这种深埋在潜意识里的信任。他几乎不能接受这个事实，他走过那么多路，经历了那么多事情，偶然间遇到又深深爱上的那个人，因为查尔斯而离开他。

或许是因为发烧的关系，他觉得浑身的力气都用尽了，手撑着会议室的落地玻璃墙站了许久，才回到自己的办公室去。秘书看到他回来，跟进来说了一连串的事情，他没听进去几句，只知道她提到"沃尔登夫人"，他猜测是陆玺文来找过他。他无心顾及工作，打发秘书出去，解掉领带，在窗边的沙发上躺了一会儿，迷迷糊糊地就睡着了。

再醒来时，有一只手放在他额头上，指尖微凉，他睁开眼睛，看到沈拓蹲在沙发边看着他。

她见他醒了，蓦地收回手，这样解释："秘书说你在办公室里，但打电话进来你都没接，我看你早上脸色就不好，怕你有什么事，所以就进来了。"

他示意没关系，撑着身体坐起来。

"要不要去医院？你好像热度很高。"她又问。

他摇摇头，说不用。

"那我替你去买药，很方便的。"

他低下头，没回答。

她站起来，好像有点手足无措，不知道还有什么可说的。

"司南在哪儿？"他轻声问。

她沉默，只有微不可闻的呼吸声，很久才说："我不知道。"

他知道这有多不公平，她凭什么应该知道司南在哪儿？却还是忍不住要问。

他的热度一直没有退，直到陆玺文来找他吃晚饭，发现他神色不对，才把他押送进了医院。

医院离金融区很近，他坐在特需门诊休息室里，听见陆玺文对医生说："……不能用青霉素，皮试不会有过敏反应，但用了会有轻微心衰症状，所以要用别的抗生素……"

他小时候气管就不好，普通的感冒总是迁延不愈，很容易发展成肺炎。当时，陆玺文已经离开他们独自生活，很快就又结婚了，父亲程怀谷是典型的少爷脾气，从来不管孩子的事情，所以，每次生病都是祖父在照顾他。他一直以为只有祖父清楚他那些病史、那些用药的禁忌，却没想到陆玺文对此也了然于心。

随后几天，他每天去医院点卯，做静脉滴注，毕竟不是小时候了，身体恢复得很快。沈拓来看过他一次，知道他不想说话，就给他泡了一杯热茶，默默地陪他枯坐了两个钟头。

他到底觉得有些愧对她，便打起精神来和她聊了几句，平常玩些什么？工作习惯吗？觉得辛苦吗？说的全都是那些泛泛的话，但她却好像很满足也很开心。

他做静脉滴注的地方是一个小小的单间，装修雅致，看起来就像是酒店的面谈室。

沈拓环顾那个房间，带着点笑容，缓缓道："知道吗？这让我想起去天庭面试的那一天，我坐在前台等，司南就坐在旁边，她与我攀谈，问我为什么会应征这份工作，我说我在电视上看到过你，希望你会是我的面试官。"

"Work hard，play hard，你告诉她，我说过这句话？"他轻声问。

她有些意外，他竟然这么清楚，却不知道他心里是怎样的震动。

"那最后是谁面试你的？"他又问。

"关博远。"她回答。

两个从第一次见面开始就没一句真话的人根本不应该在一起。他又想起司南说过的那句话，以为自己总算是明白了，心里升起一种如释重负的痛。

第／
15／
章／

就这样直到第三天，就好像是大厦将倾之前的预演，W天庭酒店发生了一件事。

出事的那天，程致研因为下午有个会议，临时换了上午去医院挂水。吴世杰到金融区办事，顺路过来看他。

程致研知道吴妈和司南处得不错，两人一直保持联络，就想着是不是能听到关于她的只言片语。这几天，他几乎每天都能在酒店看到司南，只是两个人不再讲话。她状态似乎也不好，偶尔在食堂遇到，总是看她只吃两筷子的饭就走了，也不知道是单纯因为不想看见他，还是真有什么不舒服的地方。

他以为吴世杰会主动提起司南，甚至两下里劝劝架，却没想到吴妈只是进来打了个招呼，就坐在对面的沙发上玩手机游戏。这对吴妈这么多话的人来说，多少有些不同寻常。

但吴世杰既然不说，他也不愿意主动去问。两人就这样静静坐着，直到他的手机振动了一下，收到一条沈拓发过来的短信，很简单的一句话：郑娜的老公丁杨被人举报商业贿赂，已经被拘留了，警察正在和餐饮部的人分别谈话。

——／／∧＼＼——

程致研赶紧回了个电话，铃响了很久，沈拓才接起来，讲话声音很轻。她告诉程致研，具体情况她也不是很清楚，只知道今天郑娜没来上班，警察带走了餐饮部和财务部的几个人，贝尔纳因为是外籍，程序上可能与其他人不同，人还在酒店，警察就在餐饮总监的办公室里关起门来问话。而她之所以第一时间知道这个消息，是因为关博远一大早就关照她，如果有记者来电问起这件事，应该怎么作答。具体内容自然就是公关部应对媒体的统一口径：天庭方面一切操作都是符合当地法律规定的，目前正积极配合警方调查，但案件尚无结论，暂时无可奉告。

程致研听她说完，问："关博远什么时候跟你说的？"

"九点多吧，刚上班就说了。"沈拓回答。

"警察什么时候来的？"

"就在刚才。"

"他怎么这么快就得到消息了？"

沈拓沉默，她也不知道。

警察的行动当然不可能事先通知，否则餐饮部、财务部那帮人串供都串好了，还有什么可问的？关博远一向不是一个效率很高的人，这一次动作这么快，原因似乎不言自明。

程致研很清楚其中的利害，估计这件事就是冲着自己来的，立刻按铃叫护士进来拔针头，准备回酒店。吴世杰不知道他发的什么疯，问明情况，赶紧拦住。他和程致研不同，做过律师，又在国内混惯了，很清楚这里面的道道，商业贿赂可能涉及多个罪名，其中大多属于检察院管辖，只有两个是公安局管的——公司企业人员受贿罪和对公司企业人员行贿罪。按照程致研的背景，他本身既不可能，也没必要为了一点钱沾上这样的是非，但是非却免不了沾上他。在警察面前，一切都是要讲证据的，清者自清这句话一毛钱都不值，现在最好的对策恐怕不是自己往枪口上撞，失掉主动权，而是争取时间先把事情的详细情况搞清楚，做好应对的准备。

秘书的电话很快就来了，警察果然也去运营副总的办公室找过程致研，可惜事先功课做得不够周详，只知道他当天来酒店上班了，却没料到他临时离开去了医院。他们从秘书那里要了医院地址和他看病的科室，现在应该已经在路上了。

吴世杰立刻意识到事态不妙，程致研是外籍，如果在境内犯事，案件管辖级别比本国公民要高。眼下这种普通的商业案件，涉案金额也不特别大，警方是不会白白惊动一大堆相关部门，轻易带他回去协助调查的，而现在摆明了就是冲他来的，手头上应该已经掌握切实的证据了。因此，吴世杰第一时间联系了相熟的律师，托人打听郑娜老公那件案子的来龙去脉，而后又找到医院特需部替程致研看病的那个医生，商量了一个输液出现过敏反应的理由，办理了住院的手续。

医院特需部床位不算紧张，程致研很顺利地住进了内科病房。他打电话给陆玺文，想把这件事告诉她，但她的房间的电话占线，手机无人接听。刚放下电话，警察就已经到了。

领头的警官姓金，三十几岁，戴一副半框眼镜，看起来很平温，但毕竟是公检法领域里的人，难免带几分职业习惯。程致研这边的架势，在金警官眼里就是成心给他们办案制造麻烦，但碍于程序复杂，只能退而求其次，在病房里问话。

这次的案子牵连甚广，好几家著名星级酒店都牵扯其中，但仅对于天庭而言，其实事情并不十分严重。郑娜的老公丁杨经营的食品贸易公司跟数家酒店和餐馆都签订了酒水供应合同，约定买断酒水供应权，并在合同期间分别以酒水投标押金、买断费、赞助费等名义向这几家酒店的相关部门或者特定人员行贿。据丁杨自己交代，每家酒店一年收取的所谓买断费都在二十万至三十万元左右。天庭是最新签约的，因为合同金额高，一签就是三年，所以林林总总给了近七十万元。

程致研本就料到贝尔纳那帮人行事有猫腻，但业内很多人都在这样做，属于民不举官不究。就他对国内商业贿赂罪的了解，天庭面临的不过就是罚款之类的行政处罚，唯一麻烦的是餐饮部可能要开掉一批人，还有就是公关部要想想办法，怎么降低不良影响。

金警官提了一连串的问题：认识丁杨吗？和他什么关系？天庭的酒水订单金额多少？有没有招投标流程？

程致研一一如实回答，直到金警官伸手扶了扶眼镜，凝神看着他，抛出底牌，他才知道自己想得太简单了。

"程先生，你是不是有一个C银行的户头？"金警官问。

"对。"他点头。

"一月二十九日，也就是上周四，你有没有收到一笔现金汇款？"

程致研愣了愣，没回答。

"金额是五十万美金，"金警官继续说下去，语气如常，并未声色俱厉，就好像在聊今天天气好不好，"是你问丁杨要的，还是他主动提出来要给的？"

程致研笑了："酒水供应合同总金额不过几百万元人民币，你的意思是，他把本钱外加利润都给我了？"

"除了酒水专供合同外，你还跟他有过什么协议？"金警官问。

程致研摇头："所有的合同都由餐饮部的人具体经手，对我来说他只是一个酒店员工的家属，我根本没见过他本人。"

"那我来提醒你一下吧，"金警官道，"W集团是不是计划在北京投资一家新的酒店？整体内部装饰合同大概价值多少？丁杨洋酒生意做得好好的，为什么突然注册一家装修工程公司？这些你应该比我清楚吧。"

"我要求见律师。"程致研答非所问。

"这不是在美国。"金警官提醒。

程致研笑了笑，不再说话，按了手上的呼叫器。护士来敲门，金警官并不买账，让旁边做笔录的女警去锁门，继续问话。但程致研坚持自己有先见律师的权利，两下里僵持，直到另一个警察在门外叫金警官出去一下。金警官出去之后，很久都没再进来，只剩那个年轻女警坐在病床旁的扶手椅上，与程致研面面相觑，要么就低头看刚才做的笔记。

程致研默默想着刚才警察说的那番话，几乎可以肯定是有人存心要陷害他。纽约总部估计有什么新情况，所以某些人坐不住了。这几天，他全副心思都被司南的事情缠住，其他事都没放在心上，直到此时才意识到事态严重，努力收拾起思绪，把这一天发生的事情从头到尾理了一遍。他如果出了事，幕后的得利者自不必说，天庭这里直接对他下手的人又会是谁呢？关博远嫌疑最大，但警察提到那个C银行的账户不是工资户头，酒店里的同事都不知道他有这么个户头，即使是人事部的人，如郑娜，也不可能知道。

直到傍晚，警察才撤走。程致研原以为是吴世杰想了什么办法，后来才知道是陆玺文托人办的。她一早在酒店对这件事情已有耳闻，之所以拖到下午才插手，是因为她同时还得到另一个更重要的消息，足够把她也弄得焦头烂额的。

"詹姆斯可能身体不行了。"她在电话里告诉程致研，"胰腺癌，晚期。"

程致研很是意外，连忙问："什么时候的事情？体检结果不是一直都很好吗？"

"体检结果是假的，他一直都很清楚自己的身体状况。之前就有些传闻，但他身边的人都不信，我也没当回事，他精神那么好，成天开开心心的。像他这样的人，是非本来就多，七十岁之后什么样的传闻没有过？一会儿说他心梗，一会儿说他脑癌，要是都信，死都不知道死几回了……"

他听着陆玺文在电话里絮絮地说着，似乎语气平静，又好像不完全是。他不禁猜想，如果这一次詹姆斯真的死了，W会怎么样？她又会怎么样？

因为詹姆斯的病，陆玺文当夜就飞回纽约去了。她原本想要程致研跟她一起走，但因为那宗商业贿赂案还未了结，他虽然在上海行动自由，却被暂时限制离境。

程致研不禁衷心赞叹，一举两得的妙计啊，这样的小案子虽不能让他真的深陷囹圄，却足够给那些希望他离开W的人一个充分正当的理由，而且还能让他在詹姆斯临终之际远离W的权力中心。他几乎不能相信这样的巧思出自Kenneth和Draco，两位公子如果能把这些窝里斗的本事都用在生意场上，W集团也不至于落到现在这般地步。

随后的几天，天庭上下弥漫着一股动荡不安的气氛，既是因为有几个抬头不见低头见的同事被警方带走，甚至连部分高管都牵涉其中，也是因为纽约总部陷入混乱，一切局势未明。

程致研因为有案在身，按照查尔斯的意思，放了一周的假，对外只说是病休。这段时间他经历的事情，吴世杰心里应该都很清楚，却没有直接开口劝慰，只是来接他出院，时常过来看看他。

放假的第二天，程致研接到陆玺文打来的电话。当时正是中午，纽约还是半夜。

—— // ∧ \\ ——

"医生说最多还有三个月。"陆玺文上来就是这么一句，语气却还是沉静如常。

程致研不知道该说些什么，他从没想过这一天会来得这样快，还是在这样混乱的当口，而且，陆玺文冷静而目的明确的态度，也让他觉得意外。

"他一直坚持只做保守治疗，"她继续说下去，"这几天精神还可以，就是绝口不提身后的事情，到现在还是什么安排都没有。"

短暂的沉默之后，程致研开口道："需要我做什么吗？"

"你有没有机会看到查尔斯的邮件？"她反问他。

"能看到一部分，但加密邮件只能看到标题。"他回答。按照授权等级，他能看到的并不比秘书元磊更多，不解的是为什么陆玺文在这个时候提到查尔斯？

"其实我手头上有的线索也不多，只能拿到这几个月湖区别墅的电话记录，"她解释道，"他似乎找好几个大股东谈过，还有几通国际长途打到上海天庭，我能想到的只有查尔斯，但他找查尔斯做什么？Draco和Kenneth那边估计比我们更捉不到头绪……"

陆玺文在电话那头絮絮地说下去，程致研却忽而走神，他想起祖父去世时的情景，原本整齐清癯的人一下子瘦得不成样子，皮肤松弛，脸庞的轮廓在急诊室惨白的灯光下愈加显得深刻分明，几乎认不出来。他家也算是个大家族，在美国的亲戚来了不少，许多人都只是过农历年的时候见过一面而已，所有人都在等着床上那个人咽气，然后任务就完成了，各自散去。

他记得那天晚上，自己在走廊里哭，他问父亲："为什么不叫他们都走？"

但父亲回答："人去世就是这样的。"语气中混杂着疲惫、不耐烦和冷漠。

他突然觉得，他一向看低的父亲或许真的说出了一条放诸四海皆准的真理——人去世就是这样的，身份地位看似有云泥之别，但詹姆斯的处境其实也差不多，甚至更叫人心冷，妻子孩子都在紧锣密鼓地动脑筋，身边连一个真心送别的人都没有。

挂掉电话，他看了看时间，一点钟不到，天庭的午休时间就要开始了，办公区和食堂在同一层，来往的人应该很多。查尔斯的邮箱只能在他办公室的电脑上看到，但他这个时候回去实在太显眼了。他很快想了一下，在这个敏感时期，如果不要秘书插手，天庭上下可以帮到他的人，只有她了。

他换衣服离开公寓，拦下一辆过路的出租车过江，在车上打电话给沈拓。公关部基本都是正常日班，他估计她应该在酒店，但办公室电话却无人接听，打手机铃响过许多遍才接通。

"你不在酒店？"他问。

"上午请了半天假，"她回答，"不过事情都办完了，就在附近，你有什么事？"

他并未多做解释，约了她在金融区一家商场三层的咖啡馆见面。她听他的口气就知道是重要的事情，也不问为什么就答应了。

那个钟点，商场里人很多，进进出出的都是金融区办公楼里上班的职员。他走进咖啡馆，沈拓已经在那里等他了。

他把办公室的钥匙交给她，对她说："我会打电话给秘书，让她离开位子去办点事，你去我的办公室，我的邮箱里有一个文件夹是查尔斯的名字，帮我拷贝出来。"

她静静听他说完，把手机记事簿打开，让他写下密码，然后走了。四十分钟后，她回到咖啡馆，给他一个U盘。他回到公寓，打开来看，里面差不多有两百七十多兆的邮件，非加密的基本他都看见过，都是些酒店运营管理方面的往来信件，并没有什么特别。加密邮件不多，他只能看到发件人和标题，其中确实有一封来自詹姆斯，标题只是一个"Hi"字，实在也看不出什么来。但那封信有一个附件，是一个压缩过的PDF文档，他虽不能打开，却也能看到文件名，LEXIN Capital，像是一家公司的名字。

他在网上搜索这个名字，相关条目并不是很多，排在第一个的就是LEXIN Capital历星资本的主页。网站做得很简单，"关于我们"里写着：历星资本是一只私募股权投资基金，致力于引领交易双方以双赢方式展开战略合作，帮助欧美企业在中国发展，以及中国企业在海外参与海外股权投资。

此时美国东部时间已是凌晨，但程致研还是第一时间打电话给陆玺文。陆玺文估计也是辗转难眠，很快就接了。

"詹姆斯找了一只中国的PE，"他开门见山地告诉她，"历星资本，你听到过这个名字吗？"

"没有，"陆玺文沉吟片刻，听起来仍旧有些疑惑，"要么是他想卖掉北美那几块地皮？……你是怎么知道的？"

"查尔斯的邮件里看到的。"程致研回答。查尔斯和那几块赔钱的地皮一毛钱关系都没有，事情显然没有这么简单。

陆玺文连夜就找人去查其中的内情，但他们终究是迟了一步。当天夜里，美股开盘之后，传出一个众人始料未及的消息，一家名叫华仕国际的中国民营企业向W集团的全体股东发出收购要约，目标是其百分之三十的流通股份，占W总股权的百分之二十一左右，如果此次收购成功，而且其他股东不增持，那么华仕就会毫无悬念地成为W最大的股东。

—— // ∧ \\ ——

程致研在次日一早的财经新闻里看到这个消息，主持人还特别提到了一个名字——"历星资本"，说是这只民营PE一手促成了此次交易，如果收购成功，将标志着中国企业一种崭新的海外投资模式的诞生。而且，此次收购对历星来说，也不仅是做一笔交易而已，他们计划作为协同投资人占有一定股份，但历星方面拒绝透露具体数字。

　　W是赫赫有名的奢华酒店品牌，华仕或者历星都是近十年内成立的民企，除了在中国外，几乎没人听过这两个名头，乍看之下似乎有点蛇吞象的味道。但程致研是知道W真正的现状的，突然有点明白詹姆斯的用意，陆玺文和沃尔登家两位公子争了那么多年，但他并不愿意给他们中的任何一方，或许W已经到了这样的地步，只有舍弃它，才能真的保住它。

　　那档节目的特约评论员似乎民族自豪感大爆发，很兴奋地说着华仕国际和历星资本的头头脑脑们。程致研几乎无意识地听着，心里想的是这个消息对陆玺文来说会是怎样的打击，直到被一个名字吸引注意——历星资本的董事长兼执行合伙人，司历勤。

　　很特别的姓，许多年之后，程致研还在想，如果不是这个姓氏，他或许还弄不明白事情的来龙去脉，她为什么出现，又为什么离开。他记得他们在巴拉望的公主港，她用他的手机拨过一个上海的电话，翻出来重拨一遍，电话那头一个女声，欢迎他致电历星资本，要他直拨分机号码。

　　"在这个圈子里，每个人做每件事都是有原因的，我相信你也明白这一点，只是有时候需要提醒。"

　　他又想起查尔斯说过的那句话，终于懂了其中的含义，终于承认那些他不愿意承认的事。那个汇入五十万美金的银行账户，他曾经清清楚楚地把账户号码告诉司南，因为她要把买自行车的钱转账还给他，即使不是这样，她也有数不清的机会，以及一切的可能，接近他所有的秘密。他并非不知道，只是不愿意相信。

他不知道那个上午的时间是怎么溜过去的，他们在一起的日子如此短暂，但许多事情仍旧历历在目。

他记得她踮起脚在他耳边低语："下班后去找你。"说完转身就走。

他捉住她的手把她拉回来，笑问："你真的会去？"

她摇摇头："不一定，但你可以试试看等着我。"

剩下一个半小时，他心神不宁，巴不得马上离开，找到她紧紧拥在怀里。

记得她发脾气，埋怨他对她不好："难怪人家说，裁缝的老婆是冻死的，大菜师傅的老婆是饿死的，酒店经理的老婆是看男人的冷脸气死的。"

他被她逗笑，反问："刚才好像有人说什么老婆？"

她红了脸，装作很生气。

或者就是在这个房间里，有一次，他带她回家，他没脱鞋就躺倒在床上。

她扑过去扒掉他的鞋子，做出嫌恶的样子："没想到你私底下这副样子，邋遢得像个中学生。"

他无所谓地笑，伸手把她也带倒，他喜欢她这样对他。

而这一切背后，原来都是有原因的。

傍晚下班之前，程致研带着一封辞职信去天庭，在众人含义复杂的注目下走进查尔斯的办公室，默默把信放到桌上。

"研，你其实不必离开，"查尔斯试图挽留，他看不出是真是假，"我希望你留下来，我会给你一个合适的位子，甚至比现在的更好。"

果然，查尔斯从头到尾都是知道的，只当他是因为W即将易主，所以才要离开。他并不解释，很平静地拒绝了。

离开查尔斯的房间，他去人事部办离职手续，然后回自己的办公室收拾东西，却发现其实并没什么可收拾的。他去管家部办公室转了转，怕再遇到她，却也希望能再见她一面，看看她怎么样了，气色好不好，胃口是否还那么差，但却没能如愿。

从管家部出来，他在走廊里遇到沈拓，她告诉他，司南请了一个礼拜的假。

"我明天就不在这里了。"他对沈拓说，觉得无论如何总该与她道个别。

沈拓笑了笑，回答："这么巧，我刚刚交了辞职报告，明天，我也不在这里了。"

他看着她，许久才说："你不必这样。"

"又不是因为你，"她似乎有些尴尬，"只是突然觉得没有继续留在这里的动力了，不管怎么说，这七个半月我获益良多，我会始终记得和你一起工作的日子。"

他与她拥抱，而后放开她，说了声再见。

他离开酒店，突然发现自己竟然没有一个可以称作家的地方，他曾以为自己什么都有，其实却是孑然一身。

第二卷

逸栈

第 1 章

司南认识顾乐为是因为默默的病。

那时，她刚刚带着默默从纽约搬到香港不久。默默在幼儿园得了感冒，很快发展成了肺炎，住进一家私立医院。顾乐为是那里的住院医生，她是病人家属。

他们第一次见面是在病房里。

司南和默默面对面盘腿坐在病床上，她教默默怎么脱套头的衣服，一边言传，一边身体力行："双手交叉，抓住衣服的下摆，往上拉——"

"出不来，妈妈，脑袋出不来！"默默裹在T恤里闷声闷气地叫着。

"加油，默默，就快出来了，加油——"她也正脱到一半，露出胸罩和大片皮肤。

病房的门都是不锁的，顾乐为拿着病历推门进来，一抬头便看见这场景。

"啊——对不起！"他立刻道歉。

她赶紧把衣服拉下来穿好，这才看见一个男人正背对着她们站在门口，身上是一件白大褂。她也一边忙不迭地道歉，一边把默默从扯

—— // 人 \\ ——

· 160 ·

成一团的小T恤里救出来。

男医生年纪很轻，确定警报解除，转过身一本正经地问默默前一晚的情况，脸却还是红的。

"我姓顾，这个礼拜负责司默小朋友的病房，司太你有什么事可以找我。"他清清嗓子，对她说。

"司小姐。"她纠正他，脸上带着些笑。

他又清了下嗓子，对她点点头，就走了。

第一面，司南便觉得他有些可爱。

再见是第二天早晨，顾乐为跟着儿科主任查房。

主任是个五十多岁的女人，脾气不好，做事雷厉风行，儿科的医生、护士私底下都唤她作"师太"。

一众人等涌进病房时，司南正搂着默默和衣而睡，两个人挤在一张一米来宽的小床上，床脚还放着她的笔记本电脑，以及塞着乱糟糟的文件和记事簿的大手提包。

师太最看不惯有人违反医院的规定，走上前用手里的病历夹敲了敲桌子。司南前一夜加班到很晚，此时睡得正香，一动没动。倒是默默睁开眼睛，眨巴两下，看着眼前这个声色俱厉的老太太，而后伸手推了推她娘。司南这才慢慢醒转，看眼前这阵势吓了一跳，差点从床上掉下来，赶紧起身，手忙脚乱地理了理头发和身上的衣服。

师太教训她道："病房不允许家属留宿，尤其不允许睡病床，竟然还弄得这样乱，如有突发情况，影响医生施救，后果不堪设想！"

幸亏护士长过来解释：院长来打过招呼，对这个小病人要特别照顾一些，毕竟她只有四岁，又是第一次住院，允许二十四小时探视，允许家人陪夜。

既然是院长出面，眼前的人必定有些背景，这在私立医院里也是常有的事。师太耐下几分火气，只是面子上下不去，似乎又说了句什么。司南听不见，也看不清口型，转身帮默默穿衣服，直到顾乐为过来拍拍她的肩，才知是在问她要之前看全科医生的病历。那份病历同一叠研究报告、财务报表混在一起，她在包里找了半天才找出来，递给顾乐为。

医院也是等级森严的地方，更不用说是在师太的手下讨生活。顾乐为只是看着，却不敢接，冲司南使了个眼色。幸好她即刻会意，赶紧呈上去给师太过目。

师太看她这副磨磨蹭蹭的样子，当真有些动怒，将病历草草翻阅一遍，又替默默听诊，而后便开始下医嘱，大多是对身后的顾乐为说的，有几句却是说给司南听的，言下之意是做母亲的照顾不周，所以一场普通流感才发展到如此地步。

司南只能听凭教训，倒是默默在一旁替她解释："我妈妈听不见，如果你是在跟她说话，请面对她，说得慢一点，不要急。"

奶声奶气的英文，美式发音，语气却那样老练，想来是跟哪个大人学的，而且应该是说过许多次了。

师太闻言愣了愣，连带站在身后的顾乐为也有些意外。司南对他笑了笑，又冲默默扮了个鬼脸，并不介意。

当天上午，默默开始挂青霉素。她一向是很淡定的小孩子，对针头什么的并不恐惧，很有耐心地坐在病床上，要么看图画书要么打游戏。保姆也已经来了，坐在一旁看粤语电视剧。但司南还是不放心，请了半天假在医院陪伴。

快到中午时，默默脸色有些差，游戏也不玩了，躺倒下来，额角细软的碎发被汗水沾湿。刚开始，司南以为她是玩累了，替她擦了擦身，哄她睡觉，但很快就察觉到她不对劲，小小的身子躺在床上，胸口却起伏得厉害，脸色煞白，汗出了一层又一层，而且还是冷汗。

司南按了呼叫铃，护士过来测了下心律，一百四，还在正常范围内，调慢了点滴速度，嘱咐司南密切注意，如果还有什么别的症状，再来叫她。

半个小时后，默默开始叫肚子痛，汗如雨下，几乎不能平躺在床上。司南刚刚按了铃，便看见顾乐为推门进来，上手就停了点滴，拿掉枕头让默默平卧，测了一遍心律，又做了腹部触诊。司南还没来得及感叹他动作快，就见他打开床头的对讲机，叫护士推急救车过来。

饶是司南那么无敌的人，看这场面，也有些怕了，束手无措地站在一边，直到护士把她拦到病房外面。她傻呆呆地站着，几分钟长得像一个世纪。

电话振起来，她由它振了很久，才哆哆嗦嗦地接听。

"默默好不好？"是司历勤的声音。

她好像变回几岁大的小女孩，眼泪一下子涌出来，几乎泣不成声，把电话那头的司历勤吓得不轻。

直到病房门又开了，顾乐为走出来。她止住哭，等着他开口讲话。

"司小姐，"他轻声道，语音沉稳，"应该是青霉素引起的过敏反应，轻微的心衰，现在小朋友已经没事了。"

"但她是做过皮试的。"司南不明白。

"有些人是隐性过敏，皮试做不出来……"

"怎么会这样？！"她整颗心放下来，开始抗议。

"这个……个体因人而异，可能是遗传，可能……"方才还临危不乱的人反倒开始结巴了。

司南又质问了一通，这才知道，顾乐为吃过午饭回来，一看见护理记录上写着"心律一百四"，就立刻过来了。她有些不好意思，毕竟这是意料之外的事情，而且处理得这么及时。她觉得浑身的力气都用尽了，只能靠着墙蹲下去，就在刚才，有个念头不止一次地钻进她的脑子里，她偷来的这个孩子是不是终究还是要还回去？

午后，司历勤过来探病。默默已经换了别的抗生素，人又精神起来，只是还是喀喀咳个不停。司南要她早点儿午睡，她却胡搅蛮缠要玩游戏，妈妈这边说不通，就开始央求外公。

司历勤在中间做和事佬，说："再玩一盘，最后一盘咯。"

司南无奈，只能点头应允。传说中的武林高手都有命门，默默便是司历勤的命门，想她小时候，他逼她逼得那么紧，现在对默默，却是有求必应。

两点多，终于把默默哄睡了，司南送司历勤出去。

"这几天多陪陪默默吧，"司历勤对她说，"手头上的事情可以交给别人。"

她看了他一眼，不言不语。

"跟你说话，听见没有？"司历勤不禁有些动气，"又不是离开你地球就不转了，多花些时间跟她在一起，等过几年，你想跟她说话，她都不一定理你。"

经验之谈吧，司南心想。

"要不要叫你妈过来帮手？"司历勤语气软下来。

"不用。"司南回答。她很早就说过，这个孩子她一个人负责。

司历勤轻哼了一声，摇摇头，坐上一部黑色宾利离开了。

趁着默默午睡，司南去医院餐厅吃了点东西，在那里遇到顾乐为。

"刚才那位，是默默的爸爸？"他问她。

她看他吞吞吐吐，觉得有点好笑，摇摇头，回答："不是，那是我爸爸。"

他露出释然的笑："我说嘛，原来是外公，默默跟他长得很像。"

"其实，默默长得最像她爸爸。"她假装没心没肺。

"怎么没看见她爸爸来过？"他问。

她笑，但却沉默，一时不知道怎么回答。

"对不起，"他意识到不妥，"是我多嘴。"

她摇摇头说不必，极致简略地解释："我不知道他在哪里，我们没结过婚。"

"为什么会这样？"

她想，这男人嘴还真碎。一句话把他打发了："一夜情，没什么特别的，我曾是不良少女。"

他嘲笑她："如果你生默默的时候还未成年，那她现在起码上小学了。"

"你猜我几岁？"

"二十七八吧。"

"我看上去这么老？"她还有一个月满二十七岁，郁闷。

"你看上去显小，但一开口就露馅。"

"我说话老气横秋？"

"不是，你有种气场，小女生不可能有。"

她又有些得意。

默默总共在医院住了十天，司南一开始心惊胆战，到后来慢慢也疲了。她对默默的管教一向很随便，既是因为没时间，也是因为自己小时候被管得太严，有种奇怪的补偿心理，常常由着孩子任性。

住院的那几天，最常出现的情景就是，默默在游戏室里玩滑梯、摇马，她坐在一边，对着电脑工作。本来说好只玩一刻钟的，她一工作起来，就忘了算时间，默默乐得占便宜，使劲儿撒欢。一直要等到护士来叫："前天刚刚急救，今天就这样疯跑，还想不想病愈出院？"母女俩这才缩着脑袋相视一笑，像两个挨了骂的孩子似的溜回病房。

第一周，顾乐为上日班，每天早、中、晚总要过来替默默做一次检查。除此之外，司南还经常在儿科楼层的走廊或是游戏室里碰到他，渐渐地就开始觉得这人挺有意思的，跟别的儿科医生不太一样。

顾乐为看起来就不是那种很有爱心的好好先生，口袋里从来不装玩具和零食，讲话很干脆，不常笑，也不怎么把孩子当孩子，奇怪的是小孩子们却都很服他。有几个长驻医院的男孩子拿他当大哥看，只要他一进游戏室，就齐齐叫一声"老大"，他点点头，泰然受之，还真有几分派头。默默中文不好，根本弄不清楚这称呼是什么意思，却也跟着这么叫，几次下来，"老大"就成了顾医生的名字，每次她这么叫，都搞得司南忍俊不禁。

默默在医院的最后几天，顾乐为值夜班，早、晚交班的时候各出现一次。司南每天下午都要去办公室，处理那些没办法遥控的事情，一直忙到天黑才来医院陪夜，来的时候，刚好就能遇上顾乐为也来上班，与前一班的住院医生交接。

总要等到九点多，默默听过故事渐渐入睡，她才得空去医院底层的餐厅吃晚饭。也不知是碰巧还是怎么的，她总能在那里遇到顾乐为。他不能离开值班室太久，也就是几分钟的工夫，坐在灯火通明的小食堂里，与她随便聊上几句。

其实，他们年纪差不多，但司南总把顾乐为当成小朋友，拿出一副过来人的派头跟他讲话——猜他准是念医科成绩太差，所以才被分到儿科，又笑话他作为医生级别太低，在师太跟前一副狗腿相。难得他也不生气，随便她取笑。

有一次，他这样问她："你每天来回跑，还要上班，累不累？"

"也就这样了，譬如打两份工。"她笑答。再辛苦她都过来了，更何况她最怕闲下来。只要一闲下来，她可能又会去钻那些牛角尖，反反复复地想那些没有答案的问题。

十天之后，默默病愈出院，她终于能回去正常上班，手头上积下一大堆工作。面对那些千头万绪的事情，她惊奇地发现自己竟有些摩拳擦掌的兴奋。她想起司历勤说的话——"又不是离了你，地球就不转了"，不禁觉得好笑，同时有些得意，虽然论职衔，她只是历星资本的一个Junior Associate（初级岗位），但离开她，地球还真就转得不那么顺溜了。

就这样，她没日没夜地忙了两天，把落下的功课补上，偶尔也会想起顾乐为，关于他的记忆尚且轻浅而新鲜，幽浮于其他回忆的表面。她突然意识到，有时候，他有一种既沉着又安静的表情和姿态，让她觉得似曾相识。

离开医院后的第三天，她接到一个电话，是顾乐为打来的。默默的病历上有她的手机号码。

他没有拐弯抹角，一上来就开口约她出去吃饭。

"顾医生，你这样算不算假公济私？"她装作很严肃的样子。

"算吧。"他并不避讳。

"我可不可以投诉你违反职业操守？"她继续装。

"投诉电话2284××××，或者写信给院长办公室，电邮地址医院网站上有。"他回答。

她被逗笑了，让他晚上来办公室楼下等她。

那天，他们一起去吃晚饭。他带她去的餐馆号称做的是北京菜，但拉面太糊，菜炒得又太油。像在医院里时一样，她嘲笑他没见过世面，找的地方太差，他却有种笃定的自信，随她去嘲。吃过饭，两人在附近散步，又聊了许久，说的大都是各自工作上的事情，却出人意料地投契，抢着讲话，开怀地笑。

十点钟不到，他送她回家。出租车上，他握住她的手，她让他握着。她穿的是无袖连衣裙，他的衬衫袖子也挽到肘部，两人裸露的手臂交叠在一起。他是经常健身的人，不算很壮，却肌肉纤匀，那种皮肤的触感，温暖而有力量。黑暗中，她突然有种错觉，有些害怕，却又不舍得把手收回来。

车开到她家楼下，他跟她道别，目送她上去，就像所有未曾挑破那层窗户纸的好友。

到家时，默默还没睡，保姆正哄着她刷牙。司南站在洗手间门口看着她，然后换了衣服，给她讲睡前故事。

故事讲完了，默默问："妈妈今天是不是很高兴？"

"为什么这么说？"司南反问。

"你笑得有些不一样。"默默回答。

司南忍不住又笑，吻她一下，关了灯，催她闭上眼睛睡觉。

第二天早上醒来，司南的心情依旧很好，送默默去幼儿园，然后自己去上班。

上午，顾乐为给她打了个电话。她马上要开一个视频会议，其他人都已经接进来了，只等着她，但她还是花了五分钟跟他说了些没有实际意义的话，才把电话挂了。

后来她想，她不应该太高兴的，以至于忘记了过去的种种经历，只要她稍一放松，那些她自以为已经忘记的人和事，又会悄然而至。

视频会议之后，她看到一封邮件，一个拐弯抹角的中间人给历

—— // ∧ \\ ——

星推荐了一个新项目，司历勤估计是想扔给她做，所以把信抄送给了她。那是一家名叫"逸栈"的连锁酒店，以极限运动为主题，创立至今已三年有余，在中国大陆开了将近二十家分店，遍及三清山、九华山、莫干山、浙西大峡谷等地。

附件里有一份投资提案，她在其中看到那个熟悉的名字——程致研。

她突然想起多年以前，他对她说过的那句话：我是风向星座，不喜欢建造，所以只能漂泊。

真是讽刺。

第2章

　　午休时间，司历勤叫司南一起去吃午饭。在座的还有另一个圈内有名的投资人，身上穿一件白色素缎的中式褂子，操一口京腔，说话好像说相声。司历勤让司南称呼他"薛伯伯"，而这个薛伯伯就是之前那封信里提到的拐弯抹角的中间人。

　　几句寒暄之后，司南无心应酬，兀自沉默，好在席间谈话的主角也不是她。薛伯为了照顾她爹的面子，作势猛夸了她几句，然后就跟司历勤聊得不亦乐乎。一顿饭的工夫，她不住地走神，却还是免不了听到他们谈话中的只言片语，她听到他们提到逸栈、提到程致研，说传统酒店业已经不行了，如今要么走经济型路线，要么就非得沾上点什么概念，而这一点，逸栈玩得就很成功，好几家酒店集团有意买下，但他们也是人精，根本无意脱手，甚至连股权也不会轻易让出去。

　　身边的落地窗外面是艳阳照耀下的维港，阳光白热，水波青蓝，司南却仿佛又回到五年前那个多雨的冬末，她离开上海，去了美国，因为她以为他会在那里，却没想到仍旧遍寻不着他，却原来，他一直留在国内。她还记得那一夜他送她回家，在车上对她说，他不喜欢建造。记忆尚且清晰，结果，他却在三年间造了二十家酒店，当然，也不完全是建造，其中很大一部分是直接买下一个百多年历史的古村落，再加以改建。

她好不容易回过神来，两个男人还在侃侃而谈：到处都在说，中国没有中产阶级，但其实，近十年间急速膨胀的就是这一人群，而逸栈的目标受众正是其中最能折腾，也最具消费能力的那部分。那些人想要的是温和而舒筋活络的极限、自由且特立独行的旅行，这恰巧就是逸栈可以给他们的。

听得出来，司历勤对这笔生意志在必得。不仅是因为逸栈做得好，更是因为历星在W还有投资，这几年W在查尔斯的管理下发展得很好，上海、北京各开了一家之后，又接连有好几家酒店在数个一、二线城市陆续开张。W走的是奢华路线，很吸引眼球，但终究曲高和寡，也欠缺了几分活力，如果能让W把逸栈吃下来，不啻是双剑合璧的好事。如今逸栈很受欢迎，竞争是肯定有的，但这许多年，司历勤还没碰到过想插一脚却不能如愿的事情，想来这一次也不会破例。

吃过饭之后，薛伯告辞离去，司历勤让司南陪他去四层露台上散步。

"逸栈的人下个礼拜会来香港，我让薛伯帮忙约个时间，你去跟他们聊聊。"司历勤对司南说。

司南早猜到这事儿会落到她头上，却还是愣了愣，不知该如何回答。

"对他们有意向的肯定不止历星一家，这次来应该能到手好几份要约，拿在手上做比较，说不定还会趁这个机会抬价。所以，你务必要让他们相信，拿得出钱来投资的人家有很多，但历星可以给他们最大的关注和最好的合作条件……"

"我跟逸栈的老板好像认识。"司南打断他道。她自己也不清楚是想借此推辞，还是想更加坐实这桩任务。

"嗯，那很好啊。"司历勤点点头，似乎并不意外。

她还想再说些什么，但张开嘴却哑然无声，心里矛盾，也不知是要拒绝，还是应承。有段时间，她曾经那么辛苦地找他，现在有机会见面，并不是不想看看他怎么样了，但毕竟已经过去那么久了，许多事情都已经变了，她不知道他是什么态度，真的见了面又会怎样。

司历勤却没给她多少时间犹豫，很快就托薛伯把约谈的时间定下了。

也是在那个礼拜，顾乐为又约过她一次，她借口工作忙，还要带孩子，没去。他是做医生的，跟她一样没什么闲工夫，而且从她的回复当中也多少品出了点味道，好几天都没给她打电话。

她惴惴不安地忙着，只有默默能给她一些简单的小快乐，让她忘记所有烦恼。她有时候想，程致研应该也听到她的名字了，可能不会亲自来赴约，或者干脆就拒绝历星的介入，但事实却未能让她如愿，那一天，就这样来了。

那是个阴天，他们约在历星办公室见面。会议室在三十九层，俯瞰灰蓝的海景，空气干冷，空调换风的声音总是不变的背景，让她有种错觉，好像又回到了几年前，他们在上海，黄浦江畔云端的天庭。

他出现得有些猝不及防。

轻叩两声，门开了，秘书探身进来说："程先生到了。"

他就站在秘书身后，一个人来的，看起来几乎没怎么变，齐整的西服衬衣，神情温和却淡漠。她脸上带着笑，并不避讳他的目光，迎他进来，隔着桌子欠身与他握手。那只手一如从前，传来些微体温和平稳的心跳，仿佛蕴着一股力量，力道、温度皆拿捏得恰到好处，不似一般人那样冷硬。

寒暄过后，一秒钟的冷场，她突然忘记了该如何切入正题，幸好薛伯也在座，又替他们相互介绍，两面吹捧。

她找回了一些感觉，对薛伯笑道："我和程先生是旧识了，那时候程先生是上海W天庭酒店的营运副总，我是他招进来的MT，我们俩的mentor都是Charles Davies，只是拜师的时间前后差着几年。"

"那你们不就是同门师兄妹？"薛伯也同她开玩笑。

这句久远却又熟悉的话，让她不自觉地震了一震，脸上却还是保持着笑容："是啊，我从前老是叫他大师兄。"

他就坐在她侧对面，隔着不大不小的一张圆桌，淡淡笑了笑，看不出什么多余的情绪，就好像他们真的只是旧同事，偶尔因为工作又碰到一起。她便也赌着一口气，收拾起心情，跟他言归正传。

那天，他们聊了差不多一下午，中间她打电话叫秘书送过两次茶水，把头发在脑后挽了个低髻，他则连线了上海的审计师和资产评估师，两方面都完完全全是谈公事的态度，锱铢必究，毫厘不让，一直到入夜才算完。

走出会议室时，他替她开门，有那么一瞬，两人离得很近。她自以为很沉着，却还是带到了门把手，手里的记事簿落在地上。他站在原地没动，眼看着她蹲下身把本子捡起来，这在过去是无论如何都不可能出现的情景，教养从来就不是装得出来的，于他更是一种类似于本能的反应，他只是不愿意为她去做，她对他来说甚至不如一个陌生人。她突然觉得自己挺天真的，以为时间可以改变一切，但其实他还是介意的，这一下午又有什么意义呢？他是肯定不会让历星得手的。

她在前台与他握手道别，一个人回到办公室，很累却又如释重负，手机上有一个未接来电，是顾乐为的名字。她拨过去，与顾医生聊了几句，他那天不用值班，又开口请她一起吃晚饭。她犹豫了一下，还是答应了，说好了去医院找他。

她锁了门离开办公室，出了前台，在电梯厅看到那个熟悉的身影，程致研正和薛伯站在一起讲话。电梯很快来了，三个人走进那个密闭的小空间，他就站在她身后，下落的那几秒，长得就好像永远都不会完。

到了底层，走出大堂门禁，她先开口和他告别，指指门口的扬招站，说："我坐的士。"说完转身就走。

几分钟后，她还在门口排队，一部黑色轿车在她面前停下。

车门打开，是他坐在驾驶座上，看着她说："上车。"

"不用了，我很近的，而且就快排到了。"她推辞。

"上车。"他重复，仅这两个字，说得很轻，四周人声喧哗，她听不到，却看得懂他的口型，有种不容她违逆的坚持。她站在原地，他也不关门，拦住后面出租车的去路。有人在后面按喇叭，他还是不动。

她无奈，只能坐进去关上车门，告诉他医院的地址，又问："你认不认得？"

"你指路。"他只是偶尔来香港一次。

车驶上大路，他的左手搭在方向盘上，霓虹的光照进来，无名指上一枚素铂金的戒指幽幽亮了一下。她看到了，奇怪怎么一整个下午坐在他身边却没注意。

"你结婚啦。"她轻声道，语气并不是在发问。

"嗯。"他回答，除此之外，再没说一个字。

她很难描摹这时的心情，急于换个话题，想起下午在逸栈的股东名录上看到吴世杰的名字，就问："吴妈现在好不好？"

"老样子。"他回答。

五年前，她离开上海之前，最后见到的与他有关的人就是吴世杰。五年后，他们还是好友，还在一起工作。她以为提起吴妈，总有的可聊，结果他却不领情，说了那三个字，又陷入沉默。

"后来见过天庭的旧同事没有？"她又问。

他静了一静，才说："前几天在上海遇到了查尔斯。"

"他结婚了，你知道吗？"她总算找到一个话题。

他又嗯了一声。

"都已经有两个孩子了，小的那个是年初生的，大的今年都已经上幼儿园了，"她尽量让自己语音雀跃，"你想得到吗？查尔斯哎，那个时候我们都想象不出什么样的女人能收服得了他。"

她猜他懂得她言下的意思，他跟查尔斯都曾是坚定的不婚主义者，满世界地跑，过着浮萍般的日子，到头来却都成家了。查尔斯在香港也置了一处房子，有时候过来住几个月，她还带着默默去玩过一次。

他眼睛看着前方的路，许久才点点头。

"现在还骑自行车吗？"

"不骑了。"他回答。

她想起逸栈的极限运动主题，其中搞得最有声色的就是骑行俱乐部，便顺势嘲笑他："你到处做广告，鼓动别人满世界骑行，自己倒偷懒不玩了，这算什么啊？"

他笑了笑，回答："没时间。"

又是三个字，无论她问什么，他最多答她几个字。她弄不懂他为什么坚持要送她，却又这样吝惜言辞，如果实在不想跟她讲话，完全可以把她扔在的士站，由她自生自灭去，两个人都不必这么尴尬，那么勉强地对话，全靠她一个人撑着。

从金融街到顾乐为工作的医院，这段路并不远，默默生病的那几天，她来来回回地走过无数次，这一天却不知为什么带错了路，兜兜转转，许久才到。

他见她叫他停车的地方是一家医院，居然多嘴问了一句："是看病人，还是你自己不舒服来看医生？"

"算是看医生吧，男朋友在这里做事。"她佯装轻松，笑着回答，却搞不懂自己为什么突然说这样的谎话。

他两只手仍旧握着方向盘，一直都没看她，那意思就是要说再见了。

她横下一条心来，索性忘记其他，跟他谈公事："历星投资的事情，你大概什么时候能给我答复？"

他笑，然后问她："你们做生意这么随便吗？都不做实地考察？"

"如果真的要投，当然要实地考察。"她回答，说完就打开车门下车，一只脚跨出去又忍不住退回来，对他说，"要是你觉得这个项目我做不合适，我可以跟上面提出来换人。"

"为什么说不合适？"他笑问，"是不相信我，还是对自己没信心？"

听他的口气，这应该是句玩笑话，却让她心头一震，紧跟着就是一阵钝痛。是啊，避什么嫌呢？既然他已经放下了，她又有什么理由放不下？他们说到底不过是旧同事，而且，曾经共事的地方也早已经换东家了。

"那好，我就等你回音了。"她对他说，眉间似有一些东西敛去。

"好。"他喃喃回应。

她下车关上车门，转身头也不回地走进医院，心思却不知留在哪里，和迎面走来的一个人撞了个满怀。

"当心。"那人伸手扶住她。

她抬头，面前的人就是顾乐为。他没穿医生袍，换了便服，T

恤、牛仔裤、运动鞋，背着个双肩书包，像个大学生。她突然明白自己为什么从一开始就对他有好感，原因其实特别简单，他和程致研有些隐约的相像，虽然他更年轻、更简单也更开朗，可以说更好，但也可以说是不完整。她仔仔细细地看着他，并不打算跟他怎么样，只是决定放纵自己一次。

"现在就能走？"她问顾乐为。

"对啊，你看，衣服都换好了。"他笑着回答，看起来心情不错。

"那就走吧，这次地方我选。"她拉起他的手，转身朝医院外面走。

程致研的车已经开走了，往东还是往西去的，她都不知道。路边刚好有辆出租车在落客，她拉开后排车门坐进去，顾乐为也跟上来，坐在她身边。

她对司机报了一家酒店的名字，他以为她要带他去那间有名的琥珀餐厅，一路上嘲笑她没新意，肯定是看了哪本旅游指南，才想起来去那里。车子到了地方，她抢先付了车费，拉他下车，径直走到前台，要了一个房间。

他拉住她，笑问："你想干吗？"

"不是去琥珀餐厅吗？你穿成这样，怎么进得去？而且我忘记订位子，不如开个房间，叫他们送餐。"她也对他笑，不跟他认真。

他没再说话，等着她办好入住手续，拿了房卡上楼。房间在十一层，视野普通，由落地窗看出去是不夜的城市街景，隔音却是极好的，关上门就一片寂静。

　　司南脱掉西装外套，随手扔在沙发上，熟门熟路地打电话到前台，找礼宾师替她去琥珀订餐，另外还要了一瓶白葡萄酒。

　　客房送餐总是很慢的，特别是在这个时段，酒倒是先送来了，搁在冰桶里，绿色玻璃瓶身上结着密密一层水汽。她给了小费，打发服务生走人，关了门就踢掉高跟鞋，脱掉半裙，仅穿一件衬衣，长筒袜的袜口，以及上面吊袜带的衔扣，在衬衣下摆隐现。

　　顾乐为始终靠在沙发上看电视，屏幕上闪动的似乎是《龙珠》之类的日本动画片。她走过去，从冰桶里拿出酒瓶，抹掉水珠，熟练地揭掉瓶口的锡纸，起出木塞，斟了两杯。

　　在她做这一切的同时，顾乐为总算不看电视了，转而看着她。她对自己的身体一向自信，知道他不可能无动于衷。她俯身下去拿酒杯，他伸手拉了她一下，抚过她袜口之上的皮肤，她也失掉了耐性，放下杯子，转身跨骑在他腿上。

　　隔着薄薄一层T恤，她触到他的身体，他的体格比看上去魁梧，胸膛宽厚，肌肉隆起，身上的味道一如他这个人一样简单而干净，指尖还残留着淡淡的消毒水的气息。她与他深吻，嘴唇裹着牙齿，轻轻噬咬过他的脖颈，感受他喉咙深处发出含混的震颤，有那么短暂的一瞬，他似乎屏住了呼吸。她知道再继续下去，就没有反悔的余地了，脑子出奇地清醒，却不确定究竟该怎么做。

她很久都没有过这样的经历了，五年前离开上海后，她被人追求过，也有过约会，甚至有人极其草率地向她求婚，但都没有走到上床这一步，至多就是一起出去玩，一个轻浅的吻，一点亲切的感觉。她知道自己一直都活在回忆里，喜欢比较、喜欢做白日梦、喜欢仲夏湿暖的空气，大雨忽然而至，淋得浑身透湿，躲进房子，听雨滴拍打窗棂，以及极远处天际滚过的雷声。

五年，说长不长说短不短，对她却仿佛一晃而过，她并不觉得自己过得很辛苦，因为现实世界始终没有什么比她记忆里的更好。直到此刻，她突然觉得自己挺傻的，这实实在在的温度、气息、急促有力的心跳、微微的汗意，怎会及不过一段回忆？

"对不起。"顾乐为突然说，语气有些怪异。

"对不起啊，昨晚是酒精的作用，大家都是成年人，都明白不意味着什么的，发生这样的事，我相信你也不想的，不如就当没有发生过，彼此还是朋友，今天我还有事，有空再联络你……"他看着她继续说下去，表情郑重。

她许久才意识到，他是在学她说话的样子。

"明天这个时候，你就会在Google上搜索分手秘籍，我在想，你究竟会怎么跟我说。"他知道她懂他的意思，脸上带着笑，眼眸深处却又有些别的东西，房间里光线晦暗，她看不分明。

气氛渐渐冷却，有些事是稍纵即逝的。她从他身上下来，靠在沙发上，身上衣冠不整让她有些尴尬，除此之外却也有种如释重负的轻松。

"You ruined everything（你毁了一切）。"她从茶几上拿起酒杯，作势叹了口气。

"No，"他与她碰杯，伸出右手食指冲她摆了摆，一本正经地纠正道，"I saved everything, I'm the hero, you'd better keep this in mind, I – am – the – hero, not someone you had casual sex with and easily dumped afterwards."

［不，我挽救了一切，我是英雄（男主角），你最好记住这一点，我——是——主——角，不是你随便搞搞就甩掉的无名之辈。］

她看着他笑出来，许久才参透了他话里的意思，他想要做她的主角，哪怕需经历迂回承转，宁愿一切都来得不那么容易。

不管怎么说，他们还是在那间客房里吃了晚餐，琥珀当晚的"主厨之选"，总算值回票价。

在前台等着退房结账的时候，她看看手表，感叹："两个小时，六千多元。"

"可能还不止，我刚才看的《龙珠》好像是付费频道。"顾乐为朝她笑。

她瞪了他一眼。

"你付得起，不至于为了这点钱，就非得劫个色不可。"他泰然处之。

话虽然这么说，等账单出来，却还是顾乐为抢先付了钱。司南自恃挣得比他多，还想跟他客气，却被他婉拒。

"等到月底没钱吃饭，自然会去找你。"他这样对她说。

离开酒店，他送她回家，车开到她家门口，他没有像上次一样，坐在车上跟她道别，而是付了车费，和她一道下了车。

"你干什么啊？"她提醒他，"这里很难叫车，除非有人坐出租车上来。"

他笑了笑，说："没事，我想看着你进去，等下走下去就好了。"

路灯下，他笑容温和，低下头又吻了她一次。她贪恋着那片刻的错觉，认定自己是没救了，与一个人唇齿相依，却还想着另一个人。

他跟她说再见，她却说不出话，转身刚刚走出几步，眼泪就流下来了。她有点庆幸，也有些感激，顾乐为没有追上来跟她说什么。她不想让任何人看到她这个样子，她从小就是被这样教养长大的，眼泪是不可以被别人看到的。

她独自回家，夜已经深了，房子里一片寂静，默默抱着一个小靠枕睡得正香。她在儿童房的地上坐了许久，才回卧室换衣服洗澡。从浴室出来，她看到手机在黑暗里闪，屏幕上的名字是顾乐为。

她犹豫了一下要不要接，又走到梳妆台前去戴助听器，借着些微光线换到T档。她做着这一切，心想如果他挂了就不再打回去，但他没让她料中，手机一直固执地闪着。

她接起来，没说话。

"我就是想看看你到家没有。"他先开口了。

"到了。"她回答。

他顿了一顿，突然问："今天在医院门口的那个人，是不是默默的爸爸？"

她突然有些恨，他怎么可以这样问？凭什么这样问她？！

她愤然挂掉电话，顾乐为还算知趣，没再打过来。她上床睡觉，闭上眼睛，忍着不哭，倒不是为了别的，只怕第二天眼睛会肿，被历星的人看到，又要多出许多是非来。但人之所以会流眼泪，总是有其道理和作用的，否则有些东西就始终郁结在那里，不得宣泄。

她大半夜翻来覆去地睡不着，最后火大了，全都迁怒在顾乐为身上，也不管是凌晨几点钟了，拿起手机就拨过去，心想着吵醒他，也不让他睡好，却没想到电话只响了一声就被接起来了。

"早。"他声音沉静，竟然对她道了声早。

她愣了愣，问他："你没回去睡觉？"

"回医院了。"

"出什么事了吗？"她坐起来，一阵紧张，医院里深更半夜的总没什么好事。

"没有，"他安慰她，"睡不着，不如就在医院待着，还有三个小时就上班了。"

"你有什么睡不着的？"她语气戏谑，总觉得他这么说有种少年强说愁的味道。

"因为知道你一定还醒着。"他回答。

这个理由，她没想到，静了静才问："那你现在在干什么？"

"躺在值班室里，刚才在看八卦杂志，现在不想看了，在打游戏。"

"你还不如说在浪费生命，三个钟头可以做许多事。"

"比如说？"

"骑单车六十公里。"

"去哪里骑？"他反问，"香港最长的单车径也只有二十公里，从大围到大尾笃，要么就去大屿山的梅窝。"

"你有自行车吗？"

"没有，但可以租一辆。"

那个凌晨，他们说了许多废话，一直聊到天亮。聊到后来，司南实在累了，就迷糊过去了，也不知是几点钟睡着的，醒来时已是天光大亮，保姆正满世界抓默默过去梳头，床头的电子钟显示八点一刻，她铁定迟到了。她手忙脚乱地起床，赶去上班，隐约记得跟顾乐为说好了要去哪里骑车，也不知是做梦还是真的，一直到周末之前，他又来跟她约定时间，才确定是真的发生过的事情。

从那个礼拜开始，只要休息天能凑在一起，他们就结伴出去玩，等到幼儿园放暑假了，就带着默默一起去。他们在管教小孩子的问题上出奇地合拍，常常被人错当成是一对带着孩子的年轻夫妻。每次被错认，司南总是觉得有些尴尬，但在陌生人面前多嘴解释似乎也不合适。倒是默默有时候会一本正经跟人家说，这个不是老爸，是老大。多数人也只当是小孩子在说笑话。

默默和顾乐为相处得很好，连带着司南也开始在他面前撒娇耍赖。她工作压力不小，玩的是真金白银，打交道的都是狠角色，面子上说着笑着，落到纸上一个字都不能含糊，分毫都不能差。

她在人前卖狠，下了班却经常对他抱怨："他们都欺负我，明天不想去上班了。"

"谁？谁欺负你？"他总是作势要替她报仇，然后教她怎么用广东话骂人，或者干脆乐呵呵地说，"太好了，我也想翘班，我们一起请假得了。"

慢慢的，她对他说了许多过去的事情。一开始，每次说出一点来，她都会觉得难过，甚至有些后悔，觉得他就像个小偷，撬开一扇门，偷走她珍藏的东西。但他自有他的办法，诱着她不知不觉地把那些点滴都告诉他。到后来那道口子越开越大，有种覆水难收的味道，她也只能眼开眼闭，随它去了。

不过，她并非毫无保留，只说那些好的，对从怀孕到分手，再到她去美国生产的那段经历绝口不提，每次说到那里就戛然而止。

每到那种时刻，他会让她坐在他膝上，吻她的头发，轻抚她的后背，由着她埋头在他胸前哭一会儿。

有时候，他也会生气，对她说："你别再刺激我了，当着一个男人的面说另一个男人的好，太卑鄙了。"

"那可是你自己要听的！"她抗议。

"今天够了，明日请早。"他吼回去。

总的来说，顾乐为对她很好，唯有一件事，他始终坚持，他不跟她上床。至于原因，他没有说，她心里也有数。

有一次，她忍不住问他："你究竟想干吗？"

"我不相信你不知道。"他回答。

"我就是不知道。"她装傻。

"我在追求你。"他看着她。

她避开他的眼睛，不再追问，心里不得不承认，他很聪明。

大半个夏天就这样过去了，就在司南几乎要忘记逸栈那个项目的时候，一封电邮落到她的邮箱里，邀请历星派代表去实地考察，具体地点在二十家酒店中任选。发件人是程致研，字里行间客气而疏远，完全是谈公事的语气。

收到信的那天恰好是周末，有两天时间供她考虑如何回复。这宗生意，司历勤问过好几次，每次都叫她盯紧点。她知道自己没有理由不去，但真的去了，她又该如何面对他？她带着些自虐心理胡思乱想，说不定他还会介绍他太太与她认识。

她索性不去想，约了顾乐为去看电影，心情不好，选了部喜剧片，结果很失败。黑暗中，顾乐为捧着她的脸吻她，渐渐的，两人都有些性起，电影还有半个多钟头才散场，他们索性不看了。

从电影院出来，他送她到家，她对他说："默默今天上她外公家去了。"心想，就是今晚了。

他低头亲了她一下，然后说："晚安，做个好梦。"

"你不进去？"她问。

"我明天早班。"他回答。

"真的不进去?"她每次都不相信他有这毅力。

他笑,有些腼腆:"真的不行,明天一早跟主任查房,你是见识过她的,很凶,如果迟到,我就死定了。"

"我这里也有闹钟。"

"你别逼我。"

她瞪着他,好像看到鬼,狠狠踢了他一脚,闪身进屋,砰地关上门。

第二天,他又打电话给她。

她料他是来求和的,存心跟他疏远:"顾医生有什么事?"

"司默小朋友家长,"他竟也是公事公办的口吻,"你欠我四十八块五。"

她一时无语,不知道他讨的什么债,怎么还有零有整的。

"买跌打药酒的钱,"他振振有词,"我腿上青了一大块,到现在还痛。"

"要么你现在自己过来拿?"她心里终究有些歉意,语气也缓下来。

"那不成,我路都不能走,明天你来请我吃饭。"他又来敲竹杠。

她答应星期天去找他,但周末剩下的时间,他都在医院,似乎很忙,接电话都没空。

星期一一早,她回办公室上班,又看到那封信,以及页尾熟悉的署名。她避无可避,开始写回信,几乎一气呵成,告诉程致研,她计划九月初飞去上海,然后花一周左右的时间考察逸栈旗下的两家酒店,初步建议是东部、西部各选其一,具体行程由逸栈方面安排。

回信很快就来了,他为她选了莫干山和梵净山。

　　那天中午，司南去医院找顾乐为，但他却不在。

　　同事说顾医生on call一天一夜，刚刚回家睡觉了。司南知道地址，转而去他家找他，不为了别的，只想看看他。路上，她想起默默住院时听来的一个笑话，儿科的护士都管顾乐为叫"定海神针"，因为有些淘气的小孩子太能闹腾，只有他能镇得住。而现在的她，恐怕也需要他来镇一镇。

　　顾乐为住的地方在上环街市附近，家里人都已经移民，他一个人住一间小公寓。司南在楼下按铃，他可能已经睡下，许久才替她打开门禁。她乘电梯上楼，他已经开了门在等她了，头发乱乱的，看上去很累，似乎老了几岁。

　　她看着他问："你怎么啦？"

　　他不说话，关上门就回卧室，钻进毯子下面睡觉。她跟过去，坐在床边。他睁开眼睛，握住她的手。她侧身躺下，他就凑过来，埋头在她胸前。沉默许久，他告诉她，那个叫他"老大"的小男孩昨夜病危，几小时前在昏迷中心跳停止。

　　这本应是个沉重的消息，但司南却有种如释重负的感觉。在顾乐为开口之前，有那么一瞬间，她以为他终于失掉了耐心，要离开她了。那个念头让她感觉四下无光，她第一次意识到自己竟是这么在乎他的。

房间里有些乱，窗帘拉着，光线晦暗。顾乐为应该是累极了，很快就睡得不省人事，剩司南独自醒着，看时间分秒流逝。她知道自己应该回去上班了，Blackberry一定在包里振个不停。她每天差不多要收百十来封信，接无数个电话，除非Blackberry没电了，否则一刻不得消停。但她还是躺着，心里说：随它去振吧。他曾给她的耐心和安慰，她终于有机会报答，静静拥着他，让他安心睡上一觉。

下午五点多，顾乐为醒了，看见她还在，倒好像很意外。

房间里静得出奇，司南被他看得有些尴尬，问他："你看什么？"

"你在这儿真好。"他回答。

她推了推他，想要坐起来，他环着她手臂却骤然收紧，翻身压在她身上。他的手略略粗糙，细细抚摸她的脖子和锁骨，然后就开始解她衬衣的扣子。她很顺从，抬起头来吻他，回应他的动作，任由他的体温侵入，但细致绵长的温存之后，他初进她的身体，还是有些涩涩的痛楚，可能是尚未做好准备，也可能只是因为她太久没有做过了。自始至终，她紧握着他的左手，指甲掐进他的手心，他就让她那样用力地抓着，以至于留下好几个弧形深红色的印子。

她不知道这算是他占了她的便宜，还是她乘人之危。激情退去后，只剩下淡淡的倦怠感，她的手脚还攀附在他身上，神思却已经走远了。外面晴空万里，阳光明媚，她却好像听见雨滴拍打在玻璃上发出的脆响，以及远处微不可闻的沉闷的雷声。在许多情况下，助听器会不成比例地将噪声放大，她总是能听见那些声音，以为是要下雨了，其实却只是无数引擎发出的声音在高楼林立的深谷间回荡。

—— // ∧ \\ ——

"你和他为什么会分开？"顾乐为突然问。

"谁？"她明知故问。

"默默的爸爸，还记得原因吗？"

"原因有很多。"她推搪。

"说最主要的。"他不放过她。

她只能把第一个出现在脑子里的答案说出来："我怀孕了，不敢告诉他，等我想告诉他了，他失踪了。"也许真是这样，比他们是楚河汉界两侧不同阵营里的两枚棋子，更加重要。

"如果那个时候你找到他了，会怎么样？"顾乐为看着她。

如果找到他了，会怎么样？她从来没想过，有这个如果吗？现在，她找到他了，七月初见过一面，下个月又要再见，又会怎么样呢？

"在床上讨论这个问题，是不是太深了？"她踢踢他的脚，对他笑，试图蒙混过关。

他许久才又叹道："怎么办啊？"

"什么怎么办？"司南反问。

"我爱上你了，你却不爱我。"他回答。

"噢，我懂了，今天之前你并不爱我，"她假装他不可理喻，"这是不是典型的男人心理？"

他只是笑，不回答。

她知道，他的神经也不够强大，终于还是放过她了。

入夜，顾乐为去医院上班，司南独自回家，陪着默默做幼儿园布置的手工作业，用鞋盒做一座房子。她用马克笔勾出小窗外的风景，草地、蓝天、白云，默默拿彩色笔来涂颜色。

她看着默默握笔的样子出神，很难想象仅仅五年工夫，曾经在她体内的一个小小的圆点，曾经差那么一点点就要放弃的胚胎，竟然长

——\\ ∧ \\——

成了这么大一个有喜怒、有好恶的人物。

她回想起五年前的那个冬天，她发现自己怀孕了，起初不敢相信，买了两支不同牌子的验孕棒验证，结果都是一样的，清晰的两条杠。她知道程致研不可能想要小孩，她自己也不想要，不是暂时不要，而是一辈子都不想。解决办法似乎只有唯一的一个，都不用伤脑筋去选。

那段日子发生了许多事，她身体不舒服，脾气变得很怪，始终都没把怀孕的事告诉他，是不愿，也是不敢。虽然没说出口，但每次见到他，她都会在心里默念：

"我怀孕了，想去做掉。"

或者：

"我怀孕了，想把孩子留下来。"

她自己都没决定，又怎么去跟他说？这件事，她只告诉了沈拓，沈拓一直劝她早做决定，听人家说不超过七周还可以做药流，不用动手术，否则就要吃苦头了。她也知道不能拖，却始终下不了决心。她并没有什么奢望，只想要多一点时间，让那个小到不足道的生命留在身体里，拥裹它、感觉它，同时，想清楚一些事——他曾对她这么好，似乎连性命也可以舍弃，为什么那么突然地把一切收回去。

时隔五年，司南还清楚地记得那天的事。

初冬，天气阴沉欲雨，她从天庭大堂的影壁前面逃走，躲进洗手间，伏在洗手池前呕吐，大半天没吃过什么东西，只有胃液翻涌而上，清澈无色，却在喉咙里留下难忍的烧灼感。

当时，她发现自己怀孕不过几天工夫，离上次月经结束刚好是七周，开始有轻微的早孕反应。

过了一会儿，沈拓也进来了，看到她这样，赶紧过来拍她的后背，拢起她的头发，以免沾到吐出来的东西。

洗手间的保洁员是个年过四十岁的阿姨，也是管家部的人，跟司南是认识的，递过一条毛巾来给她，关切地问："这该有两个月了吧？吐这么厉害，估计是女儿，我怀我家老大的时候也是这样，老二是男孩儿，一点儿不犯恶心……"

这个年纪的女人对某些事总是有着惊人的洞察力，倒不是有什么恶意，但说话却直白得近乎残酷，而且，喋喋不休。

"你把这里清理一下，我们坐一会儿就走。"最后，还是沈拓一句话结束了那番儿女经，扶司南起来，到旁边梳妆台前面坐下。

待反应渐渐平歇，司南问沈拓："他怎么说？"

沈拓应该是明白的，却并未直接回答，顿了一顿才告诉她："他们还都在外面等着，要么我再去跟他说一声，你身体不舒服，看看能不能换个时间。"

她能品出其中的含义，几乎立刻回答："不用了，我马上就出去。"

说完就起身回到洗手池前，抬起头看到镜子里映出的面孔，一时间都认不出，苍白，略带浮肿，因为呕吐而流泪让眼眶泛红。她漱了口，抽了几张面纸擦了擦脸，深呼吸逼自己恢复平静。这是她从小就拥有的本领，即便很难过，明知别人用异样的眼神看她，也能微笑着装作不在乎。

怀孕第九周，反应越来越严重，几乎吃不下东西，水喝得也很少。她很惊讶自己居然还能活着，而且每天都去上班。那段时间，酒店里流言四起，人心动荡。她总是沉默，不跟别人讲话，却还是听到各种各样的关于他的消息，起先是说他病了，后来又有人传说事情远不只是那样。

—— // ∧ \\ ——

沈拓去医院探病，回来就告诉她，他身体已经恢复，要她不必担心。至于警方调查的案子，也并不复杂，凭他那样的背景，根本不可能染指贿赂，只要彻查总会水落石出。

她有些意外，沈拓似乎很清楚他的事情。那些事他从来没跟她提过，她所知道的还是不久之前查尔斯告诉她的，把一切变得更加复杂，也让她确信他们不可能在一起。

她从小就没什么女性朋友，也不知怎么了，跟沈拓却相处得不错，或许恰恰是因为她们俩都没什么同性缘。但有些话她始终说不出口，她很想问沈拓，他有没有问起过她，却始终没有问，或许是因为她们终究还没要好到那个地步，又或者仅仅是对答案没信心。

到最后拖得实在不能再拖了，她终于下定决心，去医院做手术，沈拓请了一天假陪她。

术前做B超，医生随口说了一句："哟，小孩已经蛮大了嘛。"

她心头一颤，真的算起来，胎儿已经差不多三个孕月了，虽然还不能感觉到胎动，但应该有手有脚了吧。

她做的是无痛，因为要麻醉，需要至少禁食六到八个钟头。她早晨几乎没吃过东西，但医生问她，她还是犹豫了一下，说是吃过早饭的。签了知情同意书，医生就让她坐在手术室外面等，沈拓一直陪着她，也没吃午饭。

快到中午的时候，沈拓的手机响了。护士示意那里不能用手机，沈拓就走到外面去接，回来告诉她，公关部有些急事。手术还要等一个多小时，完了之后还要输液，总要到傍晚才能走。

"你一个人行不行啊？"沈拓问她。

"你要是有事就去吧。"她回答。

沈拓匆匆离开，说好等一下回来接她，送她回家。

她一个人又坐了一个多小时，直到护士叫到她的名字，让她进手术室，脱掉裤子，躺到床上去，然后把一条半旧的白色被单盖在她腿上。被单带着一种医院特有的气味，密实绵厚，令她有微微的窒息感觉。而后就是消毒，静脉输液，氧气面罩，血氧浓度和心跳监测器，一样一样接到她身上。

　　"放松，一刻钟就好了。"医生是个上了年纪的女人，嗓音柔和，但不带感情。

　　极短暂意识模糊，可能是麻醉开始起效了。刹那间就好像一生都过去了，她看到自己与他生活在一起，两个人都已经很老了，有许多孩子，去遥远的地方旅行。或许于意识深处，她对他，对这段感情还是心怀期盼的。

　　麻醉师跟她说话，确认她的感觉。说的是什么，她根本没听清，只是含混不清地说：对不起，我不做了，对不起。她不知道这样的事在医院是不是经常发生，医生似乎并不意外，也不生气，自始至终戴着口罩，看不见表情。所有管子仪器都被一一撤去，她躺在一张轮床上等着身体慢慢恢复知觉，渐渐地就觉得冷得要命，就像是发烧之前那种冻到骨子里的感觉，整个人蜷成一团，牙齿磕碰在一起。

　　永远都不会忘记那种近乎疼痛的冷，在所有这一切发生之前，在遇到他之前，她未满二十二岁，总是笑，喜欢粉色，而在那之后，所有都已改变。

　　考察逸栈的行程很快就已确定，去上海的机票也订好了，司南如倒计时一般看着那个日子渐渐临近。

　　W集团第二季度董事会，因为有一个议题与逸栈的项目相关，司历勤要她也列席。自从五年前被华仕成功收购之后，W集团的总部已经由纽约转移到了香港，查尔斯被委任为CEO，历星投资也始终保留着一个董事席位。

司南在会上遇到查尔斯，她只是小角色，打了个招呼后就没再交谈。一直到会后，查尔斯叫住她，随口问起默默。查尔斯的大儿子只比默默小两个月，正是最爱闹腾的年纪，自然有许多管教孩子的话题可以说。但他终究不是那种居家型的男人，司南预感到他意不在此。果然，两人聊一阵，终于言归正传。

"逸栈的项目是你在跟？"查尔斯问她。

"对。"司南点头。

"见过他了？"说的是谁，不言自明。

"见了。"

查尔斯点头，似乎在等她说下去。她突然意识到，查尔斯早就知道程致研会来找她。

"程致研跟我提起，他前一阵在上海见过你。"她试探道。

"是啊，"查尔斯笑着回答，"就是今年六月，我一家老小飞香港，他一个人从贵阳出差回来，那么巧就在机场遇上了。"

事情似乎就是这么简单。铜仁没有直飞上海的飞机，须从贵阳转机，程致研应该就是从梵净山回来。那里有逸栈旗下最新落成的一座酒店，也是她此次考察的第二站。

与查尔斯道别后，司南沉吟良久，总觉得有些说不清道不明的内情，却又百思不得其解。

她去找司历勤，装作随口问起："逸栈那个项目，是他们主动找历星，还是历星先找的他们？"

"历星很早就对逸栈有兴趣，"司历勤回答，"但的确是他们先找我们的。"

"那最早是谁来接洽的？"她又问。

"不就是老薛嘛，他的一个世侄是逸栈的股东，姓吴。"

股东名录她是见过的，只有一个姓吴的，就是吴世杰。

"前前后后牵扯了很久，因为他们的执董兼CEO不同意，所以根本进行不下去，"司历勤继续说，"后来突然就同意了，估计是别的路走不通，才想到了我们。"

司南再问不出其他，真正的原因估计只有程致研自己知道。不知为什么，她总觉得查尔斯在其中发挥了一些作用，至于究竟是什么，却始终不能确定。

第
5
章

那个星期天就是出发的日子了，顾乐为送司南去机场，在安检闸口前面与她道别，她回头看他，发现他也站在原地没有走。他昂起头来对她笑，仿佛很开心。

飞机午后一点起飞，三点多到达上海浦东机场。那一年的夏天结束得很早，九月初已经有了几分秋意，阳光清澈，空气干爽。

司南走出国际到达口，远远地就看到栏杆后面有人在朝她挥手，仔细一看竟然是吴世杰，手里端着块牌子，上面有历星投资的Logo和她的名字，跟旁边那些来接人的司机大哥一个造型。

她心里有种奇怪的感觉，既是释然，也是失落。一路上都在惴惴不安，出了机场见到程致研该怎么应对，结果，他根本没有来。

"吴妈！"她还是爽朗地笑，"叫我怎么敢当啊，让你来做车夫。"

"接你当然是由我亲自出马咯，否则还不让人给拐跑了。"吴世杰也很配合地跟她开玩笑，旁人根本猜不到他们已经有五年多没见了。

上了车，吴世杰问她："是找个地方先休息一下，还是直接去莫干山？"

—— // ∧ \\ ——

"直接过去吧。"她回答。

"也好，别让丫鬟等急了，他今天有点事走不开，否则也过来接你了。"他解释。

她笑了笑，并没当真，如果真要来，有什么事不能放下？

从机场到沪杭高速再到德清，路上花了三个多小时，司南与吴世杰聊了一路，说的都是些好玩儿的事情，脸上笑着，心却还悬在那里，不得安定。

眼看车子驶入德清地界，目的地越来越近，她看着车窗外，装作随口问："你们家丫鬟平常就一直住在莫干山？"

"到处跑吧，"提起程致研，吴世杰就真的跟说起自家人一样，"前几年也学别人买了个房子，但基本不去住，他那个人，你知道的。"

"是结婚时买的吧？"出于奇怪的自虐心理，她很想知道他把爱巢安在哪儿了。

"不是，"吴世杰的声音突然变得沉静，"你走之后就买了，在镜湖苑，靠近湖边儿。"

司南心里一阵颤动，她家曾经就住在那儿，举家搬走之后，那栋房子一直空关至今。他为什么在那里买房子？难道他也找过她？就像她寻找他一样？

她不许自己再这样想下去，满不在乎地笑出来，又绕回去："那他太太也跟着他一起到处跑？"

吴世杰转过头看了看她，却答非所问："你放心，他媳妇儿不在莫干山。"

"你这话什么意思？"她假装听不懂。

许久，吴世杰才又开口："司南，说老实话，你真放得下他？"

她根本没想到吴妈会这样问，渐渐品出他话里的味道，看着他质问："吴世杰！你老实告诉我，他是不是根本不知道我要来，那封邀请信其实是你发的？"

"是，"吴妈静了一静，答得很干脆，"他从香港回来就休了一个长假，逸栈的事情都是我在看。"

"你想干什么啊你！？"司南心里有些东西骤然垮塌，简直想立刻掉头回去。

"不想干什么，"吴世杰却不慌乱，"我想通了一件事，反正我这辈子也就这样了，但我实在看不下去他过得这么辛苦。"

"那你要我怎么办？他都已经结婚了啊！"司南气急了。

"但他过得不好。"

"但他结婚了！"她提高了声音重复，没人知道她在生下默默之前都经受了些什么，凭什么来对她说他过得好不好？！

"五年前，W的事情结束后，他找过你很久，他做的每一件事都是跟你有关的。"

"再怎么都是过去的事情了，"司南打断他，"我们不久前才见过，他现在的态度，我想我很清楚。"

"算帮我一个忙好吗？"吴世杰的声音变得有些异样，"跟他好好谈一次，就算我求你。"

"谈什么？你要我去跟他谈什么？！"她激动依旧。

吴世杰是习惯开快车的，车子已经驶上盘山公路，速度却不减，有那么一瞬间她宁愿出一场车祸，把她从这尴尬的境地中救出来。但事与愿违，吴世杰突然在一个弯道处停下车，她不知道他想干什么。

"还记得这个地方吗？你们来过的。"吴世杰问她。

司南看着车窗外面，公路一侧是岩壁，另一侧是山谷，远近都是竹林与稻田，就跟从前她和程致研来的时候一样，好像五年的光阴根

—— // ∧ \\ ——

本没有流逝过。

"对，来过。"她点头，仿佛无动于衷。

"他在莫干山造了第一家逸栈，位置很好，几乎就是世外桃源，但工程开始之前，那里根本没有路，连手机信号都没有，需要开车进山，再徒步翻过几座野山头。"吴世杰缓缓道来。

"那又怎么样？"她反问。

"不怎么样，他在这里出过一场车祸。"

她骤然噤声。

直至一个细节在脑海中浮现，她似乎想明白了一件事，开口对吴世杰说："开车吧，带我去见他，我有话问他。"

吴世杰看了看她，默默不言，发动车子沿着盘山公路继续朝山上驶去，直至翻过那座山头，又开了四十分钟左右进入一个溪谷，逸栈就坐落在那里。时至九月，四下依旧碧玉葱翠，远远地就能看到树影掩映下白墙墨瓦的中式建筑，深挑的屋檐下挂着逸栈的招牌，空气中弥漫着竹叶湿润清冽的气息。

早在实地探访之前，司南就看过许多图片和简介，对这里并不陌生。她知道莫干山逸栈由三十余栋明清时代江南民居风格的独栋宅院组成，整个建筑群总占地超过四万平方米，模拟古村落的形态沿着溪流松散铺展，设计建造不求豪华，而是尽可能地保留当地原有的自然生态环境，房子里用的砖雕木雕装饰，绝大多数都是从各处搜罗来的古物。

但这些都是停留在纸面上的，有些东西需得亲眼看见才能真切体会其妙处，她一眼便爱上了此地的清新素雅，也明白要在山里营造起这一切有多不容易。她记起从前，程致研对她说过好几次，查尔斯如何在一片滩涂上建起来云域度假村，言语间尽是钦佩之情，而现在，他自己也做到了。她真心为他高兴。

车子驶过两进高敞的木门，折进一片竹林后面停下，两人下了车，便有接待员迎过来，取了行李，送到早就准备好的房间。

"他在哪儿？"司南问吴世杰。

"穿云坞，沿着溪往山坡上走，最后那一栋。"吴世杰抬手给她指路，看样子他根本无意跟她一起去。

这倒也正合司南的心意，她不请自来已经够尴尬的了，根本不知道程致研会如何反应，要是有旁人看着，说不定更糟。

她拾级而上，很快就到了那座三开间的院落前面，最外面那道门虚掩着，她推开门跨过门槛，第一进是客堂，墙上挂着一幅仿古做旧的长卷山水，旁边的题词是王安石的《渔家傲》：

灯火已收正月半，山南山北花撩乱。闻说洊亭新水漫，骑款段，穿云入坞寻游伴。

却拂僧床褰素幔，千岩万壑春风暖。一弄松声悲急管，吹梦断，西看窗日犹嫌短。

客堂里没人，静得只剩风声。她转到后面，又推开一道门，第二进是两层砖木结构的楼房，房前的天井小一些，廊檐下垂着驱蚊的纱帐。起先她以为纱帐后面坐着人，走近一看才知是一把扶手椅，正要进去，就觉得有一只手搭在她肩上。

她骤然回头，他就站在她身后，手里拿着一本书，脸上带着一种奇怪的表情。

"你吓死我了。"她先叫起来，倒免了去想第一句话该怎么开场。

他还是那么看着她，好像旧梦未醒。

—— // ∧ \\ ——

"我是来做实地考察的，吴世杰发的邀请，下午刚到。"她简短地解释，真的到了这一步倒也不怕了。

"我不知道这件事。"他终于开口，口气有些冷，脸上也恢复了平静，好像猜到了吴妈先斩后奏。

"这我明白。"她点头。

"我们同时在跟几家谈，历星的机会并不比其他几家更大。"他又说。

"这我也明白。"

"那你为什么来？"他似乎露出了一点笑。

"我想弄清楚一件事。"

"什么事？"

她并未回答，伸手抢过他手里的书扔到地上。

"捡起来。"她对他说。

"你干什么？"

"捡起来。"她重复。

他当真笑不出来，转身就要走，她一把抓住他的手腕。他的手似乎颤了一下，停下脚步，回身看着她，而后慢慢弯曲右腿去捡那本书，突然就好像无力支撑那样单腿跪倒。她来不及反应，眼看着他膝盖磕在石板上，却还是捡起那本书，再伸手扶着旁边的窗台站起来。

"是不是车祸留下的？伤在哪条腿？"她眼泪立刻就下来了，蹲下身就要掀他的裤腿。

他倒笑了，拉起她来，伸手替她擦眼泪："哪有什么伤，你才是我的伤口。"

她躲开他的手，背过身想把眼泪擦了，却越擦越多。

"你哭什么啊？"他笑她，"只不过是跟腱断裂，贝克汉姆也断过，给人家看见还当我得了绝症。"

她好半天才稍稍恢复平静，问他："什么时候出的事？"

"三年前吧，逸栈还没建起来，我带人进山看工地，"他慢慢告诉她，就好像在安抚一个小孩子，"第一次手术是在德清县医院做的，恢复不太好，也不是没办法补救，就是一直抽不出空，也没什么大妨碍，走路什么的都没问题，所以不想把时间耗在医院里……"

她虽然不懂，但也知道新伤和陈旧伤肯定是不一样的，他这样一拖三年，怎么会没有妨碍？怪不得说不骑车了，那个时候，她还以为是故意跟她疏远。

"不行，你让我看看，哪条腿？"她拉他到廊檐下，试图把他按坐在椅子上。

他既不回答，也不让她看。她倔劲儿上来了，非要看到不可。他想挡开她，却又不敢下重手，只能伸手抓她胳膊，混乱中就将她搂在怀里了。熟悉的温度与气息猝然而至，两个人几乎同时僵在那里。

身上穿的都还是夏天的衣服，隔着薄软的棉布，她感觉到他的心跳，重而急。也是那一瞬，她不得不承认，一样是一具皮囊，这个还是那个却终究是不同的。天井里种着几株早桂，悄无声息地开了又谢了，细密的花瓣落得一地金黄，风吹过来，便是一阵微甜的香，就连那味道也像极了记忆里的那个秋天。

一时间，她沉迷其中，他还是比她清醒，很快就放开她了。

"我带你到处走一圈吧，既然来了。"他还是一贯淡然的语气，转身进屋，换了双方便走路的鞋子，坐在椅子上俯身系鞋带。

她站在原地看着他，随着他双手的动作，又看到他无名指上那枚婚戒。

"什么时候结的婚？"她问。

"大概一年前。"他回答。

"你太太是哪里人？"这个问题比上一个要好，已全然是寻常聊天的口气。

他似乎停了一下，而后才说："你认识她，是沈拓。"

她愣在那里，好像听不懂他那句话的意思。

他抬起头看着她，重复："司南，我跟沈拓结婚了。"

司南一直觉得自己很勇敢，这辈子无论怎样都挺过来了，直到这时才知道自己还差得很远，连这样一句话都咽不下去，脑子里一片混乱，许许多多往事瞬间涌现，撞在一堵看不见的墙上，碎成无数脉络不明的片段，一切的一切都纷乱不清。

她做不到若无其事地跟着他去参观逸栈，转身就跑出穿云坞，沿着溪流一路往山上走。程致研没有追出来，或许是因为他的腿伤，或许是因为不想，无论是哪个理由都足够叫她难过到死。

一口气上到半山的凉亭，她几乎喘不过气，弯下腰双手撑着膝盖，等着那种窒息剧痛渐渐过去，很久才直起身来。

从那个位置看下去，整个逸栈尽收眼底。临近傍晚，山谷间缭绕着淡淡的清雾，她看到程致研站在穿云坞门口朝山上眺望，隔得这么远也看不清是否与她目光相对。片刻之后，他跨过门槛，从房子里出来，顺着青石板路朝主楼走过去，只留给她一个背影，虽然小，却看得很清楚，他右腿脚踝处根本使不上力，平地步行没有什么异样，但只要遇到高一些的台阶，就得扶着路边的树或是栏杆才能过去。

她还是不争气，看见他这样就莫名地想哭，尽管她很清楚，如今他们之间只能是投资人和被投资企业的关系，至于他私人的一切都与她无关。但是，方才听到沈拓的名字之后，就有个近乎残酷的念头在她意识深处闪烁，反反复复，扑也扑不灭——她有过他的孩子，沈拓是知道的，而他很可能也知道，却还是丢下她走了，并且这么多年都没找过她，直到现在，突然出现在她面前，告诉她："我结婚了。"

视线所及更远的地方，当地人在下游清冽的溪水里洗衣服，孩子们站在大块的圆石上嬉戏，年纪小一些的赤身裸体在水里洗头洗澡，竹林、稻田，远远近近，一切都没有变化，只是他们已不似从前了。

当晚，他们还是坐在一起吃饭。一开始，席间的对话几乎都靠吴世杰撑着，以他特有的方式，向司南介绍逸栈的光荣历史。

司南听着，心里渐渐轻快了。

生下默默之前，有一段时间，她被精神科医生诊断为抑郁症，虽然她自己始终不承认，但确实花了很长时间才真的从那种状态里走出来。之后又在历星锤炼了好几年，她一直觉得自己神经很大条了，什么都能克服，但这天晚上，她无比坚强的内心却屡屡受挫，试图跟吴世杰说说工作上的趣事，结果说出来的都是些惨兮兮的经历：

第一次做项目，什么经验都没有，却自以为什么都懂，犯了想当然的毛病，遗漏了一个重要条件没跟各方面沟通，结果在项目即将成形之前被全盘推翻。那段时间，她压力很大，每天醒过来都不敢去上班，只想找个没人的地方躲起来，隐姓埋名，再也不出来混了，但最后还是得站在上司面前，说："我是项目经理，我会负责。"担起应该担负的责任来。

慢慢地才摸出一点门道，开了点窍。虽然年纪不够大，长相不够凶，说话不够狠，但做事缜密了不少，反应也算快，坐在一屋子男人中间，总算能不落下风，难得碰到几个资历稍浅的，反倒对她有几分忌惮了。

做PE这一行难免要开许多会，历星的项目又大多牵扯到国外的企业或者投资人，远程多方会议一个接着一个。因为她的特殊情况，只是打电话，怕有遗漏，总是尽量要求视频，还强迫人家正面对着她讲话。

遇到嫌她麻烦的，也只能厚着脸皮对别人说："不好意思，残疾人，您多包涵。"大多数人听到这句话，都会将就她。

司南做过一个软件开发公司的项目，被投资方是个印度人，秉承着阿三哥一贯自我感觉良好，且不跟人见外的优良传统，开诚布公地提出不满，问司南："历星就不能派个听力正常的人跟这个项目？"

她也不生气，坦然回复："历星大项目太多，做不过来。鉴于贵公司资产不过千万元，项目数额太小，只能由我这样残了的人来做，您就将就一下吧。"

吴世杰很配合地大笑，司南也笑，只有程致研低头不语，看得她心冷。

司南在莫干山总共待了两天，很快就进入了纯粹的工作模式，走遍了逸栈及其周边的每一个角落，了解了日常运营和资本运作的方方面面，夜里才有空打电话回香港，跟默默说说话。

从孩子出生至今，都是她带在身边，只有出差才不得已寄放在父母那里。五年前，她曾经跟家里人闹得很僵，后来才慢慢和缓了一些，但一直都算不上亲密。

电话接通，她跟母亲随便寒暄了几句，就无话可说了，幸好默默挤过来，大声说："妈妈、妈妈，我今天拿到了一个奖！"

"什么奖？快点告诉我。"她心情开始变好。

"老师让我们说这个世界上最在乎的东西，我说第一个是妈妈，第二个是自己的生命，所以我就得奖了！"

她几乎感动到哭，对默默说："妈妈也是。"

"你是说你最在乎的第一个是你自己，第二个才是我？"默默并不满意。

她被逗笑了，可能只有此刻的笑才是真的。

除了默默，她也接到过顾乐为的电话。

"你好吗？"他问她。

"好。"她回答，想不出如何解释她在莫干山遇到的一切。

"今天，你爸爸来找过我。"他继续说。

很好，她心里说，这明显就是司历勤做事的风格。

"不管他说什么，你都别听。"她开玩笑似的提醒。

"是吗？"顾乐为也笑，"他要我好好对你和默默，说可以给我钱开诊所，再送一栋房子让我们结婚。"

她有些意外，问："你想要吗？"

"我想要你，也会照顾默默。"顾乐为回答。

她静静听着，不是不感动。

　　两天之后，莫干山的考察结束。返回上海之前，司南又跟程致研开了一个小时的会，提了一些逻辑缜密而咄咄逼人的条件。

　　程致研却几次走神，每次都要等到她停下来，再三地问："程先生，你对这一点有什么意见？"

　　他总是说："没问题。"

　　吴世杰也不插嘴。

　　反倒是他们在上海的律师听得着急，在MSN上发消息过来，把可能发生的情况一一罗列，再三问程致研：真的没问题吗？你可千万想清楚了。

　　这在他身上是从没有过的情况，而且逸栈正是大受欢迎的时候，根本用不着这般退让。

　　可能只有他自己知道为什么要这样做，他在心里喃喃道：如果她要，我又有什么不能给的。

　　他数夜无眠，却不觉得辛苦，只是反反复复地想起两个月前，他在香港又一次见到她时的情景。

　　至少，那个时候，他对她还是有期盼的。

他发觉她变了许多，头发留长了，有时候披着，有时梳起来，或者干脆在脑后挽一个低髻，不再像从前那样在意别人是不是会看到她右耳上的助听器。他不知道这究竟算是好，还是不好。他曾经那样用力地试图保护她，结果却还是伤到了她，让她一个人面对这么多事。直到现在，她从曾经鲜嫩的蜜桃色，沉淀成了带着些许冷调的玫瑰色，更好、更坚强、更完整。

直到那天夜里，她从他的车上下来，他调了一个头在路口等红灯，隔着一条街看见她和那个年轻的医生从医院出来，一路笑着讲话。他们上了一部出租车，朝干诺道驶去。他并不是存心跟着，就这样一前一后，直到出租车在他住的酒店前面停下，他们从车上下来，去大堂接待处办理入住。

他乘地下车库的电梯上楼，回到房间里。

"回来啦。"沈拓从卧室里出来，接过他的外套挂好，又蹲下身帮他脱鞋，用软布擦去浮尘，楦好鞋楦子，放进柜子里。这一连串的动作，是他们之间的默契。

也就是在那一刻，他清醒地知道，那个更好、更坚强、更完整的人，已经和他没了缘分。

程致研回想起数月之前，他在机场偶遇查尔斯一家。在那之后，他就改变了一贯的态度，同意与历星商进一步讨论投资计划，并决定亲自去香港开初期的碰头会。

吴世杰听说了之后，笑着问他："怎么突然就想通了？"

他沉默，许久才反过来问吴世杰："吴妈，你觉不觉得我这辈子就像个笑话？"

吴世杰还是笑，看着他回答："你算什么笑话？谁他妈都别跟我比，我才是最大的笑话，谁跟我比我跟谁急！"

程致研不想也不必跟他争，相信自己经历的事比他更荒诞。

时间回到五年前，那一年的二月，各大报纸财经版都可以见到这么一篇报道，文章标题大同小异，表达的都是差不多的意思——私募牵线，中国民营企业成功收购成功国际精品酒店。

配图大多是一张三人合照，左边是华仕国际的总裁，也是W酒店集团董事会的新任主席，右边是新委任的全球CEO查尔斯，中间是历星投资的董事长兼执行合伙人司历勤，三人面带微笑，踌躇满志，看上去完全就是他们提出的口号"全新团队、全新战略"的最佳写照，瞬间将一切都定格在最美好的时刻。

而这场交易的另一方，W的旧主沃尔登家族，也并未被媒体淡忘。所谓成王败寇，商场上的争抢厮杀也是同样的道理，在这一场惨败之后，人们再提起那个曾经显赫的姓氏，语气及论调都和从前截然不同了。

不仅是陆玺文，就连沃尔登家两位公子也对这个收购计划一无所知，仓促间根本来不及布局反击，再加上原董事长詹姆斯以及另外几个董事和大股东的支持，华仕几乎没有遇到任何敌手，就成功收购了W百分之三十的流通股份，一举成为最大股东，并且计划在今后两年中逐渐增加持股比例以及董事席位，最终实际控制整个W酒店集团。整个计划酝酿已久，过程一气呵成，完全就是一场鹬蚌相争渔翁得利的反转剧。

三个月后，詹姆斯在美国东北部湖区的别墅里去世，临终前体重只剩下九十磅左右，陆玺文陪着他走完最后的日子，即使在他陷入弥留的那几天，也终日陪伴在侧，为他念书、刮胡子、理发、修剪指甲，保持仪容整洁。

虽然W易主，但老头儿身后留下的财产仍旧十分可观，所有人都觉得她这是临时抱佛脚，指望着宣读遗嘱的那一天，可以多分那么一份。

小部分知道内情的人则带着更加幸灾乐祸的心态看戏，嘴上说：其实，她也挺不容易的，为W集团钻营了那么多年，最后居然说卖就卖了，事前还一直被蒙在鼓里。丈夫公然背叛，却又不能翻脸，还得小心伺候着。而且，更大的打击是，一向寄予厚望的亲生儿子又在这个关键时刻不知所终了。

关于程致研，陆玺文所能查到的最后一点线索就是，在收购案最终尘埃落定之前，他向查尔斯提交了辞职信，办理了一系列离职手续，随后离开天庭，回到位于上海浦西的住所，并未退租，只带走了一些简单衣物，没带手机，在附近一家银行取了尽量多的现金，之后便行踪成谜。

当时，詹姆斯还未过世，陆玺文分身无暇，只能请人调查，但私家侦探在中国行动起来困难很多，一直没有进展。多数事情其实都是吴世杰在做，他联系了领事馆，还找了公安系统的熟人，也始终没有多少有价值的消息。程致研没有再提过款，也没有其他消费记录，没有坐过飞机，边检也没查到他的离境记录。唯一可以确定的是，他应该还在国内。吴世杰有他公寓的钥匙，那段日子几乎就住在那里，等着各方面的消息，或者他哪天自己想明白了，突然回转。

其间，公寓的门铃响过许多次，有送外卖的，也有房东或者邻居。有一次，门外站的人，吴世杰并不认识。那是一个年纪很轻的女孩子，长发束了一个马尾，高挑苗条，五官很漂亮。她说自己名叫沈拓，是程致研在天庭的旧同事，听说他失踪的消息，想知道现在情况怎么样了，有任何需要她帮忙的事情，她都可以做。

第一次打照面，吴世杰对她的态度就不好，而且这种态度就一直这样延续下去了，他自己也难以解释为什么，他对不相干的女人一向是挺殷勤的。但不管他如何冷淡，沈拓还是孜孜不倦地每天都来，打听最新进展。来的次数多了，他似乎也就习惯了，任凭她厚着脸皮赖在那儿，送吃的喝的过来，甚至帮着收拾一下屋子。

除了沈拓之外，还有一个人来公寓找过程致研，那个人就是司南。她出现的那天早晨，天是下着雨的，气温很低，她站在楼道里按门铃，看见门开了，应门的又是吴世杰，有些意外。她瘦了许多，就像是硬铅笔勾的那么一个轮廓，着了淡彩，又被洗去一层颜色，看起来很憔悴。吴世杰让她进屋，她好像很怕冷似的，没脱外套，只解掉了围巾，露出脖子右侧的一大块瘀青。

当时距程致研离开天庭已经差不多三个礼拜了，吴世杰很早就试图联系她，但电话打过去，始终是关机状态。一开始，他甚至以为她是跟程致研一起走了，后来听沈拓说了，才知道他们之间闹了些矛盾，似乎已经分开了。再后来，W的并购案浮出水面，吴世杰是聪明人，很快就猜到此事和程致研的失踪有关。

吴家有个世交，姓薛，是国内私人风险投资圈子里的元老。吴世杰向此人打听内情，薛伯对他并无保留，娓娓道来，言辞间半是嘲讽、半是钦佩："司历勤这个人确实不简单，差不多一年前就通过上海天庭的总经理跟W总部的几个董事接洽，瞅准了W内部分为两派，又正赶上美国地价跌到低谷，能用这个价钱把W买下来，简直是空手套白狼。圈子里还传说，他一早就把女儿安排进天庭工作，估计迟早也要进董事会的。这眼光、这魄力谁比得过？"

吴世杰看司南的样子，便猜到几分内情，程致研走之前，两人八成是见过的，还发生了冲突。

"你知道他在哪儿吗？"司南问他。

一时间，吴世杰也不确定该怎么回答，只能说："他辞职之后就走了，估计是想休息一段时间，具体去哪儿我也不好说，他旅行一向不按计划来的。"

"他还会回这儿吗？"她又问。

"我不知道，"他回答，"但丫鬟离开天庭，在中国的工作签证肯定不能再延长了。"

司南谢了他，很快就走了。吴世杰不知道自己说的话会有怎样的影响，都是实话，却又不完全是。

离开公寓后，程致研去火车站买了一张由上海至北京的车票。

他其实并不想去北京，那趟T字头的列车只是他在不断变换的时刻表上看到的第一个车次罢了。

这是他第一次在中国乘火车，当年的春运已经过去，车上不算拥挤，发车时还比较干净，随着旅程推进，渐渐变得有些脏。

他始终看着窗外，几乎不留心周遭的人在做什么，也不跟别人聊天，只记得有人对他说："哎，你的手在流血。"

他低头看自己的左手，指关节上的伤口都已凝结，是在公寓楼下粗糙的砾石外墙上弄破的，因为天气很冷，以及手上的动作，伤口又有些裂开了，渗出一点血来。他对那人道了声谢，去厕所洗了洗手，又在旁人好奇的注视下回到座位上，把一条骑车时戴的多用巾缠在手上。

到达北京已是深夜，他没有出站，上了最近一班出发的列车，在车上补票时，才知道目的地是山西大同。随后的两天两夜，他一路往西，从一个车站到另一个车站，从大同到兰州，再出了嘉峪关。

从兰州到敦煌，他坐的是一趟绿皮夜车，老式车厢，没有空调，投入使用的年头应该比他的年纪都大。车上挤满了人，其中有许多是要去军垦农场采棉花的农民工，一路嗑着瓜子，操着四川或者甘肃方言大声聊天。一开始车厢里有些闷，不觉得很冷，众人身上稀奇古怪的异味充斥其间。到了夜里，河西走廊沙漠中的冷风从车窗的缝隙间吹进来，空气又变得异常清冽，所有人都把自己裹得紧紧的。

车厢里灯光昏黄，日间的一切都归为寂静，程致研看着窗外，目光所及处一片黑暗。他去过许多地方，走过比这更远的路，但那趟夜车却让他有了一种从来没有过的体验。曾经的他是心无牵绊的，随便走到哪里都是一样，潇洒地来去，全心全意地为眼前所见折服。而这一次，他才知道，走到很远的地方，坐在许多陌生人中间，心里思念着一个人是怎样的滋味。他有些庆幸，因为那种思念，寒冷带来的身体上的疼痛才变得不那么深切了。

随后的两个多月，他都在西部打转，从敦煌到成都，又从成都翻越了川陕交界的秦岭，十七个小时抵达西安，途中火车换了两三次车头。而后一路向南，经过西昌、攀枝花，出了四川抵达云南昆明，一路都在奇伟雄壮的山河中穿行，出发或者停留都没有计划，一切随心。他很早就想要做这样一次旅行，却没想到会在这种情况下成行。

一路上坐的大多是火车，进入云南之后也坐过几次大巴。遇到过一次小车祸，深夜在高速公路上追尾，剧烈的震动把他从熟睡中惊醒。他失落了梦境，醒来之后，隐约还记得其中的场景——一座山，白雪覆盖，有的地方露出青色岩石来，他和司南一同向山顶行进，她身边还跟着一个小女孩，穿着跟她一样的玫红色冲锋衣，脸冻得绯红。脚下的雪很松，很难走路，他要照顾她们两个，后来干脆把小女孩背在身上，稀薄的空气让他喘不过气，很累却心满意足。

她的手，隔着厚厚的防风手套紧握着他的，纤细却有力，感觉如此真切，但那种感觉尚且留在指掌之间，梦就已经醒了，还是只有他一个人，在一辆由昆明至景洪的长途汽车上。后半夜，他一直醒着，躺在那里看着车顶。

次日，汽车到达中缅边境附近的一个小镇。当夜他就在那里留宿。这一路上，他经常在火车上过夜，去的也都不是什么旅游胜地，住在小旅馆或者当地人家里，从来不用任何证件。但在那个边陲小镇，正赶上警方的禁毒行动，所有能住人的地方都格外较真儿。

他挑了一家不起眼的旅馆，门口看店的是一个十六七岁的女孩子。他说自己没带身份证，只住一夜，次日一早就走。

小姑娘年纪虽小，却十分老练，一口回绝："哥，你饶了我吧，真的不行，这几天正严打呢，要是被查到一个没登记身份证号的，这店就开不下去了，你哪怕去做张假证，都好过这样难为我。"

边上还有人等着结账，有来做生意的当地人，也有些是游客，投来或好奇或淡漠的目光。

他没再为难那个看店的小姑娘，离开旅馆去旁边的小饭店吃饭。店堂里顾客稀落，但他坐下不多时，却有人过来拼桌。一个年轻女人，二十五岁上下，利落的短发，晒得黑黑的，穿一件宽大的灰色T恤，手腕上戴着一只巨大的男装户外手表，他记得刚才在旅馆里看见过她。

他让她坐着，两人分别点了菜，她要了一瓶本地酿的白酒，倒了两杯，将其中一杯推到他面前。他不记得他们说的第一句话是什么，反正就是些很寻常的攀谈，没问名字，也不说从哪里来的。如果他们早几年遇到，他说不定会喜欢上她，她是他一直以来偏爱的类型，可以结伴旅行的那种人。而现在，他之所以注意到她，只不过因为她笑起来跟司南有点像。

他其实酒量不错，但极少喝，念大学时看到吴世杰喝得酩酊大醉，总是不能理解为什么有人要找这种不痛快。直到那天夜里，他第一次有了想要醉过去的欲望，一杯接一杯地灌下去，有短暂的片刻，他觉得身体低悬在半空，变得温暖而麻木，意识如丝般抽离，现实中所有痛楚逐渐远去。

喝完那一瓶酒后，她对他说："如果找不到地方住，你打算怎么办？"

"去汽车站看看有没有去别的地方的车，"他回答，"或者就在车站过一夜。"

短发笑了笑，说："跟我走吧，我给你找个地方。"

"你不怕我是逃犯？"他问她。

"就凭你？"她哧地冷笑了一下，"你顶多是个躲债的，而且还是情债。"

她带他回到那个小旅馆，让看店的小姑娘拿了一把钥匙，见他一脸疑惑，便笑着解释："我是此地的老板娘，只可惜没有老板。"

她肯定不是当地人，更看不出是在边境小镇开小旅馆的，反倒像是从某个沿海城市来西双版纳徒步旅行的游客，年假结束就要回到某栋CBD写字楼里上班的。

程致研跟她上楼，进了二层西面一个小房间。她开了灯，又推开窗上的木隔扇，让湿润的夜风吹进来。

那种温暖麻木的感觉已经过去，他开始觉得不舒服，去吐了一次。

等他从厕所出来，她递给他一只杯子，对他说："白糖水，喝了胃里会舒服一点。"

他好像听到自己说了什么，但脱口而出之后就不记得了。

"谁是司南？"她看着他问。

他一激灵清醒过来，避开她的目光，没有回答那个问题。

她还是看着他，许久才又开口道："没关系，咱们俩差不多，同是天涯沦落人。"

—— // ∧ \\ ——

他在那间旅馆总共住了三天，原本很快就要走的，却被这个不太像老板娘的老板娘屡屡挽留，把附近值得一去的地方都走遍了。第二天，他就发现护照不见了，猜到是怎么回事，但不能确定。他决定不去管，知道自己不可能躲上一辈子。

第三天傍晚，他们回到旅馆。房门口坐着一个人，听到他们的脚步声就抬起头，看着他露出笑容，说："总算找到你了。"

"你是司南？"老板娘问。

"不，"她回答，"我是沈拓。"

第7章

那天夜里，程致研带沈拓出去吃饭，听她说这段时间上海发生的事。

华仕已成功收购W，因为新主子官方背景深厚，天庭那件商业贿赂案很快就不了了之了，也没造成多大的负面影响，但涉案的雇员，包括郑娜，还有老贝，都已经走人，餐饮部基本等于经历了一次大换血。

不知道为什么，公关部总监关博远也随后递交了辞呈，再加上程致研的突然离职，整个酒店运营部门的管理层几乎一下子被抽空了。幸好查尔斯在其中发挥了中流砥柱的作用，撑过了这段人心惶惶的日子，如今继任的高管都已陆续到职，酒店运营也逐渐恢复正常。

程致研静静听着，对他来说，这些事就好像发生在另一个时空一样。他一点都不觉得意外，经历这样一场变迁，天庭必然会乱上一场，而面对这一切，查尔斯也一定能保持淡定，应对有方，因为这本来就是这出大戏中的最后一幕，查尔斯也是编剧之一。

沈拓见他不说话，就讪讪地换了个话题，说他离开之后，吴世杰在他的公寓住了将近一个月，后来得到一些关于他行踪的消息，他的信用卡有一笔交易记录，刷卡地在东北某市，就离开上海去那里找他了。

吴世杰走后，每天在公寓驻守的人就变成了她，前一天下午接到领事馆的电话，说有人在景洪捡到他的护照，交到镇派出所，还留了一个旅馆的电话，她就立刻订了机票，天没亮就出发去机场，坐早上七点半的航班，五个多小时之后到达西双版纳机场，又乘长途车到了这个小镇。

　　老板娘这一招，程致研早有预感，也很清醒地知道来的人不可能是司南。他以为会是吴世杰，或者是陆玺文派来的什么人，却没想到会是沈拓。

　　"吴世杰知道你到这里来吗？"他问她。

　　她点点头："领事馆的电话是直接打给他的，但他人在哈尔滨，一时买不到机票，所以我就先来了。"

　　"你明天就回去，就当没找到我，行不行？"

　　"为什么？"她反问。

　　"不为什么，我只想休息一段时间。"他回答。

　　沈拓低头吃面，过了一会儿才点点头，说了声好。

　　听她这样回答，程致研倒有些意外了。方才说出那番话时，他明知是不可能的，只是随口玩笑罢了，没想到她却答应了。

　　第二天，程致研就跟着沈拓踏上回程。

　　临走，老板娘嘱咐他去镇上派出所把护照领回来，又对他说："很遗憾，来的人不是她。"

　　他摇摇头道："没关系，我知道她不会来。"

　　沈拓在一旁听着，心里应该很清楚他们说的是谁，一直都没作声。

　　上飞机之前，程致研在机场给吴世杰打了一个电话。

　　吴妈还在哈尔滨，听到他的声音，言语间没有欣喜也没有责怪，反而带着些讥诮，对他说："你赶得倒很巧，明天飞美国正好听宣读遗嘱。"

　　程致研心里一沉，很清楚这句话背后是什么意思——詹姆斯去世了。将近六个小时之后，飞机在浦东机场降落，走出国内到达处，他便在航站楼的大屏幕上看到了相关的报道。电视画面上，陆玺文正从曼哈顿W集团总部的大门走出来，一袭黑色衣裙，戴着墨镜，身边四五个保安替她遮挡着记者伸过来的话筒，但闪光灯的侵袭却是挡不住的，她始终低着头，很快坐进一辆黑色轿车离去。

　　短短几秒钟的画面转眼就过去了，程致研心里有种奇异的释然。终于结束了，他想，十年的觊觎与争斗终于落下帷幕，不管结果如何，从今往后他总算可以仅仅为自己活着了。

　　他没有去美国听遗嘱，又隔了几天才从律师那里听到消息。老沃尔登安排得很好，W的股份都已经变现，每人一份信托基金，不算很多，却也足够维持优渥的生活。不同的是，Draco和Kenneth那边的基金是不能变现的，只能定期支取孳息，而陆玺文和他得到的两份却可以自由处置，听起来似乎更优厚些，但若要体会其更深一层的意思，则亲疏立现。

　　又过了一个多月，程致研才见到陆玺文，她已不复从前光彩照人的样子，说不上憔悴，也似乎并不很伤感，只是放手让年华老去，任由时光在脸上刻画，只几个月的工夫便全然是一个年过半百的普通女子的样子，反倒让他觉得更亲切些了。跟着詹姆斯这些年，陆玺文其实也攒下了一笔私产，大多都投资有方，进项颇为丰厚。她一向是很有企图心的人，却不知为什么突然失去了继续钻营的兴致，把林林总总的一切都扔给程致研，自己干脆甩手不管了。

　　有时候，她想得很多，絮絮地对程致研说："如果我不是那么想要W，就会有更多时间陪在他身边；如果陪在他身边，就不会对他的病一无所知，也不会不知道他要卖掉W……"

程致研听着那一连串的"如果"，突然意识到她是真的爱着那个暮年的人的。她曾说他是她的导师、朋友和情人，所有人都当她惺惺作态，其实却是千真万确的。

至于司南、司南。仅在深夜，如丝如水的寂静被成倍地拉长，他放任自己想念她，想要找她谈一次，弄清楚那些盘根错节的事情，但她却好像从这座城市里消失了。

他去过她家，保安告诉他，没有业主的指示，不能让他进去。

"那业主在家吗？"他问保安。

保安叹口气回答："不好意思，这我也不能说，我们这里是有规定的。"

最后，他只能通过房产中介进入那个住宅区。中介带他去看的也是临湖的一幢，他对其中的装修陈设都不感兴趣，只是隔着数十米水面远眺她家那栋房子，客厅和房间的窗帘都放下来了，门口也没有人进出。

"二十三号没有挂牌，好像是空关着吧，"中介自以为猜出他的心思，继续侃生意经，"户型其实差不多的，相比之下，这栋的位置其实还要好一些……"

他打断那番生意经，很草率地就把那幢房子买下来了，并不真的需要，只是既然她家房子还没出售，说不定什么时候她还会回来。

后来，他又去过一次天庭，原来熟识的人大多不在了，就连查尔斯也已经去曼哈顿走马上任，作为新任的全球CEO开始了大刀阔斧的改革。郑娜早已经辞职，人事部没有什么人和他私交好到能把员工的私人信息透露给他。

最后还是沈拓替他打听到一些消息，司南并没有离开W，查尔斯升迁之前，为她申请了为期两年的海外培训，地点也是曼哈顿的旗舰酒店，两人似乎是同时离开上海的。

终于，这件事也尘埃落定了。

随后的一年，程致研始终处在一个说不清道不明的状态，没有正式开始工作，但陆玺文推到他手上的事情也不算少。

陆玺文很聪明，所以眼光精到，同时又没有安全感，所以行事格外谨慎，从不把所有的鸡蛋放在一个篮子里，投资涉猎极广，从环保材料到互联网，从服装到传媒出版，不一而足。一年中固定的几个月，程致研须作为董事代表，辗转于几个城市之间，坐在陌生的会议室里，对着一群面目不清的人，开一个又一个他根本不关心的会。过去的他对天庭的工作也说不上有多爱，时至如今才知道鸡肋是什么味道，在每个地方花上五到十个小时就已是他的极限了。

在工作之外，他很少跟人交往，到东到西的总是一个人。刚开始时，吴世杰看不惯他这副样子，老是想把他拖进自己交游的圈子里，甚至给他介绍过几个女朋友，却始终没能得逞。他会准时赴约，会得体地与人交谈，但一次两次过后就没下文了。吴世杰问他为什么，他不想回答，随便糊弄过去，其实心里却很清楚原因——她们什么都不知道，总是会问：你做过什么工作？去过哪些地方？有过几个女友？而这些问题，是他自己都不敢贸然触碰的。

除了吴世杰之外，他身边唯一一个能称得上朋友的就是沈拓了。

离开天庭之后，沈拓又找了一份外资酒店公关部的工作，上班地点在旧外滩，刚好隔着一条黄浦江，和位于金融区的天庭遥遥相望。她的新工作也不算清闲，两人难得才有空见上一面，一起吃顿饭，或者四处走走，聊的话题很多，交谈却又很轻浅，大多是最近工作中遇到的事，极少提起私人生活，也从不触及过去，这一点让程致研觉得很舒服。

一个又一个季节就这样溜过去了，二十一岁之后，程致研从来没在同一个城市待过这么久，他在此地买了房子，还有一部车，只因为在这个熟悉的城市里，有关于某人的记忆俯拾皆是。

次年初春，开完年初那一轮莫名其妙的会，他休了一个长假，独自骑车去莫干山，在一个人口寥落的小山村里住了一个多月，逸栈的构想就是那个时候产生的。随后的整个四月，他都在德清和上海之间往返，很久以来第一次真正忙碌起来，以至于暂时忘记了某些人、某些事。

吴世杰很愿意看到他这潭静水终于掀起点浪头来，第一时间就响应号召入了股。也正是借着吴家的官方背景，许多事变得顺风顺水，改变农村宅基地和林地用途的申请几天时间就得到批复，土地使用权很快到手，修筑进山道路，以及增加电信基站的提案也没有遇到任何阻力。饶是如此，事先要做的案头工作还有很多，要写合作项目意向书、办营业执照、准备资信证明，等等。程致研一个人忙不过来，吴世杰那样的脾气，肯定不愿意做，最后还是沈拓来帮了他一把。

当时，她也不过工作了两年多，对这些事根本毫无头绪，却还是硬生生地扛下来了，照着模棱两可语义不清的官方指示，一次次地跑所谓的相关部门，把需要的环保、消防、劳保、卫生等预审和评估报告一一拿到手。程致研不清楚她如何在工作之余抽出那么多时间来做这些事，问她也只说是请了几天年假来帮他的忙。直到后来，她替他跑腿儿打杂的时间已远远超过了每天八小时，细问之下，才知道她已经把酒店PR的工作给辞了。

那一年的梅雨季开始得格外早，五月中旬就已经烟雨缠绵，程致研又回到莫干山，跟当地县政府草签了投资协议书。那天夜里，他和吴世杰在德清城区的一家宾馆里请一干政府官员吃饭，两个人都陪着喝了不少酒。

宴席直至深夜才散，程致研回到房间里，进门插了房卡，电视机就亮了，想必是服务员来开夜床时，一边干活一边看着解闷，结果又忘记关了。

屏幕上正在放上海卫星频道的一个访谈节目，主持人是何苏仪，面朝镜头巧笑倩兮。

何主持对受访者说："戴先生，我们也算是老朋友了对不对，前年天庭酒店开业不久，我就给你做过一次访问。"

镜头转到另一边，查尔斯坐在一张欧式扶手椅上，也正笑着调侃回去："是啊，何小姐，我记得你的婚宴也是在天庭办的。"

"都是旧事了，不提它罢。"提起婚事，何苏仪有些讪讪的，很快就换了个话题，"华仕收购W之后，集团总部搬到香港，但你为什么有一半时间驻扎上海？"

查尔斯也收拾起笑容，一本正经地回答："首先是因为中国的发展机会很多，所以要做的工作也很多。而且，我对上海这座城市有特别的感情。"

"能告诉我们为什么吗？"何苏仪问。

"我太太是上海人，我们就是在此地认识的。"查尔斯回答。

"啊，真的吗？"何苏仪表情夸张，"能跟我们再多分享一点吗？相信电视机前的女性观众都很感兴趣。"

"说些什么呢？"查尔斯开始打马虎眼。

"你们是怎么认识的？"

"可以说是因为工作吧。"

"你说她是上海姑娘，那你们相处当中有遇到过类似文化冲击

（Culture Shock）的问题吗？"

查尔斯笑起来，笑了一阵才回答："她在美国念过许多年书，而且比我年轻许多，很容易受影响。说实话，在有些方面，她的观念比我更西化，如果要说冲击，我们之间的代沟，绝对要比文化差异更大。"

……

"什么时候结的婚？"

"大概一年前吧。"

"有孩子吗？"

"一个男孩儿，还未满周岁。"

……

程致研站在浴室的洗手台前面，隔着浴缸旁边的一层玻璃，听完那番话。他似乎早有准备，又好像措手不及，本以为已经结痂愈合的伤口其实还像一年前一样触碰不得。他没穿外套，拿了车钥匙就出去了。

时间已近子夜，又下着雨，德清只是一个十余万人口的小县城，路上早已经没人了，偶尔有一部载货的卡车开过去，溅起一地泥水。他开车出了县城，驶上进山的公路。在酒店车库发动车子之前，他并不知道自己要去哪里，开出一段，才发现走的是许久以前跟司南一起骑车上山时走过的那条路。

他从储物格里拿出用了许多年的GPS，打开电源，放在仪表盘上。一年前的那个秋天，他曾在上面存下一组数字，随着汽车行进，他眼看着当前坐标不断变换，越来越靠近那个地方。

第 8 章

北纬30.5°，东经119.9°，海拔149米，一个S形的弯道，程致研驾驶的SUV在那里与一辆正疾驶下山的货车相撞。

山路一侧是岩壁，另一侧是落差数十米的悬崖，货车无法避让，只能刹车急停。SUV直接冲向道路内侧，撞进挂车和岩壁之间。货车司机仅受了轻伤，打电话报了警。交警和120急救车很快到场，发现SUV后方看不到一点刹车痕迹，车头严重变形，挡风玻璃完全破碎，两个气囊都已弹出，驾驶室内满是血迹。

消防队稍后到达，用撬棍将车门撬开，又用液压剪和气压扩张器对车头进行破拆，剪断安全带，将程致研从严重变形的驾驶室里拖出来。整个施救过程中，他都十分清醒，直到被送上救护车后他才陷入昏迷，再醒来时，已是在德清县的医院里。

沈拓坐在床边，握着他的手，额头抵在床沿上。他以为她睡着了，直到发觉她双肩紧绷，她在哭。他动了一下，她几乎立刻放开他的手，擦掉眼泪坐起来，看起来有些滑稽，眼睛红红的，鼻子也是红的。

他对她笑了笑，她觉得尴尬，讪讪道："你的手好冷。"

那只手上插了吊针，从手指到肘部都是冷的。

眼前的情景如此熟悉，仿佛又回到十七岁，他躺在波士顿那间医院里，陆玺文坐在床边看着他。回想起来，可能就是从那个时候开始，他对沈拓有了多过其他人的亲近。

从车祸到出院，程致研只用了一个多月。虽然恢复得并不好，但莫干山逸栈已如期动工，他没有更多时间花在医院和复健中心里。住院的那几个礼拜，病房也有护工，但有些事总是做得差强人意，到后来几乎都是沈拓在照顾他。他们毕竟男女有别，程致研觉得不方便，但沈拓自有一种沉默却执拗的态度，让他无从拒绝。

躺在床上不能动的那段日子，他时常和沈拓聊天，也不知怎的就说了许多过去的事情——十几岁的时候在波士顿乡下，冬天下很大的雪，有一次积雪实在太厚了，他和吴妈就穿着滑雪板出门，所有人都看着他们，那么神气。后来进入W酒店工作，有半年多在阿斯本，冬天湖面结着厚厚的冰，山顶的雪终年不化，远远看去美得不真实。

沈拓就那么听着，许久才说一句："我也喜欢冬天。"

"有机会可以去一次阿斯本。"他回答，建议她租那种小木屋，门口有美丽的花园，出入须得穿过一大片树林，除了风声、水声和小动物发出的声音外，总是一片寂静。

他絮絮说了许多话，这辈子最细微的小事都拿出来告诉她，心里却没有多少幸福的感觉。他们认识已经很久了，有些事情她都应该听说过，应该记得，但他宁愿再说一次，她静静地听，脸上带着笑容。

他出院的那天，江南已经入夏，之后天气一日日热起来，逸栈的工程也很快进行得如火如荼。

他有钱，吴世杰有关系，但要在山区建起这样一个四万平方米的建筑群仍旧不是一件容易的事情。

最开始是折磨建筑师，一稿又一稿地改图纸，最终确定的设计完全忠实于明清建筑的传统。

各单体建筑的开间都是单数的，进深五至九檩，穿斗式木构架，不用梁，直接以圆柱承檩，室内用传统的木隔扇和屏风自由分隔，仅有少量精致的雕刻装饰，色调以栗褐灰白为主，不施彩绘。建筑与建筑之间由回廊相连，和院墙一起，围成半封闭式的院落，屋顶内侧坡的雨水从四面流入天井，俗称"四水归堂"。

而在力求古朴明净的同时，还要保证在其中生活起居的舒适和便利性，无线网络覆盖整体区域，室内恒温恒湿，数字电视、触摸式无级调光、智能家居系统一应俱全。

工程完工之前那段日子，程致研很忙，每天坐下来吃饭的时间加起来不超过一刻钟，做梦想的也是逸栈的事情。就连吴世杰也被拖了进来，玩的工夫都没了。沈拓也跟着他们成天往工地上跑，孜孜不倦地折磨工程队，监督进度、逐项验收、调试设备，几乎成了半个盖房子的专家。

是年年终，莫干山逸栈终于落成，两百人的管理和服务团队也已招聘到位。试营业前的倒计时阶段，各项筹备工作交叉进行，沈拓已能独当一面，盯着营运部门的几个经理一遍遍地走流程。

看她不拿自己当外人的架势，吴世杰提醒程致研："应该给的一分不少地给她，省得以后麻烦。"

程致研想想也对，就提出可以走正式的法律程序给她一部分干股。但沈拓却坚持什么都不要，甚至不愿意领工资。就这样两下僵持，到后来就弄得有些不愉快了。

"真不要？"吴世杰半真半假地问她，"不要就走吧，没名没分地留着多没意思。"

听到这样的话，沈拓自然有些生气，红着脸坐在那里不言不语。

程致研看不过去，只能避开吴妈，私下找沈拓又谈了一次。

　　出乎他的意料，她表现得很讲道理，语气淡然："吴世杰说的有道理，我继续留下来也没意思。你不用觉得欠着我，都是我自己情愿的，能跟你一起做事，我很高兴。"

　　他不禁想起过去这一年，她确实帮到他许多，特别是住院的那些日子，他并非不感动，也不是不知道她的心思。他或许有一千个理由去回报她的感情，但却无心也无力，不为别的，只因为他一生所有的感情已经在那短暂的几个月里用完了。

　　他知道她离开逸栈一样要出去找工作，便诚意劝她留下来，即使不要股份，但工作合同总要签的，薪水也要领，否则就太不给他面子了。她考虑了几天，给他回复，说想试试做营销。

　　但凡新店开张，生意总是难做的，而沈拓偏偏就挑了这个，程致研尊重她的选择，给了她一个营销经理的头衔，外加报酬丰厚的offer，心里却并不相信她真能担此重任。虽然逸栈和当地政府关系不错，有一些会务和招待的进项，但他们走的毕竟不是传统路线，最多只能托个底罢了，真的要把逸栈做大做好，仅仅守着这些肯定是不够的，但更多的生意从哪里去找呢？

　　沈拓提议从团队客户入手，吴世杰一开始不以为然，因为走精品路线的度假村做旅行团生意是很掉价的，时间一长，本身的品质也会下降。但沈拓提出来的营销途径却令人耳目一新，她联系了好几家国内排名领先的提供人事培训服务的公司，花钱买下公开讲座前的一点暖场时间，跟着他们在长三角地区一个个城市地跑，一场场向那些参加培训的人宣传逸栈，告诉他们莫干山有这么一个地方，既有舒适雅致的中式住所，也能提供安全、不受打扰的露营地以及团队拓展场地。

　　这种看似笨拙的宣传手法，效果却出奇地好。那些听众大多任职于大中型企业，其中有许多是人事或者行政经理，手握公司团队活动大权，家庭年收入也基本落在逸栈的目标顾客范围之内。局面似乎一下子就打开了，逸栈接到的团队拓展和私人度假的预订越来越多，媒体也频频报道，随着那一年旅游旺季的来临，几乎到了一房难求的地步。

半年之后，他们顺利地完成第一轮融资，又有两家逸栈在江西婺源和安徽滁州落成，很快又有更多家开张，渐渐辐射全国。就连陆玺文也卖掉了手上的一些股份，把钱投进逸栈。

她对程致研说："如果早一点让你自己出来做，能有现在这样的成绩，詹姆斯未必会把W卖掉。"

"早几年我什么都不懂。"程致研安慰道，让她别再去想那些"如果"，世间的一切都是有因才有果的，若不是有那些经历，他也不是现在的他了。

那段日子，每个人的工作都很辛苦。程致研知道沈拓做起事来很拼，念着她是女孩子，总有些担心，但她从没对他抱怨过什么，身体上或许是累的，精神状态却始终很好。

直到有一次，沈拓跟着吴世杰出差去安徽，谈九华山的新项目。当天晚上，他们请当地政府的人吃饭，沈拓被人灌到酒精中毒进了医院。程致研得到消息后，连夜开车过去看她，她挂了大半夜的水，已经出院了，躺在酒店的床上。

她的酒量在女的里面算是不错的，但土地局那帮人闹得也有点过分了，把小杯的白酒沉在五百毫升的啤酒杯里混着喝。

这么多年以来，程致研从没这样对吴世杰动怒，说："你完全可以替她挡掉，怎么容着那帮人灌她？！"

吴世杰哪受得了他用这样的语气跟自己讲话，摔门就走了。

他留下来陪着沈拓，第一次主动握她的手，冷得像冰，许久都没能暖过来。

那天之后，他们就在一起了，一切进行得飞快，又过了几个月，就结婚了。

面对他突如其来的求婚，沈拓表现出一种特别的恒静，没有犹豫、没有怀疑、没有张皇失措。他问她：我们结婚好不好？她微笑，点头，然后便开始一桩一件地张罗婚礼和他们今后的家，有条有理，一如她工作中一贯的风格。

吴世杰对他说："你这个婚结得太匆忙。"

他装作不懂那句话里的意思："我跟沈拓认识快四年了，你是知道的。"

吴世杰看了他片刻，问："那司南呢？"

他以为自己已经淡忘，但那一刻还是像被利刃刺了一下。吴世杰始终记着司南，所以不喜欢沈拓，他这样骗自己。

婚宴办在滁州逸栈，没有仪式，一切从简，只请了十几个客人，大多是逸栈的员工。

饭吃到一半，吴世杰突然站起来，说："我要唱首歌，送给新人。"

"吴妈要唱歌，吴妈要唱歌喽，"有人起哄，"哪首啊？"

"吴妈也是你小子叫的？！"吴世杰随手扔了一个银餐巾扣过去，然后拿腔拿调地念出那句意大利语，"今天这样的日子，当然唱保留曲目——*La Coppia Più Bella Del Mondo*！"

"丫鬟，你来跟我对唱。"他朝程致研伸出手。

程致研笑着摇头，说："你饶了我吧。"

吴世杰看着他，慢慢坐下来，再没有多说什么。其他人也难得地识趣，没怎么闹，宴席结束后就早早散了，却不知为什么，还是让他觉得很疲倦，回到房间就倒在床上睡了，朦胧间感觉到沈拓跪在床边，替他脱鞋换衣服。他睁开眼睛，握住她的手。她已经卸了妆换了睡衣，在幽暗的灯光下显得眉目清丽，她顺从地靠过来，突然说："我是沈拓。"

她怕他叫错。

他突然觉得心灰意冷般难过，坐起来，伸手搂过她的肩。

"我们会好好的。"他轻声许诺，对她，也对自己。

她点点头，伏在他肩上许久，紧紧拥着他。

第二天他醒得很迟，她抱着他的腰，枕着他的手臂睡了一夜，害他起床之后右半边身体都是麻的。但就是从这一天开始，她便对他无微不至，他当天要穿的衣服全都仔细熨好，又去厨房做了早饭，摆在廊檐下的小圆桌上。他们相对而坐，他伸手覆在她的手背上，初秋的山风吹过，拨动风铃，轻微却至美的声音。从今往后或许就是这样了，他以为他可以无所谓，至少不会比大多数丈夫做得差。

第9章

结束了莫干山之行，司南回到上海，稍事休整之后又飞去贵阳，转道铜仁，考察梵净山逸栈。她在那里逗留了两天，程序跟之前差不多，参观、开会，自始至终都是吴世杰作陪，那个人不在跟前，倒也眼不见为净。

两天时间很快过去了，她刚刚飞回上海，还没出机场就接到查尔斯的电话。查尔斯已经从香港回来了，听说她也在上海，特地邀请她去他的新家参加暖屋派对。

司南本不想去，她离开香港已经整整一个礼拜了，又经历了这么些起起落落，早就归心似箭，只盼着快点回去见到默默。但查尔斯再三恳请，说她难得来上海一次，过门不入算什么道理。她推辞不过，只能答应了。

查尔斯新买的房子还是在浦东远郊，附近有个高尔夫球场，从窗口看出去，绿草绵延，就好像飘浮在绿色的云里。司南从市区赶过去，到得比较晚，派对已经开始了，客厅和后院里有不少人，聊着天吃着东西，一片其乐融融。

查尔斯的太太苏过来招呼司南，她比司南大五六岁，学过多年声乐，做过演出经纪人，五年前Friedman的那场演出就是她任职的演出公司经办的，她跟查尔斯也正是借着那次机会勾搭上了。查尔斯泡妞的保密工作一向做得很好，直到正式结婚，身边都没人知道他有个中国女友。接连生了两个孩子之后，苏一直赋闲在家，因着身材娇小，保养得又好，看起来仍旧很年轻。

戴家的两个孩子，名字都以P开头，大儿子叫佩恩，就快满四周岁了，小女儿叫佩妮，才七个月大，都是典型的亚欧混血宝宝，皮肤洁白，又不像白人孩子那样一晒就泛红，头发是温柔的栗色，微微带卷，眼睛是很深的榛子色，星星般闪着光，人见人爱。

到那一年为止，查尔斯在中国工作已有六年多，太太又是中国人，所以很会说几句中文，平常和儿子佩恩都是讲普通话，但发音和词汇有时还不及这个四岁的孩子，旁人听着总觉得很有趣。

佩恩在香港时就跟默默一起玩过，默默很有运动天赋，和同龄的孩子比起来，她胆子大，反应灵活，身体的协调性也是极好的。两人在一起玩，一般都是默默拿主意，佩恩在屁股后面跟着。

这天，一看见司南进门，佩恩就不知从哪里冒出来，盯着她问："默默呢？默默怎么没来？"

司南一向很喜欢这个英俊的小男孩，蹲下身拉着他的手解释："这次我来上海是为了工作，默默在香港上学，所以不能来。"

佩恩看起来很失望，想了想又问："那她现在有多高了？"

"一米一五吧，大概到我这儿。"司南站起来比给他看。

佩恩站到她身边，比了比，有些丧气地说："我已经听妈妈话，吃了很多饭了呀，怎么还是比默默矮？"

司南看他愁眉苦脸的样子，笑着安慰道："默默比你大两个月，而且她是女孩子，女孩子小时候是比男孩子长得快的，以后你肯定比她高，看看你爸就知道啦。"

"那我什么时候才能比她高？"佩恩还是不甘心。

"大概十岁吧。"司南随口说了个岁数。

"这么久……"小孩儿大失所望，鬼叫起来。

"你为什么这么着急啊？"司南问他。

佩恩回答："上次在香港，默默说等我长到她这么高的时候，就跟我结婚。"

见他说得这么一本正经，司南笑起来，旁边的人也都忍俊不禁。

偏偏查尔斯还要凑过来逗他，指着他的鼻子问："你跟默默结婚的事情，问过默默的妈妈没有？"

佩恩在小男孩里面算是文静腼腆的，见这架势，顿时不好意思起来，旁边又有这么多人看着他，一头钻进他爹怀里，耍起赖来。司南也是为人母的，知道小孩的心理，抚着他的后背好言安慰，苏也赶紧过来塞给他一块糖。小孩子的脾气来得快去得也快，不一会儿就给哄好，又高高兴兴地上后院玩儿去了。

司南站起来，正准备去拿点东西喝，突然就听到耳畔一个声音问："谁是默默？"

她是怎么都忘不了这个声音的，许久才转头，程致研就站在一旁看着她。

"默默是个小女孩。"她的解释极其简略，不知道他听到多少，能不能就这么混过去？

程致研没说话，目光依旧落在她脸上，丝毫没有放过她的意思。

她呼了一口气，一个字一个字地说："默默是我女儿，今年四岁，生日是立秋。"

她不知道他心算快不快，低头从他身边走过去，推开客厅的玻璃门，径直穿过后院，走进高尔夫球场的草坪。时间已近傍晚，天边挂着的火烧云让那个地方看起来有种似曾相识的感觉，四年前，她去美国找他，继而留下来生孩子，那段日子，她一个人住在康涅狄格州的一个小镇上，一个又一个傍晚与此时此刻是如此相像。

她脚上穿的是高跟鞋，若是被养护草皮的人看见，肯定要被骂，果岭那里的草更加细柔，她干脆停下来把鞋脱了，光脚踩在上面。程致研也跟上来，从后面抓住她的胳肘。

她没回头，心想，就把该说的都说了吧，真的开了口，语气倒也很平静："孩子是顺产，生下来三千两百克，身长五十三厘米……"

他还是没说话，但可以感觉到那只握着她胳膊的手在剧烈颤抖，抓得她那么紧，让她觉得疼痛。

"……新生儿评分10分，听力正常……"她继续说下去。

直到他打断她，问："为什么不告诉我？"

"我找不到你。"她回答，理由充分。

那次半途而废的堕胎手术之后，她的肚子已经挺明显的了，在外面还可以遮掩，家里人自然是瞒不住的。司历勤把她送进医院，美其名曰要她考虑清楚，其实就是要她把孩子引产引掉。以他的身份，无风都要起三尺浪的，更不用说独生女出了这样的事情，而他又是那么骄傲、那么要面子的人，尽管她不完美，也总是当掌上明珠那样宠着，怎容得人家说那些闲话？

在医院里，她开始拒绝进食，医生给她用了静脉营养补充，针戳在右侧颈静脉上，她趁护士不注意把针头拔了，血慢慢地流出来，浸透了半张床单。那次之后，她总算赢了，司历勤同意她把孩子留下来，条件是好好照顾自己，绝对不可以再做出这样的举动。她答应了，逼着自己好好睡觉、好好吃饭，一有机会出去，就到他住过的公寓去找他。

见过吴世杰之后，她以为他回美国了，就跟家里提出来要去美国生孩子。司历勤正是求之不得，通过查尔斯申请了W酒店的海外培训，立刻把她送过去了。不久后，全家人都搬去香港。

"我还去过你念高中的学校，好笑吧。"她回过头，当真对着他笑了笑。

AP Academy的体育馆门口有历届冰球队的照片，她问人借了一张椅子，站在上面一张一张地看过来，终于找到有他的那一张，他和吴世杰并肩站在队伍里，身上穿着队服，手里捧着头盔。其他人都对着镜头笑，只有他们俩不笑，表情桀骜。她觉得他们俩小时候特傻，看着看着就笑起来，路过的老师、学生都当她是神经病。

孕期过半，她终于放弃了找他，在康州一个海滨小镇住下来。那段日子，她不戴助听器，也不再说话，渐渐觉得这样也很好，或许她本来就应该是这样的，不必掩饰，也没那么辛苦。许久不用，唇部的肌肉是会退化的，慢慢的，她觉得自己真的不能开口了。

司历勤过去看她，跟她说话，她不回答，在手机上打字给他看。

他气急了，对她大喊："司南，说话！"

我不会说。她用手语比回去。

他打掉她的手，继续朝她喊："说话！"

我听不到。她也继续。

"助听器呢？！"

在海里。她回答。

他举起手要打她，手停在半空，就像小时候的无数次那样，只是吓唬吓唬她罢了，最后还是颓然落下。

她会的英语手语其实很有限，在那个临海的小镇住着，几乎等于与世隔绝。平常就是在自家院子里种菜，傍晚出去散散步，偶尔步行到最近的一家小餐馆吃饭，唯一的社交活动是去当地社区中心的聋人沙龙。那里定期举行讲座，有一个古怪的狂热分子在台上比画：你们一定要记住，聋人是最强的，比听人都要强！她心里觉得好笑，却还是每次都去。

她在那里认识了一个和她差不多年纪的男孩子，重度耳聋，只能用手语交流。

他约她出去，告诉她：我自己做生意，一年总有五万元收入，好的时候有七万元。

嗯，她点点头，不知道他为什么跟她提起这些。

你愿意做我女朋友吗？等孩子生下来，不管男女，我照顾你们。他问她。

她看着他笑，摇头。

是因为我听不到，还是因为我没钱？他问。

不是不愿意，是我不能，我心里有一个地方坏了，从前爱得太用力，所以就坏了，我再也不能爱别人了。她回答。

他丧气地走了，后来又在聋人沙龙碰到，他说自己恋爱了。

是相亲认识的，她在银行工作，跟你一样会读唇语。他告诉司南。

谁跟你说我会读唇语？她笑问。

你会的，我看得出来。他回答。

他把照片给她看，一个长发披肩的姑娘，面目清秀。

好好待她，你们会幸福的。她对他说。

你也是，无论哪里坏了，早晚会长好的。他伸手拥抱她。

他是对的。

两个月后，预产期临近。某个傍晚，她感觉到第一阵疼痛，而后越来越密集。当天夜里，她在小镇医院生下一个女孩子，过程很顺利。孩子出生后，她觉得自己简直无敌了，心里坏了的地方也迅速地恢复，几乎可以听到密密的织补的声音。她又开始戴助听器，不错过那个小小的柔软的身体发出的任何一点动静，重新学着讲话，念故事给孩子听。

"孩子跟我姓，大名叫司默，今年上K2（幼儿园中班）了。"她最后对他说，心想，好了，都说完了。

天适时地暗下来，他们看不清彼此的神色，只可惜离得这么近，呼吸相闻，什么都遮掩不了。

"小孩现在在香港？"程致研问司南，突然发现自己根本没办法念出那个名字。

"对。"司南回答。

"我想看看她。"短短几个字的句子，他却说得很艰难。

司南点点头，顿了一顿，问程致研："我就跟她说，你是我从前的朋友，可以吗？"

他没理睬那个问题，径直问她："你什么时候回香港？"

"明天一早。"她回答。

他几乎立刻说："我跟你一起走。"

司南微蹙了下眉头。

"我跟你一起走。"他又重复了一遍那句话。

她知道改变不了他的决定，多说无益。

初秋近夜，风吹在身上已有些寒意，她突然觉得冷，抱紧了双臂。其实她的手机里就有默默的照片，还有小家伙最近画的好几幅画，她也都拍下来存在那里，此时却根本没想到要拿出来给程致研看，他也没问起。

"有些话，我想先说清楚，"许久，司南才又开口，"你这次去只是见默默一面，没有其他，你不要想太多。至于以后怎么办，全看默默的反应。"

他想起她的医生男友，喉咙发涩，轻轻说了声："好。"

"还有，"她补充，"如果你觉得有必要，跟你太太解释清楚，我不想有误会。"

他没说好也没说不好，静默片刻，回答："我跟她之间的状态，跟你想的不一样。"

她勉强牵动嘴角，似乎是笑了笑，心想结婚便是结婚，还能有什么不一样。

他也没有再做解释。

说完这些话，司南便转身慢慢朝查尔斯家的房子走回去，程致研跟在她身后，看着她纤瘦的肩在浅浅的夜色中微微瑟缩，有种想要抱着她的冲动，但最终还是没伸出手。走出高尔夫球场的草地，她停下来弯腰穿鞋，他过去搀了她一把，发现她的手仍旧是温暖有力的。有些时候，他总想要做些什么保护她，但她却并不需要，从前就是，现在更是如此了。

回到派对上，他们先后去向查尔斯和苏道别，而后分头离去。一切都来得太突然了，两人都措手不及，需要一点时间厘清头绪。

司南是坐出租车走的，一路出神，不敢相信自己曾有过那样的怀疑——他知道她有过孩子，却让她选择放弃，更没想到会在此地遇到他，又因为佩恩的一番话，让他知道了默默的身世。

回到酒店，她接到顾乐为的电话，问她航班号，说明天去机场接她。

她脑子里仍旧一片混乱，只能回答说一时找不到电子客票确认信息，等明天到了机场再告诉他。

"等你回来，我请你饮茶。"顾乐为对她说。

她又走了神，愣了愣才问："怎么突然想起来去茶楼？"

顾乐为似乎还是那么简单直接，根本没意识到她有什么不正常的地方，仍旧是平常的语气："我爸爸妈妈来香港过中秋，我想你们应该见上一见。"

听他这样讲，司南一激灵惊醒，这一天砸在她身上的事情实在太多了，却没想到顾乐为这小子也来凑热闹。

"我们到这一步了吗？"她质问他，带着点冷嘲的语气。

"我已经见过你爸爸了，而且他突然袭击，我一点心理准备都没有，"他泰然回答，"现在我提前通知你，已是仁至义尽。"

司南一时语塞，不知道该怎么拒绝。拒绝？她的第一反应就已经决定要拒绝了？

"等我回去再说。"她含糊其词。

"那我当你答应了。"他仿佛带着笑容。

"我是说……"

"你答应了，Bye。"

她还要分辩，电话已经挂断了。

至于程致研，驾车离开查尔斯家之后，他开着车在郊外转了很久，也同样不明白为什么会一度认为司南从没真正爱过自己，并且牵扯进那场局。他们曾经那么亲近，而且，那种亲近源自毫无理由的吸引，没有为什么，不知道从何而来，也不确定能维持多久，而即使如此，他们还是在一起了，怎么就会因为那些人、那些事而分离？

直至深夜，他把车泊在通向机场的公路边，打电话给沈拓。

铃响了一遍就接起来了。

"今天怎么这么晚？"她问，言语间仍带着关切，"我打过电话到礼宾部，他们一直说你还没回去。"

"我在上海。"他回答。

她愣了一愣。

他不愿理会这静默里别有深意的暧昧，更不想让她误会，抱了什么不该有的希望，直接对她说："我明天要去趟香港，你别打电话去莫干山了。"

电话那头沉默了片刻，答了声"好"。

六月的香港之行之后，他们已经几个月没见过面了，他一直住在莫干山逸栈，留沈拓一个人独自在上海。不管怎么说，他总觉得自己也有错，逼着吴世杰噤声，在人前给足她面子。

每天夜里，她都会打电话到礼宾部，问他是不是已经回房间了，理由是怕他在山路上开车，接手机分了神，容易出事故。逸栈的人也都信了，因为他们确实是旁人眼中的模范伉俪，或许算不得如胶似漆，却绝对称得上是相敬如宾。她把他照顾得极其周到，他对她也很好，出去总是为她开门拉椅子脱外套，物质上也可说是锦衣玉食。

"你怎么受得了她这样？"吴世杰几次这样问他。

奇怪，他就是受得了她这样，因为他根本无所谓。

第10章

次日一早，司南在机场又见到程致研。

她没想到他竟然真的与她同机离开上海，也不知道他是如何查到她坐的那班飞机的航班号的，因为就连她自己都是在机场办理登机手续之后，才在登机牌上看到那个号码。当然，逸栈一向与几大旅行服务公司过从甚密，他自有他的办法。

那天是星期六，前往香港血拼的游客和结束商务旅行返港的职员各占一半，飞机几乎满员。他们俩的位子不在一起，也没打算和别人换，两个半小时的飞行，两人一前一后，隔着数米的距离，没说过一句话，也未曾对视，还不如陌生人，心里却能清清楚楚地感觉到彼此就在那里，就好像是意外失落的一段肢体，虽血肉分离，远远的，还是觉得出痛。

不多时，飞机腾空，进入平飞，司南打开电脑，静静地对着逸栈的考察报告草稿。那份报告她只写了个大概，还有许多细节的地方等着加上去。下周三之前，她必须把完稿交给司历勤看，但此时头脑空空，似有许多念头，却一个字都写不出来。

她很清楚程致研在合作条件上做了多大的让步，她的上海之行可说是圆满成功。不管她报告写得是否周详精彩，至少对于那几条实实在在的好处，司历勤一定会十分满意的。但是，如果他知道更多，比如她与程致研之间的那段旧事，还有默默的事情，又会有怎样的反应？她不得而知。

司历勤一向是公私分明的，甚至她在工作上也没得到过任何优待。

她记得有人问他：你最擅长的事情是什么？

他回答：放权和切割。

以她对司历勤一贯的了解，确实如此。但这一次，她不敢肯定，突然觉得很累，想不通为什么她没办法做这样干干净净的切割，每一次攸关她一生的转折与起伏，都要和那些金钱交易联系在一起。

她一路胡思乱想，前一天电话中的约定早忘得一干二净，一直到飞机快落地才想起来还没把航班号告诉顾乐为。上机场快线之前，她给顾乐为打了个电话，铃响了一下就自动接到语音信箱，欣快的粤语女声，提示她留下口信。顾乐为应该是临时有病人，或者跟师太进手术室了。

她想，这样也好，因为程致研就坐在她对面的位子上。

初秋的香港，气温终于落到三十度以下，早晨微雨，过午有短暂的阳光，淡淡落在他们身上。

"默默今天下午上钢琴课，明天你有没有时间？我带她出来。"她对他说。

他一直在等她开口，终于等到了，内容却不是他希望的，生分疏冷，但这一面究竟该怎么见，他自己也不知道。他从没想过自己会有一个小孩，哪怕是在他们最亲密的那段日子，他觉得他们会永远在一起，但那种永远也是极其抽象的。他甚至没有一个具体的概念，四岁出头的孩子应该有多高，喜欢什么东西，会说些什么话。

通常情况下，男人与孩子的第一面总应该是在医院的产房门口，一个欣喜、一个懵懂，甚至紧闭着眼睛，虽然突如其来，却不至于张皇失措。而他的孩子已经四岁多，甚至都已经开始上钢琴课了。她会有一双清澈却慧黠的眼睛，有自己的思想和主张。她可以选择喜欢他，或者不喜欢他，一切都不由他掌控，或许再也不会有机会弥补。

"她在学钢琴？"他轻声问。

"对，"司南回答，"刚刚上了几节课而已，学五线谱和基本指法，还什么都不会弹。"

"我想今天就见她，钢琴课几点结束？"

"四点半。"

"我们一起吃晚饭。"

她静默一秒，才点点头，说了声："好。"

将近五年时间都那么过去了，但那天下午，区区几个小时却过得如此艰难。直到站在音乐教室的琴房门口，等着那扇门打开，他还是有种不真实的感觉。

门开了，一个童声传出来："我今天又没有拿到奖品。"稚嫩却不过分细弱。

"没拿到奖品还这么得意。"司南的声音。

"不过是小音符徽章而已。"语气不屑。

"你还会说'而已'了，跟谁学的？"

"外公啊，上次他来接我放学，就这么跟我说的。然后，他给我买了这个。"

那句话之后，默默就那样出现在他面前了——留着一个整整齐齐的童花头，有些瘦，手脚纤细，正低着头指着胸前一个十六分音符形状的蓝水晶胸针。

短暂却漫长的一秒，司南和程致研都没说话，站在原地互相望着。

"妈妈，妈妈，你看啊。"默默来回晃着司南的手，打断了那阵静止。

"很好看。"司南敷衍了一声，带她到程致研面前，对他说，"她中文不是很好，你可以跟她讲英文。"

"谁说我中文不是很好？！"默默立刻抗议，"我会背《木兰辞》！"

"好吧好吧，你中文很好，行了吧。"司南笑出来。小孩子总能适时地缓和一下气氛。

程致研俯身对她说："你好。"

"你好。"默默回答。

"我是你妈妈的朋友，"他字斟句酌，"刚刚到香港，想要你们带我到处转转，可以吗？"

"可以。"她看着他。

他蹲下身，与她平视。

小孩子的眼睛总是很尖的，注意到他蹲下又站起来的动作不太自然，便问："你的腿怎么了？"

"我摔了一跤，受伤了。"他回答。

"在森林里？"默默问。

"为什么是在森林里？"他反问。

"故事里都这么讲。"她回答。

"好吧，"他不禁莞尔，"差不多，就是在森林里。"

"我上个礼拜也摔了一跤，你看，这里，还有这里。"她给他看手心，又卷起裤脚管给他看膝盖，上面有些擦痕，已经愈合，结了痂，渐渐变淡。

"很快就会长好的，不会留疤。"他轻握着那只手，骨骼细小，皮肤的触感细柔而半带湿润，给他留下那样深刻的印象。

"你的伤也会好吗？"孩子问。

"也许会，也许不会。"他回答。

"为什么？"

"有些事发生在大人身上，和发生在小孩身上不一样。"

"大人真复杂。"

"你说得很对，大人真复杂。"他笑着重复。

离开音乐教室，他开车带她们过海。车子走在隧道里，耳边是不变的隆隆声。

默默坐在后排座位上，看着车窗外，突然说："He stopped and looked at me（他停下来看着我）。"

"你在说什么？"司南问。

"《小鹿斑比》里的一句话，"她回答，"斑比在草地上遇到 Great Prince of Forest（森林王子），然后就对妈妈说了那句话，妈妈回答，Yes I know（我知道），然后斑比问，Why was everyone still when he came on the meadow（为什么他来到草地时，大家都静下来）……"

默默就那么絮絮地说下去，司南突然动容。她们刚到香港时，幼儿园布置过一个作业，要小朋友填写爸爸调查表和妈妈调查表。那天，默默第一次在她面前提起"爸爸"这个词，对她说，既然爸爸不在身边，写外公可不可以？

从出生到十八个月进日托中心，再到念K1（幼儿园小班），默默一直生活在纽约。那是一个相对宽容的环境，没人会对一个单亲孩子大惊小怪，同学中有太多这样的例子，有人只有爸爸，有人只有妈妈，有人有两个妈妈，却没有爸爸，有人恰好相反，情况各不相同，各有各的原因。

司南一直以为这么小的孩子不会有多少想法，甚至对爸爸这个词毫无概念，但事实却恰恰相反，不知不觉间，默默已经自己找了个理由——她的爸爸之所以不在身边，是因为他就像斑比的爸爸一样，在森林里遥遥守望，直到某一天，他或许也会穿过那片草地，走到她面前来。

也就是从那个时候开始，司南发现默默特别喜欢看《小鹿斑比》，一遍又一遍，百看不厌，不仅情节滚瓜烂熟，就连台词也几乎能背下来。血缘，或许就是那么神奇的东西，让这个四岁零一个月大的孩子在这一天，在海底隧道里，突然念起其中的一段对白。

那个钟点，吃晚饭还嫌太早，程致研就带默默去玩具店。

从默默身上很容易看出来，司南平时的家教还是很严的，尽管程致研在一旁时不时地怂恿，小姑娘也不开口说要什么，总是一副淡淡的带着些许骄傲的做派，看起来就好像是一个挺大的孩子了。

程致研对这个年纪的小女孩喜欢哪些东西一点概念都没有，问默默，默默不说，司南也只是委婉地拒绝。他知道她们并不缺少什么，至少能花钱买到的东西，什么都不缺，但心里总想要为她，或者说为她们做些什么。他也说不出一个理由，自从知道默默的存在，他始终有这么一种感觉，仿佛极其意外地得到了一样珍贵却又脆弱的东西，才刚握在手里，就要失去了，让他既欣喜又难过。

他们就这样一路走着，直到经过广东道上的一家店铺，橱窗里陈列着一双小红鞋，默默一看就很喜欢。小孩子的好恶统统都放在脸上，谁都能看出来。他们走进店里，女店员立刻亦步亦趋地跟过来，程致研让她拿一双给默默试穿，没有给司南再拒绝的机会。

鞋子很快拿来了，他把默默抱到沙发上坐好，替她脱掉脚上的球鞋，换上那双芭蕾舞鞋样式的船鞋。小孩子的脚总是很漂亮的，光洁干净的皮肤泛着些粉色，甚至连脚跟都带着柔柔的光晕，但那双脚并不是他想象中小小的、胖胖的样子，而是六英寸半长，鞋码二十六号半，看起来纤薄修长，已经有了一个小女孩的秀美。也就是在那一刻，他如此清晰地意识到默默早已不是一个小婴儿了，而他又错过了多少年，多少重要的时刻，这些错失的时光又要怎么补回来？

那家店售卖的是一个专做成人女装和皮具的牌子，难得出一双小女孩的鞋子，也不常有小孩子进出，几个女店员都觉得默默很可爱，都围在旁边看他们，脸上笑意盈盈，其中一个去香水柜台上拿了几张试纸，给默默玩。纸上喷了香水，好闻却有些刺鼻，默默一连打了几个喷嚏，眼眶红红的，仰起头让妈妈给她擦鼻涕，也只有在这种时候才又露出几分小孩相。

程致研买了那双鞋子，默默立刻就要穿，而且还不愿意穿短袜，非觉得光着脚穿才好看。司南拗不过她，只能随她去。结果，离开那家店不多时，她就挨到程致研身边，拉拉他的衣角，轻声道："我脚好痛，你抱我好不好？"

这个细小的声音落在他心里最柔软的地方，他弯腰抱起她，小姑娘又凑到他耳边悄悄说："你不要告诉我妈妈，否则她又要骂我了。"

"好，我不告诉她。"他郑重地答应了。

司南就走在前面，回头看看他们，想叫默默下来，但终于还是什么都没说。

天很快黑下来，三个人去一家上海餐馆吃晚饭。

小孩子其实是最精乖的，默默也不例外，才几个钟头的工夫就已经把形势分析得很透彻了。她知道程致研是很喜欢她的，也看出来妈妈不愿意当着人家的面教训她，渐渐地便有些无法无天起来，把自己

—— // ∧ \\ ——

·247·

盘子里不要吃的木耳和豆角都挑出来，放进程致研面前的碗里，吃水果的时候弄湿了手，又悄悄擦在他衬衣的袖子上面。

司南看见了，就冲她瞪眼，连名带姓地叫她："司默小朋友！"

她赶紧讨饶，头靠在司南肩上，说："妈妈，我爱你。"

只一句话就说得司南没脾气了。

离开餐馆，程致研送司南和默默回家，时间已经是晚上九点多了，之前又走了不少路，默默许是累了，在车上晃着晃着就睡着了。司南抱着她，用手抚着她额角的碎发。

程致研从反光镜里看到她们，忍不住露出微笑，对司南说："你看，她这么会撒娇，一定是像你的。"

"谁说的？"司南也笑，"她像你的地方才多呢，你也看到她的脚了，简直跟你的一模一样。"

他想了想，还真是的，心里泛起一层暖意，却还要跟她斗嘴："脸总是像你的吧，连发型也跟你从前一样。"

"才没有，她的嘴巴和鼻子都像你，还有，她睡觉总喜欢抱个枕头，你敢说不是随你？"

"我睡觉什么时候抱过枕头了？"他叫屈。

"还敢说没有……"她想要反驳他，话说了一半却又突然停下来。他的确对她说过不抱个什么东西睡不着，但那句话不过就是哄她的，以此为借口便可以抱着她睡。

他或许也想起来了，那一段短暂的恋情中无数琐碎的记忆。一时间，两个人都不说话，车厢里只听得到风噪和车轮行进的声音，静得让人耳朵发闷。

许久，司南才又说起默默生的那场病。程致研静静听着，心想有机会一定要回哥伦布市一趟，去看看祖父的遗物还在不在，其中应该有一本老版的辞海医药卷，里面有一个方子，很是对症，他小时候支气管过敏，又不适合用抗生素，就是吃那服药好的，对默默应该也有用。

车开到家门口，他帮司南抱默默下车，四岁多的孩子已经有三十五六斤了，她一个人抱起来很吃力，却还是坚持从他手里接过孩子来，按了门铃，叫了保姆出来帮忙。

保姆带着孩子先进屋了，司南也没有要请他进去坐坐的意思，对他说："那就这样吧，今天，谢谢你了。"

"明天我再过来看你们。"他紧接着她说。

"再约时间吧，逸栈的报告我还没写好。"她找了个理由，道了声再见便转身朝房子里走。

他不愿意就这样结束，在原地静默了一秒，终于还是追上去，从身后抱住了她。她想要掰开他的手，却不能，听他在耳边叫她的名字，眼泪就流下来了，但就是不转过身去看他。

"司南，"他的声音也变了，呼吸扫过她的脖颈，反复问她，"你要我怎么办啊？你要我拿你们怎么办啊？"

"你是结了婚的人，你要我怎么办？"她反问。

"我跟沈拓……"他犹豫了一下，还是说出来，"早应该分开了，或者说根本就不该在一起。"

她擦了擦眼泪，冷笑："你说得好轻巧啊，一下子结婚，一下子又离婚，真想不到你是这样的人。"

门厅的窗帘动了一下，应该是保姆听到外面的动静，在那里张望。两个人都怕惊动了默默，勉强平静下来，绕到房子的后面说话。他慢慢地把这些年的事情都告诉她了，一直说到他怎么和沈拓结的婚。司南坐在秋千上听着，眼底的泪干了，心却像在一斛温热水里泡着。

"结婚不仅是每天回家吃顿饭那么简单，我以为自己可以做到，但其实不能。"婚后的那些日子，他说得极其潦草，"只几个月，她就有了别的男人，我提出过分手，但她不同意，就这样拖着，一直到现在。"

　　司南不能相信，因为他说的那个人是沈拓，这么多年，付出这么多，终于和他结婚，结果却这样不珍惜。

　　"分开，或者继续这么拖下去，"她对他说，"都是你们两个人的事情，你不用来向我交代，我也不能给你任何承诺。"

　　"我知道。"他点头。他一度以为自己什么都没有，所以也不在乎，任由事情就这样拖下去，但现在一切都不同了——司南，还有默默，他不能不奢望，即使只有一星一点的机会也要把她们赢回来。

　　离开司南家，程致研驾车下山，回干诺道那间酒店。早晨上飞机之后，他一直都没有开手机，全副心思都在司南和默默身上，直到此时才按了开机键，许多封邮件和短信涌进来。其中有好几条都是吴世杰发的，问他人在哪里，见字务必回电。

　　他猜到可能是出了什么事情，立刻拨了吴世杰的手机号码。

　　电话很快就接通了，吴妈开口就问他："今天公关代理项目开标你记不记得？"

　　他记得的。

　　逸栈的组织结构较传统酒店更为精简，只有一个公关营销部，PR和Marketing放在一起管理，整个部门统共只有两个人，负责人是沈拓，外加一个小助理，大多数事务性的工作都是外包的。这次招标的就是次年一整个年度的营销公关合同，包括策略制定、公关稿件撰写、媒体关系维护、会务支持和危机管理，总金额相当可观，七天前投标文件提交截止，今天上午九点三十分开标——他记得一清二楚，但还是跟着司南来香港了。

"你媳妇儿在开标之后，改了一份投标文件的报价，"吴世杰继续说下去，"本来神不知鬼不觉，没想到被另一家参与投标的公司给举报了，现在闹得很难看……"

程致研心中一动，打断他问道："她更改报价的那家公司最后中标了？"

"当然。"吴世杰回答。

"那家公司叫什么名字？"

"等等，我发给你。"

吴世杰很快就把名字发过来了——Brilliance Associates LLC，博联公关，专营市场营销和公关策划，注册地在香港。

第二天是星期日，一大早司南的手机就响了。她以为是程致研，直到接起来才发现是顾乐为。

"就今天怎么样？"顾乐为劈头盖脸地就问了她这么一句。

"什么怎么样？"司南摸不着头脑。

"跟我爸爸妈妈饮茶，"顾乐为回答，"就在中环交易广场，你过来也不远。"

司南一时失语，差点儿把电话丢掉了。虽说她女儿都已经四岁了，又一直在顾乐为面前以过来人自居，但这见家长的事情，对她来说还真是这辈子的头一遭，她的第一反应便是说服他打消这个念头。

"你家里人会怎么想？"她问顾乐为。

"什么怎么想？"顾乐为不解。

"我有一个四岁的女儿，而且，我需要戴助听器。"

"我爸妈是二婚，他们会理解的，"顾乐为笑答，"至于听不见，一半以上的人年纪大了都要聋的，迟早的事情。忘了跟你说，我爷爷也戴助听器，你们俩可以聊聊感想。"

"可我才二十七岁。"她不吃他那一套。

"我无所谓，"他回答，"我妈比较看重她未来的儿媳妇会不会照顾人，你有时间瞎操心这个，还是钻研一下做饭吧。"

听他讲话的语气，司南几乎可以想象他的表情——眯着眼睛，翘起一边嘴角，吐出两个字：So what。

"谁要照顾你？你做梦吧。"她很霸气地回答。

电话那头静下来，许久才说了声："好吧。"

"什么'好吧'？"她问。

"如果你觉得太匆忙，我不勉强你。"顾乐为回答，语气似乎和刚才不同了。

她突然觉得难过，试图好好跟他讲，却又不知该说些什么，从何说起。

"我的听力问题是天生的，不是后天原因。"她自己也想不到，弄到最后竟说出这么一句。

顾乐为毕竟是医生，很快猜到她要说什么，打断她道："但默默很健康。"

"对，只能说这次很走运，"她打算跟他讲道理，"你那么喜欢小孩，有没有认真想过如果不能有自己的孩子，你会怎么样？"

他冷笑一声，问她："谁告诉你我喜欢小孩？"

"你是儿科医生！"她觉得这是显而易见的。

"儿科医生必须喜欢小孩？这是哪国的规定？"他反问，"我最烦小孩子，上班的时候都看够了。当然，默默例外，她比较成熟。"

她不想听他贫嘴，不经意间提高了声音："那你家里人呢？你父母、你爷爷奶奶，他们也讨厌小孩？！"

他也有点认真了，静了片刻反过来问她："为什么我们不能要小孩？即使孩子听力有问题，也能过得很快乐。"

"快乐？！"她终于动了气，"你根本不知道听不见是什么感觉，到时候他会恨我们把他生下来！"

"别跟我来这套，"他并不退让，"你也一样不知道所谓的听力正常是什么感觉，别告诉我哪个好、哪个坏！我们的孩子会继承我的乐观自大，他会过得非常快乐，会感谢我们把他带到这世上！"

她说不过他，突然觉得这场争论很可笑，果断打断他："我们相处不过几个月，讨论生孩子的问题是不是早了点？"

"就是啊，"他装模作样地想，"刚才是谁先提起来的？"

好像是她。

她愣在那里，不知道这对话再怎么进行下去，最后还是顾乐为慌兮兮地说他赶时间，来不及了、来不及了，对她道了声再见，就把电话挂断了。

司南仍然拿着手机，静默在那里。她回想刚才的对话，有些奇怪又有些莫名，好像无论多么严肃的话题，顾乐为总有办法把她引到歪道上去。她突然害怕自己语义不清，让简单完好的他，也陷进这摊纷繁错杂的关系里。

她不禁想起从前，陆玺文几次来天庭，跟她也算是打过不少照面儿，但程致研从来没有要将她引荐给母亲的意思。她也知道两者情况不同，很难拿来做比较，但有一点却是千真万确的，她与顾乐为从相识到在一起，一切都是那么平和而顺遂，就好像他把一份完整无缺的感情，扎上缎带，放在托盘上，呈到她面前，她本可以欣然收下，然后他们便可以像无数普通的男女那样，在一起过上许多年。但现在全都不同了，她似乎不得不婉拒那份礼物，甚至干脆把它摔碎。

心里并非没有恨意，凭什么这么多年之后，那个人的一句话、一个动作，还是可以让她的天地瞬间翻覆？她不明白，但却无法改变。

—— // ∧ \\ ——

就好像是为了印证这句话，仅仅半个小时后，司南接到了程致研的电话。

他对她说，逸栈出了些事情，所以，他当天就要回上海，航班起飞时间是下午一点。

"好，"她回答，"其实，你根本不必向我交代。"

"司南……"他并未理会她半带嘲讽的语气，只是叫了一声她的名字，声音沉静。

她似是随口唔了一声，心却骤然柔软。

"我会把事情都处理好，你等我回来。"他这样对她说。

她不作声。

两人就那样静静相对，几秒钟之后，她才把电话挂断。

去机场之前，程致研又上山来看司南和默默，带来了一个大盒子，说是送给默默的礼物。小朋友迫不及待地拆开来，盒子里是一条浅粉色、长及足踝的小礼服裙，她一看到眼睛就亮起来，缠着司南帮她穿上，然后就满屋子地转圈疯跑，好让裙摆飞起来。

疯了一阵儿，她才静下来，跑到程致研跟前，对他说："我也有礼物送给你。"说完转身进自己房间，鼓捣了半天才出来，给他一张十六开的画纸，上面画的是两个野兽派的人，勉强看得出一个是妈妈，另一个是她自己，落款写着她的名字——司默。"司"字比较简单，她已经写得很像样了，"默"字太复杂，画得差不多有第一个字的两倍大，看着就好像两个字，"黑犬"。

"又拿你的黑狗字出来献丑。"司南笑她。

"但我已经很认真地写了呀！"默默鼓起腮帮，抗议道。

程致研趁机跟她套近乎，找了张纸，写下自己的名字，就像许多年前，他在莫干山上写给司南看一样，三个字写得胖胖的，变成六个字——禾呈至文石开。

而后他对默默说："你看，我们俩是一样的。"

"哇，你的名字好长啊！"默默赞叹道，转而又一本正经地对司南说，"妈妈你看，就应该是这样的。"

司南哭笑不得，又把"默"字写了一遍给她看。她怎么学都写不好，就生起气来，信誓旦旦地说再也不跟妈妈玩了，但话说了没五分钟，又贴过来腻在司南身上。

程致研在一旁看着，觉得心里也是暖的，临走问司南："你有没有默默小时候的照片，或者录像？"

当然是有的，这个年代的小朋友从出生到长大，许多时刻都被数字文件记载下来，重要的，不重要的。默默自然也不例外，从小到大，无数照片和录像。因为程致研还要赶飞机，时间不多，司南随便找了几张最近拍的照片，拷贝到他手机上，答应他之后会整理几张光碟给他。

程致研离开之后，司南一整天都和默默待在家里，趁默默睡午觉的那两个小时，又写了一点逸栈的考察报告，夜里加了几个钟头的班，总算把整个报告都完成了，发过去给司历勤过目。

星期一回公司上班，不出她的所料，司历勤对她跟逸栈谈定的条件十分满意，其中有几条原本只是放在那里当作谈判时回旋的余地的，却没想逸栈方面竟然也都同意了。他难得没有保留地表扬了司南一把，夸完了之后也没有跟着"但是""只不过"那样的转折句。

就这样又过了两天，都是极平常的日子，司南上班，默默上学。其间，程致研打过几个电话过来，并没说什么特别的事情，只是随便聊天，他问起默默，又说起从前一些琐碎的事——两人一起在天庭工作的日子，她在管家部当小学徒，花了许多工夫去记整理房间的注

—— // ∧ \\ ——

意事项，但总是会忘记检查靠枕和床单被套的纹路对不对，因为同一个原因，被他抓到过好几次。每次撞到他手里，他都不会简简单单地放过她，总要走整套程序，趁机教训教训她。弄得她都快有心理障碍了，只要一看到条纹状的图案，就算不是在酒店里，也总想要对一对。

"我看你就是故意的。"她对他说。

"是啊，你总算看出来了。"他笑着回答。

一周时间很快过去一半，程致研告诉她，逸栈的事情差不多都已经处理完了，不日就能返回香港。她注意到他用了"回"这个字，就好像这里才是他的家。她想要提醒他这个错误，却没找到合适的机会提出来。

星期三下午，司南趁下午茶时间去幼儿园接默默放学，牵着她的手在路边等出租车。

"妈妈，今天我们演木偶剧啦……"默默兴奋地喋喋不休。

司南开始在听，很快就走神了，目光落到马路对面的一个人身上，尽管多年未见，但她知道自己不会认错。

那个人是沈拓。

五年前，两人在天庭酒店做了差不多八个月的同事，同期的培训生当中，她们的关系算是比较亲近的。司南还清楚地记得沈拓从前的样子，五官无可挑剔，身材纤瘦高挑，头发很漂亮，长及肩胛骨下，如果非要说出个缺点来，那就是稍嫌瘦了一点，还有就是很少笑。如果说司南给人的感觉是活跃的、亲切柔丽的，沈拓就恰好相反，有点冷，也有点木讷。五年之后，两人都年岁渐长，沈拓倒比二十出头的时候更漂亮了，头发剪短了几寸，刚刚及肩，从发型到穿着打扮，都比从前精致了许多，最为不同的是，她整个人的轮廓似乎都柔和了下来，只有眉目间的神色还透着一股子不安定。

那是一条四车道的小马路，两人之间隔着不过数米距离，面面相觑。司南牵着默默，在原地没动，沈拓也没有要走过来叙叙旧的意思，既不笑也不说话，似乎仅仅站在那里就已经足够了。她身上穿的是一件黑白镶拼的A字形的连衣裙，型廓宽松，垂顺的质料下面，腹部明显隆起。她怀孕了。

司南表现得很平静，心却在狂跳。有那么几秒钟，她甚至忘记了呼吸，那种随之而来的窒息之感，在喉咙和鼻腔里引起一阵生生的疼痛，就好像是溺水一般。

不多时，出租车来了，停在她和默默面前。

司机见她发呆，探过头来问："太太，你到底要不要车？"

她愣了一愣，才开了车门，让默默上车。等到两个人在车上坐定，再看对面路口，沈拓已经不在那里了。默默熟门熟路地对司机报了家里的地址，车子驶上去中半山的路，司南木然坐在那里，也不知该做何感想。

直到默默晃着她的手对她说："妈妈，你可不可以不要抓得这么紧，我的手都痛了。"

司南如梦初醒，随口唔了一声，总算松开了手，自觉手心里腻腻的一层冷汗。

"妈妈、妈妈，刚才你看到没有？"默默坐在她身边，大惊小怪地问她。

"看到什么？"她反问，声音还是虚的。

"马路对面那个女的不知道吃了什么，肚子那么大、那么大……"默默描述不出来，只能两只手圈在身前，比画着给她看。

"那个阿姨是怀孕了。"她解释给默默听。

"什么是怀孕？"默默问。

"怀孕就是说有个小宝宝住在她肚子里。"她回答。

"那小宝宝什么时候能出来？是男孩还是女孩？"小姑娘又牵扯出一连串的问题来。

"现在还不知道，等生出来才知道，或者可以去问医生。"司南一一作答，心情也渐渐平复，几乎有点崇拜自己了，竟然可以这般平静。

"我是不是也在你肚子里住过？"默默又问。

"对啊，住过很久呢。"她伸手抱紧了默默，叹息般地回答。

那个钟点，道路顺畅，出租车很快开到家门口。司南付了车费，带默默下车，把孩子交到保姆手上，就准备回公司去上班，临走看到起居室的写字台上放着的几张光碟，里面都是默默从小到大的照片和视频，她这几天抽空整理出来，准备给程致研的。

刻录那几张光碟的时候，她的心情难以描摹，此时再看到，却是截然不同的了。她知道自己不该胡思乱想，也没必要埋怨，仔细回忆起来，他并未给过她任何承诺，反过来说，她也是一样的。慢慢的，她觉得自己想通了，分别的五年，他们各自经历了那么多事，遇到那么多的人，也曾和别人走在一起，彼此都和从前不同了，一切都不可能，也不应该再回到原点了。

她把光碟装进包里，离开家，坐车回公司。一进办公室，便看到电话机上显示有一条未接来电，是司历勤的秘书打来的。司历勤每次通过秘书找她，都是因为公事，她立刻拨回去。果不其然，就在她溜出去接小孩的那半个钟头里，司历勤也不知为什么，突然想起来要找她谈话，秘书打她分机没找到她。司历勤还有个别的会要开，已经进会议室了。

司南没敢再擅离职守，一直等到快七点了，司历勤的那个会才算开完了。秘书打电话过来叫她上去面圣，她即刻就去了。

可能是方才那个会开得并不顺利，司历勤看起来心情不怎么样，看见司南进去也不招呼，仍旧低头对着电脑写信，直到听见司南解释，刚才是去接默默了，脸上的表情才活泛了一些。

"默默这几天身体好不好？"司历勤没抬头，随口问道。

"还行，换季总有点咳嗽。"司南回答。

司历勤嗯了一声，又陷入沉默，直到那封信写完，才又抬起头来，看着司南问："逸栈的事情，你听说了没有？打算怎么办？"

司南毫无准备，被问得一头雾水。来司历勤办公室之前，她就猜到，他找她八成是为了逸栈的那个项目，以为有什么新的指示，却丝毫不知他这一问是为何而发的。

司历勤看她一脸迷茫，似乎并不意外，站起来踱了几步，慢慢对她说："你还记不记得我跟你说过做投资最重要的是什么？"

司南点点头，有些无可奈何。自从她入行那一天开始，那句话就听过无数次了，倒着都能背下来。

"最重要的不是知道怎么做生意，而是要看得懂人。"司历勤无视她表情，自问自答，"无论何种情况，都不要让私人情绪影响了你的判断。"

司南不作声，等他说下去。

司历勤却还是一贯的作风，根本无暇跟她解释逸栈到底出了什么事，吩咐她自己去整明白。

"项目协议先暂时hold一下，你去搞清楚状况再继续。"他这么对司南说，"如果他们股权争议搞不定，历星也只能退出了。"

从司历勤的办公室出来，司南自以为已经猜到了一二——程致研应该是跟沈拓提出离婚了，因为离婚析产产生了股权争议。

但她不明白的是，按照沈拓现在的身体状况，如果不是自愿达成协议，国内的法院应该不会受理男方提出的离婚申请。今天下午，两人在幼儿园门口遇到，总不可能是个巧合吧。沈拓的态度不言自明，似乎就是要让她明白，离婚是不可能的，至于其他，你们自己看着办吧。不得不说沈拓做得非常高段，不吵不闹，不急躁、不失态，就达到了目的。

而这个当口，逸栈的第二轮融资又恰好进行到最关键的时候，几个新分栈的筹备工作已经开始，正等着资金一到位，工程就开始。此时闹出这么一出戏来，实在不是明智之举。

除此之外，司历勤说的另一句话也让司南颇为触动——"无论何种情况，都不要让私人情绪影响了你的判断"，难道他已经知道了她和程致研之间的那段渊源了吗？答案恐怕是肯定的。

—— // ∧ \\ ——

第12章

也是在那个礼拜，程致研又飞抵香港。

事情的发展出乎所有人的意料，他也知道此时留在上海或许更为明智，还有许多选择和决定等着他去做，却还是忍不住回到这里，只因为司南和默默也在此地，他来了，便可以离她们更近一点。

刚下飞机不久，他就接到吴世杰的电话。吴世杰告诉他，沈拓当天上午也飞去香港了。他只能回答，他会尽快回去解决剩下的事，不在上海的那几天，也只有请吴妈多担待些了。

程致研不知道沈拓来香港是为了什么，过去的几天里，她所做的事说的话，已远远超出了他曾经对她的认识。在他眼中，沈拓一直就是一个安安静静的女人，工作努力，有时有些过分认真，以至于与人相处时总有些生硬。但撇开这些不说，不论是从前在天庭，还是后来为逸栈工作，抑或是他们共同生活的那几个月，她在他面前，似乎永远是毫无保留的。

过去的几年里，她工作得也很辛苦，有段时间，一把一把地掉头发，对他却仍旧是无微不至的。每有新项目开工，从各个城市到逸栈工地，一般都要开两三个小时的车，最后那一段总是山路。不管她在哪里，总是挂念着他，却又不敢打手机，怕打扰了他开车。她会直接打到工地上，一次又一次地问："程先生是不是已经到了？"

即使是后来，程致研知道沈拓外面有了别人，这种习惯仍旧继续着。也正是因为念及以往的种种，他没有责怪过她。她求他原谅，给她一点时间，不要离开她，他也答应了。不管怎么说，这件事上他也有责任，全副精神都扑在逸栈上，两个人真正在一起的日子一只手就能数过来。

那之后，他们许久不住在一起，但在人前还是戴着结婚戒指，和平相处，在公事上甚至比真正的恩爱夫妻更默契些。他不知道这种暂时的平衡状态能维持多久，但却始终相信，他和沈拓终究是会好聚好散的。

直到一周前，他从香港飞回上海，收拾沈拓留下的那一摊公关部招投标的事情——公开道歉，并且刊登启事，取消之前中标的Brilliance Associates LLC博联公关公司的投标资格，将逸栈次年的公关营销合同签给了报价最优的另一家公司。

原本只是例行公事的程序，但因为牵涉其中的当事人是沈拓，程致研身上也顶着不小的压力。

吴世杰告诉他，被人举报之后，沈拓仍试图把事情压下去，并且坚持把合同签给博联公关，后来实在压不住了，索性撂挑子不管，再也没在公司出现过。

事情告一段落之后，程致研去找沈拓。半年以来第一次回到他们那个所谓的家，那是位于徐汇南外滩的一间公寓，房子是租的，他还是从前的习惯，不愿意置业，把自己绑在一个地方。除了逸栈，他唯一真正拥有的不动产就是镜湖苑那栋小房子，始终空关着，难得去一次。本想把沈拓约到外面去谈，但因为是那样的话题，总觉得要找个不受打扰的地方，想来想去还是"家里"更合适一些。

过去之前，他给她打了电话，以免撞到不该撞到的场面。

"那我等你。"她回答，语气和顺依旧，不明就里的人根本想不到他们之间是那样疏远的关系。

程致研到的时候已经是夜里了，沈拓坐在客厅沙发上等他，身上穿得很齐整，化了淡妆，像是准备要出门。

"你有事要出去？"程致研问她。两人不在一起久了，他也不清楚她的作息习惯。

"我在等你。"她回答，"我不想你跟我说分手的时候，穿得太随便了。"

她不笨，都猜到了。

他以为会很艰难，就像他第一次跟她说分手的时候那样，却没想到会这么容易。她很平静地听他说完，然后说她不同意。

"我怀孕了，你知道的。"她对他说。

两个月之前，他就知道了。他们不在一起已经有大半年，两人都很清楚，小孩不是他的，她说过她会解决掉，却没想到一直留到现在。

随后事情的发展是程致研完全没想到的，一开始他尚不觉得会有多大的麻烦，因为小孩肯定不是他的，真的闹到撕破脸的地步，一个亲子鉴定就什么都解决了。但结果却全然不是这样简单，那个时候，沈拓怀孕四个多月，要验DNA就得做羊水穿刺，几天就可以出结果。但沈拓却以胎盘低置，怀孕七十天时有过先兆流产现象，担心再做穿刺会损害胎儿健康为理由，拒绝做穿刺取样。

正常情况下，当民事诉讼一方拒绝配合取证，就要承担不利于己方推定成立的后果。但这一条关于证据收集的规定却没办法帮到程致研，他之前为了保全沈拓的面子而做的那些表面功夫，突然之间就成了他们离婚的最大障碍，沈拓很容易就能找到无数人证，证明他们两个关系良好，甚至都没吵过架，在逸栈的经营管理上一向夫唱妇随，合作顺畅。从旁观者角度看起来，程致研主张沈拓有外遇，肚子里的孩子不是他的，似乎是毫无道理的。

见过几次律师之后，程致研发现自己陷入被动，他其实并不真的明白沈拓想要做什么，她拒绝做亲子鉴定的理由只是暂时的，等孩子生下来，总会真相大白的，但她似乎就是执意要拖着他，把事情闹大。既然已经闹到这一步了，两人之间也没有什么回旋的余地了，她的目的无非就是为了钱吧。

恰恰是这一点，沈拓捉到了他的软肋。程致研拖不起，既是因为司南和默默，而且逸栈也是原因之一。

仅仅几天前，人们提到逸栈，还是说"业绩卓著，发展迅速，短短三年就已经开了二十家分栈"，现在却成了"盲目扩张，经营策略太过急进"，原本的光辉成绩和优势条件，一时间都变成了劣势。

圈子里甚至已经有些传言，说他们之所以突然放低姿态与历星合作，其实就是因为有了资金缺口，而且逸栈内部早就知道会因为执行董事离婚析产引发股权争议，于是就想早早拖几个投资人下水，等钱一到手，即使金主明白过来，再想退出就没那么容易了，正在进行的工程便可顺利继续，不会有资金链断裂之虞，却没想到提前事发，投资协议还没签，钱也还没到手，执董离婚的消息却已经爆出来了。

所谓事业、所谓金钱，程致研始终不是看得很重，但逸栈不一样，这是他有生以来第一次做成一件真正值得一说的事，最初创建逸栈的念头始于一段他珍视的回忆，对于他来说具有非同一般的意义。

而且，即使他本身愿意放弃，公司还有其他股东，除吴世杰、陆玺文外，其他几个人也都是与他合作愉快、关系良好的朋友，因为他的个人原因造成他们的损失，是他最不希望看到的情况。

他打电话给沈拓，问她："你要什么？"

"那要看你能给我什么了。"沈拓回答，声音木木的，听起来和平常有些不一样。

尽管早有心理准备，但程致研还是觉得有些意外，看来沈拓真的是想把他逼到退无可退，再来跟他讨价还价，目的不过就是捞一笔好处走人。他不禁想起多年来彼此间的信任，突然觉得原本就是毫无根基的，到头来落到这个地步，似乎也不奇怪。

他沉吟片刻，说了一个数字。对于一年零三个月的婚姻来说，这笔钱并不算少，沈拓应该也很清楚，他并不是想随手打发了她。那是他手头所有现钞，以及能够立刻变现的财产的总和，他绝大部分的钱都投在逸栈上面，所以一时三刻能拿出来的也就只有这些了。

沈拓并未立刻答复，说要去咨询一下律师，再给他回音，紧接着便把电话挂断了。

程致研听她全然是公事公办的口吻，便知道事情没有那么容易解决。果不出其所料，他第二天就收到她委托律师拟的析产协议，条目很简单，根本没有涉及他私人名下的零碎财产，只是提出要他在逸栈所有股权的一半，否则一切免谈。

这个条件，他之前也猜到了，但总想着她不会做这么绝，因为转让股权需要经过其他股东同意，按照眼下的情势，她这样提出来就等于是谈无可谈了。

吴世杰作为逸栈的另一个大股东，对她一向就无好感。陆玺文也是一样，除了在他们刚结婚时，见过几面，送了些首饰给她外，两人根本没打过几次交道，现在突然狮子大开口，以陆的性格绝对不会让她如愿。至于其他董事和股东，或许曾经还对她心存信任和尊重，但经过这次公关合同招投标的乌龙事件，也一定是全然改观了。程致研是逸栈的控股股东，他手上所有股权的一半也不是一个小数目，如果真的给了沈拓，她就将一跃成为大股东之一。那些原本就对她有意见的股东根本不可能同意这一提议，但真要折现给她，也没人能一下子拿出这么一笔钱来，最终结果很可能就是一直拖着，拖到拖不起的人认输为止。

程致研的律师看过那份协议之后，一语道出天机："她明知不可能，还这样提出来，要么就是不想离，要么就是疯了。"

吴世杰也在一旁，立刻接口道："可千万别是疯了，否则更离不了了。"

程致研听着觉得刺耳，他身边的人尚且有那么多非议，外面的流言蜚语更不知会多到什么样的地步，沈拓在公关这一行也算是扎扎实实地做了三五年了，各路媒体颇有一些口舌和耳目，她要是想散布点什么消息，他也没有十分把握能把影响降至最低。

而重中之重的是，他不是一个人，还有更重要的东西要去保护，他最不希望看到的就是司南和默默被牵扯进这件污糟的官司里，受到任何伤害。他也不能确定，沈拓是否知道默默的存在，却有一种莫名的预感，也正是这预感促使他抛下悬而未决的离婚诉讼，临时决定飞去香港。

离开机场之后，程致研给沈拓打了个电话，铃一直在响，但始终无人接听。

他挂断电话，在机场租了一辆车，去中半山找司南，按过门铃之后，却是保姆出来开的门。那个四十多岁的广东女人还认识程致研，告诉他大小两个东家都不在，司南是加班还没回来，默默则是被外婆接走了，今晚不会回来住。

—— // 人 \\ ——

程致研又打电话给司南，得到的回答也差不多。她正在公司开会，身边应该还有其他人，说话极其简略。

"我现在过去找你。"他对她说。

"不行，"她一口回绝，找了个僻静的地方继续说下去，"你现在过来历星不合适，在我家等吧。"

果不其然，消息已经传到这里了，她突然加班开会，应该也是因为逸栈投资项目的变故。

还有人等着她回去做事，她没再多说什么，就把电话挂了。从她的声音里，程致研听不出她的态度，只知道自己有一种从未有过的坚决，无论她是否愿意与他重新开始，无论付出多大代价，都不能继续这样错下去了。

他没进屋，坐在车里又等了一个多钟头，才等到司南回来。她带他进去，让他在客厅坐，跟他说了说历星几个合伙人现在的意思。和他之前料想的一样，眼下关于逸栈的流言越来越多，越传越离谱，她不得不花更多力气去说服她的顶头上司，乃至司历勤，这个项目还有继续做下去的价值。

程致研打断她的话，看着她说："这些都不重要，没有什么是不可以放弃的。"

"你可别以为是为了你，这本来就是我的项目，我也不想半途而废。"她笑答，说完就从手提包里拿了几张光碟出来给他。

"这是什么？"他问。

"答应过你的东西。"她回答，把光碟放进电脑光驱，打开来给他看。

里面都是默默从小到大的照片和视频，从她出生的那一刻开始——小小皱皱的脸，只睁着一只眼睛，裹着粉色褓襁，被一个穿蓝制服的助产士抱着交到司南手里。那个时候，司南也还躺在产床上，苍白疲惫，脸上的表情好像在笑又有点像哭。

接下去的那些便是默默第一次翻身，第一次在地上爬，从蹒跚学步到满屋子地疯跑，然后又学会了骑自行车……

小姑娘有一辆粉色的小自行车，现在已经可以拆掉后轮左右两侧的小轮子，骑得又快又稳。她骑车时也戴玫红色的安全头盔，脑袋后面写着Very Cute Indeed，就跟司南从前那一顶一模一样。

司南一边翻着那些照片，一边跟他说这些年的事，都是极琐碎的回忆，她们住的地方，她的工作，还有默默说过的话，做过的傻事。

程致研听着看着，心里积累起一层又一层的疼痛，只因为没能陪在她们身旁。他难以想象，如果那些时刻他们在一起，会是怎样的情形，或许他的一生中曾经的遗憾和孤独都可以被弥补，一切受过的伤都会愈合，被所有关于新生命的记忆铺满，就像新雪落下来，一层层掩盖城市，然后那些陈旧和脏污便会慢慢被遗忘。

还有一段视频，是才过去不久的那个夏天拍的——她们去海滩游泳，司南往默默身上涂防晒油，像搓面粉团子似的揉她的胳膊和腿儿。他曾经见过的那个医生男友抱着默默下海，一个浪头过来，小东西呛了水，大声哭起来。司南赶紧跑过去哄她，到底是小孩子，转眼又笑了，笑得像个男孩，爽朗而肆意。

程致研也跟着静静地笑，笑着笑着就觉得有东西扑簌簌落在手背上，许久才反应过来，是自己的眼泪。他其实是个很吃硬的人，从记事起落泪的次数一只手就能数过来，成年之后更是从来都没有过。

"你干吗哭啊？"司南笑他。

他突然就伸手抱紧了她，这么多年之后的第一次，实实在在把她拥在怀里，尽管有许多次，他在梦里这么做过。

— // ∧ \\ —

她没有动，身体有些僵硬，却任由他抱着，嘴里絮絮地说："从前，我以为感情的事就是世间最大的了，只有你可以让我快乐，或者不快乐，生下默默之后，才知道世界上重要的事情太多太多了……"

这句话让他心头泛起一层凉，立时打断她道："如果不重要，你为什么还要管逸栈的事？"

她嗤笑了一声，玩笑道："我的确不该管，甚至根本就不应该入这一行，在我爸手底下日子太难混了。"

"那为什么要在历星，既然做得这么辛苦？"他问她。

她收起了笑容，沉默许久，似乎颤抖了一下，眼泪终于涌出来，声音微不可闻："我想只要我还在历星，你总有一天会找到我。"

他的泪也跟着落下来，沾湿了她的衣襟，却含着笑艰难地说："你看，我这不是找到你了？"

直至深夜，他的手机突然响了，屏幕上显示的是沈拓的手机号码。他接起来，电话那头传来的却是一个男人的声音，用带着典型南粤口音的英文问他，是否认识这部电话的机主？

他有种不好的预感，与司南对视，犹豫了一下方才回答："是，机主是我妻子。"

"她现在人在医院，你是否方便过来？"男人问，没有等他回答，就报了医院的地址和急诊室医生的名字。

电话挂断，他把情况告诉司南。

"你去吧，"司南道，"不管怎么说，你都应该去一次。"

程致研看着她，点点头，相信在经历这一切之后，再不会有什么东西横亘在他们之间。他与她道别，离开中半山住宅区，驱车赶去医院。医生并未在电话上详细说明沈拓的情况，他在路上就已经做好了最坏的打算，进急诊室之后却发现情况并不像他想象的那样。

他到的时候，沈拓已经苏醒，正在急诊病房输液。护士带他进去看她，她仰面躺在床上不动，甚至没看他一眼，也不说话。最后还是医生告诉他，病人在酒店突然晕倒，被送进了医院，诊断是妊娠反应严重，长时间不能正常饮食才造成的昏厥。

程致研想等医生护士离开，再跟沈拓好好谈一次，却没想到急诊医生把他叫到病房外面，说产科医生还有话要跟他说。

产科医生是个年轻女人，很瘦，说话冷淡："病人主诉怀孕四个半月，入院时为了确认胎儿状况做了超声波检查。"

程致研不明白为什么要跟他说这些，只能静静听着。

"……胎儿一侧脑室内无回声波，颅骨线和脊柱也有异常……"产科医生继续说下去，许多术语。

他并不真的懂，只知道沈拓肚子里的孩子已确诊有脑积水，情况很不乐观，医生的建议是尽早终止妊娠，拖的时间长了对孕妇的身体无益。

"她知道了吗？"他问。

"检查之后就跟病人说了，她没反应，就那样躺着一直到现在。"产科医生回答。

医生离开后，程致研走进病房。那是一间四个床位的大屋子，虽然已是凌晨，仍旧灯光白亮，沈拓躺在最里面的一张床上，只有一块布帘把她跟旁边床位的人隔开来。

他过去站在床尾，她正对着他，睁着眼睛，却好像没看到他。

他觉得她很可怜，也不知道该说些什么，只能对她说："我问过医生，明天一早就可以换到产科病房。"

"不用了，"她似乎回过神来，"输液输完了就可以出院了，不用转去产科。"

—— // ∧ \\ ——

· 271 ·

他明白她的意思——这个孩子她还要继续留下去，静了片刻才又开口问她："你这样做有意义吗？只为了跟我过不去？"

她终于抬起头来看他，看了很久，突然就笑了："你不用来跟我说什么意义，我做的很多事都是没意义的，你走吧，这个小孩你不用管，至于离婚协议，你去跟律师谈。"

她说得有道理，他举起手碰了碰床位的金属栏杆，终于还是转身走了，心里却是五味杂陈。他原本就知道，沈拓是在赌，而现在她摆在台面上的赌注比之前更重。按照医生的说法，小孩肯定不能活到足月，而月份越大，引产的风险就必定越大，即使孩子真的能活着出生，也是严重残疾，到时候付出的代价可能更大。

他不禁去想，如果他们没有结婚，事情就不会坏到现在这个地步，或者把时间的起点继续往前推，五年前，如果他没有遇到沈拓，现在的她会不会过得快乐一点。

第
13
章

随后的那几天，司南都在忙碌中度过，先是与程致研一起准备了许多数据，把原本那份考察报告扩充得更加扎实，然后就是车轮战似的开会，企图说服历星内部那几个老板，以及与这个项目相关的其他投资人。毕竟都是生意场上资深老到的人物，所有人都相信逸栈眼下的经营状况良好，也看好它的前景，但仅潜在诉讼风险这一项，就足够让他们捂紧腰包，望而却步。

除了历星之外，曾经蜂拥而上想在逸栈第二轮融资中分一杯羹的投资人此时的心态也都差不多，一个个都想暂时观望一下，看看事态发展的方向再做决定。在这些旁观者眼中，历星的态度十分关键，因为历星已经在这个项目上投入了一些人力、物力，也对逸栈做过实地调查，旁人总以为他们对此次风波的内情有更深的了解，如果历星决定继续，就会有更多人对逸栈重拾信心，如果历星退出，保不准就有更多人落井下石。

司南自然也很清楚其中的利害关系，到最后不得已只能开口向司历勤求助。

司历勤颇有耐心地听她说完，却并未立刻答复，只是淡淡道：

"你入行这几年，头一次看到你对一个项目这么上心，上次跟你说的话，看来你还是没有听进去。"

司南不想跟他再绕圈子，直截了当地问："你是不是都知道了？"

司历勤沉默片刻，才嗯了一声："一眼就能看出来，默默跟他长得很像，而且你们曾经在天庭共事。"

尽管早有准备，司南还是愣了一愣，不知道司历勤心里究竟做何打算，她字斟句酌地解释："过去的事情我们俩都有责任，你不要对他这个人有什么成见，影响对逸栈的投资决策。"

整个历星上下，或许也只有她敢这么对司历勤讲话。司历勤倒笑了，反过来问她："呵呵，这么快就把这句话还给我了？"

"在商言商罢了。"司南回答。

司历勤却还是那句话："既然我对你这样要求，我自己必定会做到。眼下的决定的确是出于对潜在诉讼风险的顾忌，并非我个人的好恶。你不如去找查尔斯，他是酒店圈子里说话有些分量的人物，如果W表示要领投，或许就有人会跟着赌一把，相信效果绝不会比历星差。"

司南知道她老爸的脾气，话说到这份上已经到底了，再多说无益，而且找查尔斯帮忙未必不是一条出路。她回到自己的办公室，就打电话给她师父。电话是查尔斯的秘书接的，说老板正在开会。司南只能留下口信，又埋头苦干。

入夜，大堂前台打电话上来，说楼下有人找她。她第一反应以为是查尔斯到了，有些奇怪为什么不直接上来，查尔斯对这栋楼是熟门熟路的，有这里的通行卡，且是二十四小时进出自由。直到前台把电话交到访客的手上，她才知道在楼下等她的那个人竟是顾乐为。

"是我。"他自信不用自报家门，只对她说了简简单单两个字。

她心中一动，不知道他为什么突然来找她。自她与程致研返回香港的第二天，顾乐为给她打过一个电话，请她去和他父母饮茶，那之后他们已经整整两周没联系过了。眼下的情况，司南不知道该如何向他解释，他似乎也猜到了几分，给她时间，没有主动找过她。她心里感激他这样做，却也很清楚，凭他们之间的交情，不可能就这样不言不语、不清不楚地散了。

"去四层天台等我好吗？我马上就下来。"她想了想，这样对他说。

"好。"他回答。

四层天台正对着维多利亚港，白天是一个露天茶座，入夜风很大，已经没人了。此时已是十月，即使是在香港，夜里也有了几分凉意，司南只穿了衬衣半裙，不禁抱紧了双臂。顾乐为见她这样，脱下身上的米色风衣，不由分说地把她裹在里面。风衣的衬里还带着一些他的体温，她来不及推辞，那温度便已将她裹挟。她看见他里面穿的竟是手术间的蓝色制服，像是匆匆赶来的，一时间还以为出了什么大事，等到他开口，却是完全不相干的话。

"你回香港那天，我去机场等你了。"他对她说，听起来有些突兀。

她有些意外，不知道怎么接口，只能等他说下去。

"我看到你们了，那个就是默默的爸爸吧？"顾乐为问她，语气倒还是很轻松的。

司南根本没想到事情会是这样的，她以为他即使知道了，也会装作不知道，把难题留给她，等她艰难地开口，却没料到他这样爽快地把事情点破了。

她心里难过，却又有种奇异的轻松，对他点了点头，许久才问："后来你就一个人走了？为什么不叫我？"

"我也不知道，挺傻的吧？"他望着对岸笑。

"那现在为什么又来了？"她又轻声问他。

"我不想继续胡思乱想，弄得我什么事都做不了。"他转过头，看着她说，"也不想让你瞎猜，你有瞎猜吧？告诉我你有。"

"瞎不瞎猜有什么关系吗？"她觉得他这话说得有些莫名其妙。

"只有当你真的爱上一个人之后，才会为他瞎想。"他回答。

她没有，她不得不承认。

过去的两个礼拜，她的全副心思都在别的地方，也不是没有想到过他，但从来没有瞎猜过什么。她曾以为这是因为他们之间的关系简单，直来直去，彼此信任，却没想到还有这个缘故。

她看着他，试图整理出一个合适的句子。

"行了，"他打断她的思路，"你不用说出来，我都知道了。"

"你知道什么？"她讨厌人家不让她把话说完。

"别对我说'你太好了，我配不上你'，真的，别说那种废话。"他深呼吸一次，努力让自己的语气保持轻松，"也别对我说什么你听不见，你跟别人不一样，你知道我从来就不在乎你是不是聋子……"

她一时骇然，从小到大，在背后嘲笑她的人或许不计其数，但是还从来没有人在她面前说过她是聋子。气愤过后，她方才意识到或许顾乐为才是唯一一个完全不对她另眼相看的人。她一直就在找这样一个人，但他出现得太迟了，感情的事从来就不是公平的，仅仅是五年的时光沉淀，仅仅是因为默默，便可叫她心里的天平彻底偏向另一边。

"……离开我是你这辈子最失败的决定，"顾乐为继续说下去，渐渐不能自制，一次次地问她，"为什么不相信你能重新开始？为什么不相信你能在别的地方得到幸福？……"

她看不得他这个样子，伸手拥抱他，试图安抚他。他几乎立刻就将她紧紧拥在怀中，胸腔剧烈起伏，许久才慢慢平复，环着她身体的双臂也渐渐放松。

临走之前，他对她说："我想最后去看一次默默。"

她想到过去那个夏天，他们三个人在一起的点滴，眼眶又热了，点点头回答："你随时都能来找我们，不管怎么说我们总还是朋友，不是吗？"

顾乐为摇头："没必要，我想我做不到。最后一次吧，我带你们去米埔看鸟。"

"好。"尽管艰难，她还是答应了。

"就下个周末好不好？我去报名。"他低头查看手机上的月历，好像只是定下一个普普通通的约会。

她配合得也很好，脱掉风衣还给他，嘴上说着："我们还没去过米埔，默默一定很开心。"

顾乐为看着她点头，有那么一瞬，她以为他又会像方才那样拥抱她，但终于只是走近一步，在她唇边印上一个轻浅的吻，接过风衣就转身走了。

司南从天台下到底层，又去办公区大堂坐电梯。

经过前台时，值班保安看到她，唤了声"司小姐"，问："方才又有个访客找你，我说你不在办公室，不方便让她上去，让她去四层露天茶座找你，不知她找到你没有？……"

司南刚刚哭过，怕被他看出来，也没多想，就随便点了点头，直接进了电梯。电梯轿厢里迎面就是一整面镜子，她冷不丁看到自己的脸，神色疲惫，却很平静，不至于让人看出什么不妥来，或许是室内空气干冷的缘故，颊边残留的泪早已经干了，几乎了然无痕。

当天夜里，司南就告诉程致研，司历勤让他们去找查尔斯。这条路程致研也不是没想过，但终究顾忌着陆玺文的感受，她觊觎W多年，曾经花了这么多年的工夫，却又在自以为接近成功的时候遭遇那场变故，这件事她绝对不会忘记，很可能这辈子都过不去。但事到如今，他别无选择，只能去试一试，作为一条退路。

第二天下午，两人过海去W总部找查尔斯，正巧赶上一场告别派对，查尔斯拉他们俩去凑热闹。派对办在员工餐厅，不奢华却很热闹，墙上的投影幕滚动放着许多照片，其中有不少是十几二十年前的旧照。程致研离开W已有好多年，原以为主角是不相干的人，去了之后才发现照片上频频出现的人竟然是罗杰，也就是五年前上海天庭酒店的第一任总经理，那个倒霉的铩羽而归的花哨老头儿。

自从被集团总部下调令从天庭撵走之后，罗杰一直在香港的W酒店里当一个不高不低的闲职，一把年纪了再转投别家也不容易，难得他能忍，就这样混到退休，也算是落得个功德圆满。W易主之后，他对新任的董事会、管理层及其经营策略始终颇有微词，但只是嘴上说说，也没人搭理他，这天难得见到程致研这个故人，自然又生出许多感慨。

司南入职时，罗杰早已卸任离开上海，不认识这个老头儿，罗杰也不知道她是何许人也，当着她的面就不停地说，眼下董事会那帮人到底脱不了乡土气，最近竟然在云域岛和澳大利亚莲达文岛搞什么亲子游团购，真是不入流。

司南在一旁听得好笑，觉得此人就跟个前朝遗老似的，程致研在中间打圆场，随口问起过去的旧同事。

老人都是喜欢说旧事的，罗杰也不例外，ABCD一个一个地数叨过来，A去了印度，B留在中国，从上海到了苏州，C转行在北京专做餐饮，似乎整个世界的中心都在往东移，甚至还说到了老东家——沃尔登家的两位公子，这两位这些年过得也不顺遂，原本还想另起炉灶做个什么买卖，无奈眼光不好，运气不佳，投进去的钱不算少，却一直没有多少产出，现在也彻底歇脚了，就靠着信托基金的孳息过日子，赶上美股跌得厉害的时候，怕是连基金净值也不敢查。

最后，老罗又说起一个人名，这个人倒是司南和程致研都认识的——上海天庭的前任公关部总监关博远。

四年前，关博远离开天庭之后，便回到香港，注册了一家专营公关和市场营销的公司，本打算大干一场，只可惜能力有限，在大机构也许尚能混混日子，但要在形势不断变换的公关行业中独当一面还是很吃力的，再加上离开W之后，对小公司的环境又不太适应，心理落差太大，生意也一直很惨淡。

程致研听罗杰说完，不禁心中一动，问："关的公司叫什么名字？"

"Brilliance Associates LLC，中文名字仿佛是博联公关。"罗杰回答。

对这个名字，程致研一点都不陌生。不久之前，沈拓在招投标中作弊，最初中标的也就是这家博联公关，本来他以为这里面只有金钱交易，现在看起来很可能不只是这样。而且，罗杰的态度也让他有些意外，关博远本来是罗杰的一员爱将，过去无论怎么无能，老罗都是护犊子的，如今说起关总，却是一种事不关己的态度了。

程致研面子上未动声色，却着意问了一下博联公关的经营状况，以及关博远当初离开天庭，又下海单干的原因。

罗杰的态度耐人寻味，似乎是不齿于提起这个人，当年关博远离职之后，两人的交情似乎也就断了，只是因为关博远还在酒店圈子里混着，总想着要拉拢拉拢老关系户，弄点生意做做，这才隔三岔五地打过一些交道。程致研知道罗杰是很老派的人，对W那块招牌有种近乎宗教的信念，心目中的东家永远是詹姆斯·沃尔登，就连Draco和Kenneth也不十分买账。老罗对关博远态度的转变，很可能是因为关总干了什么对不起老东家的事情。

但沈拓在其中又扮演了什么样的角色呢？在他的记忆中，沈拓在天庭任职时，虽然是在公关部当差，但与关博远之间的交情并不算很好。关博远曾经几次在他面前说沈拓这个人不够伶俐，不适合做公关这一行，最好能把她调走了，换个别的更得力的人来指使。从另一方面说，沈拓对关博远这个上司似乎也没有什么好感，怎么会在五年之后，在逸栈招标时冒险帮博联公关改报价呢？

其中似有内情，但罗杰又是一副缄口不言的样子，此人也是老江湖了，如果他下定决心不说，任凭是谁也套不出什么来。

程致研无奈，只能祝老罗退休之后过得逍遥愉快，道别走了。

离开那个告别派对，查尔斯带程致研和司南去他的办公室，谈话的结果不出意料，W一直有意与逸栈合作，但眼下的股权争议也是他们最大的顾忌，毕竟逸栈还只是一个开业三年多的新买卖，而且组织结构也很简单，一旦股东或者管理层有什么变动，会对经营状况造成多大的影响，谁都没办法打包票。查尔斯表示可以在董事会内部尽量帮他们争取，但最终还是要看这场争议结果究竟如何。

从W总部出来，程致研决定再去找沈拓谈谈。方才与罗杰的那番对话，让他隐约看到一个机会，或许能够解开眼下逸栈的困境，甚至包括五年之前的某些谜题。

他不知道沈拓是否还留在香港，试着打她的手机，却很快就接通了。

"这么巧，我也正想找你。"沈拓一上来就是这么一句，而后极其简略地报了一家酒店的地址和房间号，让他过去找她，语气里没有怨怼，没有急躁，空空的，什么都没有。

程致研觉得她似乎有些不对，但还是去了，到了门口才记起来，那个房间就是七月份他来香港时住的那一间。那个时候，他们已有数月不在一起，他来香港出差，她却突然追来了。

他站在走廊里按铃，门很快就开了，沈拓站在门后，气色有些差，但打扮还是很齐整。

她示意他进去，请他在起居室的窗边坐下，为他倒茶，端到他面前，就像无数次做过的一样，然后问他："这几天很忙吧？但忙也忙得开心，是不是？"

他听出她话中带刺，这是从来没有过的，没开口作答，只等着看她到底要怎么样。

"从前来香港都住在这里，这次是不是住到中半山去了？"沈拓又问，仿佛是极随意的一个问题。

程致研自然明白她的意思，照实回答，他住在中环一家酒店里。

"为什么啊？"她问，"一家人团聚多好，为什么不住一起？"

"这与你无关。"他看着她，淡淡回答，心里却是一颤，她果然什么都知道。

"我没猜错，"沈拓望着他笑了笑，"她还是不相信你。"

"这也与你无关，"他对她说，"我来是跟你谈我们之间的事情。"

"我们之间的事什么时候谈都不迟，眼下只怕历星在做个更大的局给你跳，你怎么不想想这些事怎么都这么巧，偏偏赶上逸栈要做第二轮融资，她就出现了？孩子的事，瞒了你这么多年却突然告诉你？本来这么多投资人争着要进来，现在历星倒成了救世主一样，反过来要你去求他们，到底是怎么回事？你想过没有？……"她说下去，仿佛有理有据。

他静静地听着，似乎早料到她会这么说。她倒好像没想到他会是这种反应，渐渐地就有些急躁了。

— // 人 \\ —

·281·

"……她是不是答应要跟你在一起？是不是说历星会出手帮你？你知不知道她昨天晚上还跟别的男人在一起？……"

他点头，打断她："我知道。她没给过我任何承诺，我也从没指望可以这么简单就回到从前。"

她终于停下来，缄默。

他陪着她静了片刻，方才开口问："孩子的事情，关博远知道了没有？"

她猝然抬头，睁大眼睛看着他。她什么都跟他说了，但从没告诉过他，那个人是关博远。

"今天上午，我去了W总部，见了查尔斯。"程致研对沈拓说，"即使历星不做，W不做，总有人会接手，而且你也知道，我最在乎的从来不是这些。"

她不说话，似乎想弄明白，他是在诓骗她，还是真心劝她？

"你尽可以到处去说，我逼你堕胎、逼你离婚。我可以给你钱，如果你要，但有些事无可挽回了，别拿自己的身体当赌注，别拿孩子当赌注，"他继续说下去，循循问她，"是关博远要你这么做的，是不是？"

"别对我提那个名字，千万别提！"沈拓突然提高了声音，伸手按在隆起的小腹上，"一开始我假装他是你的，虽然知道不可能，但我就是一遍遍告诉自己，他是你的，说多了也就信了，或者说是我自己的，我一个人的，和谁都无关！"

他有些意外，她对关博远会是这样的态度，又似乎在意料之中。

她静了许久，好像忘了方才的失态，突然反过来问他："你信不信有一见钟情？"

他没直接回答，但是他信。

"知道我第一次看到你是在哪里吗？"她又问，而后自问自答，"是在大学南区食堂里，那时是大四下半学期，我已经拿到一家银行的offer，职位也是管理培训生，签了三方协议，还有几个月就要离校去报到了。但那天晚上，我去食堂吃饭，在电视上看到你了，就是这么巧，然后所有事情就都变了，最后变成这样。"

她对他笑，笑容惨淡，又像是自嘲，就好像在说：糟糕，怎么会变成这样？

从他们认识到现在，在程致研的印象中，沈拓始终是很硬气的。他看着她眼眶红起来，却一直没有落泪。她继续说下去，说那是一个很突然的决定，她又投了份简历，应征W天庭的管理培训生。

那年四月，她和司南同一天来到历峰大厦第七十九层面试，坐在前台接待区的沙发上，等着人事助理叫名字。两人在之前的测评环节中遇到过，虽然没被分在同一组，但多少有些面熟。

"你猜他们会问些什么？"司南主动跟她搭话。

"应该就是那些问题吧，你的长处、你的短处，为什么要应征这个职位？"几个月工作找下来，沈拓已是一个标准的面霸了。

"为什么要应征这个职位……"司南重复那个问题，而后笑着反问，"我能不能说是我爸逼我来的啊？……你会怎么回答？"

"那要看面试官是谁了。"沈拓回答。

"这还有什么讲究？"

"如果我运气好，碰到某个人，我会对他说'是因为你'。"她告诉司南那段渊源，自知只是开玩笑，如果真的有这样的运气，在面试中遇到他，与他面对面，她也不会有勇气说出这样的话。

一刻钟之后，她和司南先后被叫到名字，被领进两间相邻的面谈室。她进的那个房间是空的，又等了许久，面试官才姗姗来迟。果然，她的运气不够好，出现在她面前的是一个陌生男人，三十五岁上下，穿灰色牙签条三件套西服，刻意收腹，仍旧显得有些臃肿。

男人对她笑，用带着些许南粤口音的英文自我介绍：天庭公关部总监，关博远。

她暗暗笑自己傻，失望之余，心里倒也安定了，只想按照一贯套路完成面试，不管结果如何，走出这间屋子，就回到既定的路线上去。

但是，半个小时之后，面试结束，她从小房间里出来，迎面就看到一张熟悉的面孔。

沈拓暂时从回忆中抽身，看着程致研，又笑："你看，我的运气就是那么差，那是我们第一次面对面，你从我身边走过去，没有看到我。"

那次不期而遇之后，她回学校上课，自知表现平平，也不是真的想去天庭上班，但却有意无意地等着消息。面试时遇到的那个关总似乎对她有些兴趣，话说得很随便，问了不少私人问题，或许真会给她一个机会，再一次与那个人相遇。

"你还记得我们那批MT入职第一天吗？"沈拓问程致研，"那天早上，HR带我们参观，在办公区前台遇到你，那是我们第二次面对面，你还是没看到我，一直看着司南。后来，在西餐厅吃午饭，你走进来，坐在我身边，主动跟我讲话，还提出做我的mentor，那个时候，我想你肯定还是有点喜欢我的。"

那天，她那么开心，以为自己一时冲动做出的决定没有错——顶着家人反对，赔了几千元给原先签约的那家银行，毁约，然后再签了天庭的合同。

一周新人培训结束后，轮岗培训开始，她被分到公关部。从第一天开始，关博远就对她表现出特别的关照，她隐隐觉得不妥，但一时还不敢确定。

"他总是喜欢走到我身后，弯下腰，凑在我脸旁边，一只手搭在我肩上，有时候还会摸我的头发，顺着头发摸下去一直摸到腰……"沈拓回忆道。

"他第一次这么做的时候，你就应该告诉我。"程致研打断她的话，不懂她为什么要忍耐。

她笑答："因为我觉得你需要我在公关部，因为如果关博远真的对我做了什么，我就可以告到HR甚至法务部，帮你除掉一个宿敌，我很傻吧，后来想起来，真的是傻。"

那个时候，每一次看到关博远，她都觉得紧张，他对她评头论足，手放在她肩上，有时甚至在更暧昧的地方，让她极其厌恶。

她其实是可以抽身的，有无数机会提出辞职，找份别的工作重新开始，但她舍不得，因为只要留在天庭，就能看到程致研，他会对她微笑，跟她讲话，教她许多东西，在她犯错的时候温和地说：It's fine, let's start from this point. 甚至揽过她的肩，给她一个拥抱。停留在他胸前短暂的一秒，那种感觉，她很久都还记得。

所以她想，可以再等一等，等他开口说些什么，等他们之间有了超出上下级关系的交情后，再离开这个是非之地。

只可惜，她一直都没有等到。

倒是关博远一直都在跟她套近乎，请她去吃饭，或者去酒吧。她一贯拒绝，总是装傻。直到关总失去耐性，觉得她不识抬举，食古不化。

"我无所谓，真的，"她对程致研说，"因为我以为你谁都不爱，以为你很快就要走了，也不奢望你会为我破例。我想就疯这么一年吧，在遇到你之前，我这辈子都没这么疯过。"

直到那个冬夜，最佳员工奖颁奖之后，她跟着一群人去酒吧庆贺。只是远远看着，她就知道程致研很开心。她特别喜欢看他把小杯的苦艾酒一饮而尽，再把空杯子掷到桌上，虽然她也明白，他的喜怒都不是因为她。他眼神执意炙热，始终望着一个人，就是司南。

午夜过后，他们坐同一部出租车离开，她眼看着他和司南一起下车。其实，她早就猜到，早就明白了，但直到那个时候才不得不接受，他并非谁都不爱，只是不爱她罢了。

他们下车之后，她让司机掉头回去，在那间酒吧里喝掉许多杯苦艾酒，绿色妖精般的液体在她喉间留下呛人的味道，就好像含着一枚生锈的铜钉。她隐约记得有人过来与她调笑，带她离开酒吧，手揽在她腰间，紧贴着她的身体。

她一半烂醉，另一半却很清醒，想象着在城市的另一边，另一张床上，也是相似的情形。那两个人一定会比她快乐，这个念头似乎有毒，让她妒忌得发疯，她想象他们肌肤相亲肢体纠缠的情形，转而又觉得奇怪，带着哲思发问，为什么A会爱上B，B却会与C在一起，剩下A落得像个傻子？

凌晨，渐渐酒醒，她发现自己在一个陌生的房间里，赤身躺在一张巨大的床上，仅有腰间搭着床单的一角，几步之外的落地窗没拉窗帘，看出去就是历峰大厦，黑黢黢高耸入云。

"你们女人这种时候最可怜了。"身边响起一个熟悉的声音。

她不用看都知道是谁，下床跑进厕所，反锁上门，站在淋浴龙头下面，把水开到最大。但水声却怎么都盖不过关博远说话的声音，他敲门，也想要进来，嘻嘻哈哈地说：酒精就是这么厉害，他曾见过两个人喝高了，在二十四层天台上做了整整两个小时，也不怕掉下去云云。

她突然觉得恶心，跪在马桶边上翻江倒海地呕吐。

那个周末之后，她回到天庭上班，第一件事便是交辞职信给关博远。

关博远把信退还给她，试图劝她留下，被她一口拒绝。

"真要辞职，就去找你真正的老板。"关博远揶揄她，说的倒也是实话，他们这一批MT虽然被分到各个部门轮岗，但实际上都是直接汇报给程致研的。

她讨厌他这样试探，好像摸准了她下不了决心离开。但如果不是他后来说的话，她可能真的就这么走了。

"去跟他说啊，看他会不会留你，"关博远激她，"他现在估计也没心思管别的事情，顺手就批了。"

沈拓听他这样讲，仿佛被刺了一下，先是动气，紧接着又品出些别的味道——关博远说程致研没心思管别的事，是指司南，还是另有深意？尽管不情愿，她还是努力回想那天夜里的情形，不确定自己是不是在酒醉之后说漏了什么话。

关博远见她默默不语，走过来，又伸出手搭在她身上，轻声道："做伙计呢，最重要的就是跟对老板。"

她隐隐颤了一下，却没有抗拒。

说到这里，沈拓抬起头看着程致研，问："你相信吗？一开始我真的是为了你才留下的，只可惜后来事情慢慢就变了味道。"

女人其实是做不得双重间谍的，做着做着就把自己给绕进去了。随后的几天，关博远一点点把那背后盘根错节的事情告诉她，他原本是W嫡系老臣罗杰的人，罗杰离开天庭之后，被调回香港当一个闲差，日渐式微，但他关某人是第一等会钻营的，趁着一次去纽约培训的机会，央求罗杰牵线，直接勾搭上了老领导的老领导，终于如愿以偿地成了沃尔登家两位公子的党羽，因他就近在程致研身边，可谓天时地利，一时颇受器重。

—— // ∧ \\ ——

其实，罗杰也能算是他们这一派的人，但却始终守着一条底线，那就是再怎么内斗，绝对不能做出有损W这块金字招牌的事情。但关博远就不一样了，套用罗杰的一句话，他做人是无极限的，而且对程致研一向不买账，上一任副总走后，他自以为论资历可以高升，却没想到程致研莫名其妙地就压了他一头，成了他的上司，现在有了这样落井下石的机会，自然是十分起劲。在他的理想中，一旦老沃尔登过世，集团总部高层更迭，Kenneth或者Draco继任董事长，不要说程致研职位不保，就连查尔斯总经理的位子也要让出来，而他自己便可平步青云，有这胡萝卜在眼前吊着，心里百般欢喜，没有什么是他做不出来的。

沈拓也不知道为什么，关博远竟会这样轻易地就告诉她这些，心里鄙夷他的轻信和无下限，同时也觉得他们很蠢，要算计人却连个像样的计划都没有。她打算把事情原原本本地告诉程致研，如果不是后来发生的一连串的事情，她一定会都告诉他的，那样的话每个人的命运都会不一样。

五年过去了，但她还是清清楚楚地记得那天下午，她去程致研办公室，秘书不在门口。她敲了敲门，无人回应，转动把手，却发现门没锁。她推门进去，看见他躺在窗边的长沙发上睡着了。她蹲在他身边，伸出右手放在他额头上，体温炙热。她长久地看着他，想起司南对她说的那些事，他们第一次对话，他们如何在一起，还有关于那个七个礼拜的胚胎……就好像她只是一个不相干的旁观者。一个又一个念头闪过，她看到一个机会，或许可以让一切改变。

程致研的钱包就扔在身边的茶几上，她打开来看，在手机记事簿里抄下了一串数字，那是一个C银行的账户号码。但直到那个时候，她还在想，如果他一直这样睡下去该有多好，或者他醒过来，看着她，叫她的名字，保不定她就下不了狠心，真的去做那件事。

只可惜现实和她想象的不一样，程致研醒了，睁开眼睛看着她，而后问："司南在哪儿？"

"我一直都知道的，你不爱我，很可能一辈子都不爱，"她让回忆就此停下，对程致研说，"要是你谁都不爱，我也就认了，但你心里偏偏有一个人，所以我那个时候就是不信这个邪，总想着要试一试。"

"现在你试过了，知道结果了？"程致研一字一句地反问，浑身都绷紧了。

沈拓依旧木然，点头回答："是的，我知道了。"

如果不是当时的那个决定，一切都会不一样，司南或许不会跟程致研分开，她也就不可能和程致研结婚，更不会在婚后遇到关博远，被他要挟，又跟他混在一起。那段日子让她痛苦至极，就像一个亡命的赌徒，两下里周旋，拼了命想要保住自己手里仅有的珍爱的东西，却不得不一次次地把自己输出去。她不止一次地回想起几年前的情形，每次都会问自己，后悔吗？应该后悔吗？但她一向是最决绝的人，一旦做了什么决定，即使结果很坏，也必定生吞硬咽下去。

她定定地看着程致研，对他说："没人能像我这样爱你。"

他寂然地看着她，没有否认。

这让她很高兴，还是面对着他，目光却不知道飘散到哪里，瞳仁深处似乎有一股漆黑的暗流漩涡般涌动，喃喃对他说："我知道你是真的想跟她在一起，我成全你啊。"

那天下午，沈拓又进了医院，在那里做引产手术。

五点钟，医生给她打了催产针，一直到夜里十点，她开始有了反应，小腹阵阵绞痛，一开始她还能忍着不叫出声，到后来脸色煞白，几乎神志混乱地呻吟。护士过来为她注射了杜冷丁，但仅仅一个多小

—— // ∧ \\ ——

时之后，剧烈的疼痛再次席卷而来。就这样反复，一直到次日凌晨，终于见红破水，她被送进待产室，两个小时后，生下一个不到五个月大的男婴。

"我听他哭了两声，真的，他哭了，我听到了。"她坐在产床上喊叫。

护士是个五十几岁的修女，声音温和，不带任何情绪地安慰她道："不可能，你肯定是听错了。"

从产房出来，她看到程致研等在门口。

"谢谢你还留在这儿，"她对他苦笑，"可我想我永远也放不下那个孩子，我觉得自己已经做了一次母亲了，一直听到他在哭。他们告诉我不可能，孩子出生之前就死了，但我真的听到了，你相信我。"

程致研没说话，看着她回病房之后就走了。

在医院外面的露天停车场里，他与一个中年男人擦肩而过，夜色迷蒙，他没有看清那人的面孔。

第15章

转眼就到了十一月，香港的气温仍在二十五度上下，潮湿依旧，感觉上并没有多少秋天的意味，但岛上的人换季一向很勤快，一眼望去，街上已是一片温暖的装扮。

过去的几个礼拜中，发生了许多事，先是逸栈一度闹得沸沸扬扬的股权争议终于尘埃落定，执董的离婚官司迅速而悄无声息地完成，第二轮融资也随之进展迅速，很快就协同W酒店管理公司对外宣布，双方已达成融资协议，交易完成之后，W预期将持有逸栈约百分之十的股份。

虽然W全球CEO查尔斯表示，短期内无意并购逸栈，此次投资也不会对集团的损益产生重大影响，但消息公布之后，还是有多家评估机构发布研究报告，给予W"增持（overweight）"的评级。报告非常看好逸栈的发展，称尽管面临经济下滑，但作为一家创新概念的连锁酒店，其入住率始终保持在百分之八十以上，预计在下一年度间将为W贡献至少百分之五的净利润。

而在此次交易的背后，历星资本还是扮演着那只沉默而神秘的幕后之手，仍旧不仅是一名斡旋者，仍旧参与投资，但不公开份额。与以往不同的是，有些许非官方消息传出，称其董事合伙人司立勤的女儿司南，将会进入逸栈董事会，代表历星占有一个席位，唯有这一姿态，让此次投资与曾经的任何一次交易都不尽相同，也让为数众多的旁观者不禁生出各种联想来。

就这样到了十一月的第一个周末，司南带着默默，如约与顾乐为一同去米埔看鸟。

米埔地处远郊，是元朗北面的一块湿地。虽然香港号称有三个湿地公园，但真正算得上自然保护区的也就是米埔了，要有通行证，要事先预约，甚至还要付两百元押金才能进入。司南他们参加的是一个亲子科普团，同行的有许多与默默差不多年纪的小朋友，在巴士上一路吵吵嚷嚷、热热闹闹。从车窗看出去，沿途的绿色越来越多，时不时还能看到泛着微澜的海面。那种无忧无虑的气氛，多少冲淡了她与顾乐为最后一次约会的伤感。

到了米埔，一行人在停车场下车，再步行进入保护区。整个湿地都是红树林，间或长着芦苇和许许多多漂亮却叫不出名字的水生植物。蝴蝶、昆虫，还有数不清的水鸟，诸如小青脚鹬、黑嘴鸥、黑脸琵鹭，等等，那些念都念不出来的名字，默默一个都没记住，却还是高高兴兴地玩了大半天。

傍晚时分，三个人从保护区大门出来，去米埔巴士站，程致研说好在那里接司南和默默回城。这一路走过去，边上都是鱼塘，还有不少中华田园犬。默默怕狗，要顾乐为抱，一天下来玩得也有些累了，不一会儿就趴在他肩上睡着了。

走着走着，顾乐为突然开口对司南说了声："谢谢。"

"谢什么？"司南看着他问。

"在一起的这几个月。"他淡淡笑着回答。

她自觉受之有愧，也不知道该如何回应。

"还有，对我这么坦白。"顾乐为继续说下去，"虽然有时候，我宁愿你骗骗我，哪怕只是一段时间，但想来想去，这种事情最好还是坦白说。"

巴士站已经到了，远远地就看见程致研的车停在街对过，司南还想对顾乐为说些什么，张开嘴巴却忘了词。

还是他先开口了，对她说："最后一个要求。"

"什么？"她问。

"你跟默默在这里等我一下，我有句话想单独跟他说。"

司南有些意外，但终于还是点点头，也没有追问他要说的究竟是什么。

她从顾乐为手上接过默默，看着他穿过马路朝那部黑色旅行车走过去。程致研也看到他了，从车上下来，与他握手。

司南站在原地，抱紧了怀里那个小小沉沉的身躯。回想过去的几个月，她突然有种不真实的感觉。她曾经以为一切都错了，唯有当所有误会解开，才能一一归位。直到此时，她似乎幡然醒悟，或许她和程致研都不曾错失什么，如果没有五年前那场风波，他们不会分开，但她很可能不会留下默默，因为那个时候，不管是他，还是她，都没有做好一同生活并且养育一个孩子的准备。有些事情，两个人一起做，恐怕比一个人一意孤行地去面对，还要复杂得多。如果没有默默，她便也不会是现在的她了，或许还是像从前一样不完整，为自己的缺陷患得患失。而现在，她根本不必权衡哪种结局更好、哪种更坏，只因为她有默默。

她的力气比顾乐为小多了，很快就抱不动默默了，正好小家伙也醒了，从她身上滑下来，和她一起看着街对过。

那只是一条两车道的乡村小路，一部从上水来的双层巴士正在她们身边的公车站靠站落客，更远的地方还有几部私家车从露天停车场开出来，驶上回城的路。除此之外，再没有过往的车辆，四下空阔安静。

不过数米之外，顾乐为正在和程致研讲话。

"其实，我也知道自己不合适对你说这句话，但还是想说，"顾乐为那样的脾气，难得吞吞吐吐，区区几个字，半天才说出来，"照顾好她们俩。"

程致研也没想到他会这样说，但还是郑重地答应了。

隔着一条马路，司南仍旧看着他们，并不知道他们在说些什么。

"妈妈，我想去问问那个阿姨，是男孩还是女孩，你在这里等我。"默默松开她的手，朝马路中间走过去。

随后发生的只是刹那间的事，一部深蓝色跑车从十余米开外的停车场出口转出来，突然加速朝默默撞过去。

顾乐为正好面对马路，立刻反应过来，猛冲过去抱起默默，几步跑到对过人行道上。司南就站在那里，一时脸色煞白，叫不出声。

深蓝色跑车疾驰出十余米，原地掉头，引擎轰鸣，蓄势就要再来一次。顾乐为见状并未多想，抱着默默，拉起司南，就上了路边那辆双层巴士。

程致研右腿有旧伤，来不及跑到她们身边去，却已经看清轿车驾驶室里那张许久未见的面孔。

五年过去了，关博远倒比从前清瘦几分，眼神似乎也变得凌厉了，见孩子和女人都已经上了车身庞大的公共汽车，他无论如何再难得手，转而就要朝程致研站的地方撞过去。

程致研眼看着车子朝自己驶来，听到四下不多的几个路人发出惊叫，脑子里闪过的念头简单而清晰，只知道默默和司南没事了，顾乐为必定会护她们周全。时间仿佛静止，直到一个身穿黑白镶拼连衣裙的女人突然出现，拦在他面前。

深蓝色跑车急刹不住，朝左猛打方向，撞上路边的隔离墩，关博远没有系安全带，撞碎前挡风玻璃飞出来，摔下约两米深的路基。地上留着长长的轮胎拖痕和无数玻璃碎片，一只压扁了的男式皮鞋染着血迹，孤躺在一边。

所有这一切，很快就会被高压水枪冲洗，再被黄沙掩盖。

所有这一切，都会被概括总结，成为短短一条新闻：

日前，元朗区米埔保护区附近发生一起驾车蓄意伤人事件，致一女子受轻伤，嫌疑人当场身亡，事件起因疑是生意失败迁怒他人……

只有少数人知道，所有这一切，要从五年前的一场面试开始。

　　在香港，季节更迭总是暧昧不清，春节前的花市眼看就摆起来了，天气却骤然湿热，宛若重回夏季。

　　逸栈和W之间的融资协议也已完成，自两个半月前宣布交易以来，W在美国的股价一路上涨，逸栈也随之在彼岸声名鹊起，甚至就连一度被人淡忘的Lady W也重新回到众人关注的焦点，不过这一次，人们的目光不再聚焦于陆玺文奇巧的经历，华美的衣饰，叫人佩服抑或侧目的手段，而是她的儿子——程致研。

　　所有人都在说，眼下的境况，或许就连五年前辞世的詹姆斯也未曾料到，他曾以为家族之内无人能真正肩负起那样的重担，所以才在临终前将W拱手让与他人，到头来与他并无血缘关系的继子却终于证明自己的确有这般的能力与坚持，继承他的衣钵。

　　也正是那段时间，程致研大多在纽约逗留，号称是为后期在美国上市做必要的铺垫和准备，留下司南一个人应付国内的工作。忙碌之余，司南也曾纳闷，原本还听程致研说短期内并没有上市的打算。而且，在这一点上，他的观点与司历勤不谋而合——对真正有前途的企业来说，上市绝非目的，也不是发展的唯一途径，有时候一味求成，

—— // ∧ \\ ——

结果可能适得其反，却不知为什么，突然就变了口径，独自在美国盘桓许久。

两人每天都打一通电话，但说最多话的却经常是默默。小姑娘就是有这样的小聪明，拿准了程致研宠她，时常在他那里告状。

某天，她照旧在电话上诉苦："今天Miss林和邱乐轩笑话我。"

Miss林是她的钢琴老师，邱乐轩算是她的师姐。

"她们为什么笑你？"程致研问。

"因为我说第一个教我弹琴的人是Alfred Friedman，可她们都不相信！邱乐轩问我是在哪儿教的，我说是在纽约，Alf教我用iPad上的手指钢琴弹'一闪一闪亮晶晶'，结果她们就笑我了……"默默连声喊冤。

司南在旁边也听得笑起来，小姑娘说的倒是实话，她们俩住在纽约时，的确遇到过Friedman，大师也当真教过默默用iPad上的手指钢琴，但也怨不得人家要笑，这话任谁听了可能都不会相信。

程致研却是截然不同的态度，对待默默，他一贯比司南要认真，郑重其事地向默默保证，等他回到香港，一定会去找Miss林和邱乐轩，替她做证。

就这样几个月一晃而过，一番辛苦之后，逸栈的工作终于告一段落，司南总算得闲可以休一个长假，查尔斯送了一份应景的礼物——邀她入住W度假村，带着默默去旅行。而那个目的地对她来说也并不陌生，虽然长久未去过，却始终在记忆中蛰伏——菲律宾巴拉望最南端的离岛，云域。

司南本不想去，觉得有时间还不如让她在家埋头长睡不醒，无奈司历勤下了死命令，一定要她立刻放下手头所有的工作，休完几年累积下来的那一堆年假。而更加不能违逆的要算是默默大人的旨意，自从听佩恩绘声绘色地描述他在云域岛的见闻之后，她张口闭口便是那座岛上的沙滩、贝壳、深入海面的木屋、各种颜色的鱼，以及从早到晚玩不腻的沙子和游不完的泳，那种死缠烂打的信念绝对不输给向往马尔代夫的麦兜。

就这样，司南终于缴械投降，日历翻到二月，便收拾行囊，带着默默，飞去了巴拉望。

查尔斯给她安排的是云域岛西侧的一栋别墅，房前有一个游泳池，池水蔚蓝，每当海面平静无波时，几乎两两相接，分不清池水与海水之间的界限。

恰好那几天查尔斯一家也在岛上度假，四口人就住在相邻的房子里。从默默第一天上岛，佩恩就兴奋异常，一天工夫光着脚在两座房子中间来回跑了好几趟，两个人在泳池里跳进蹦出，泳衣干了又湿，湿了又干，有时还要带上佩妮，把尚不满周岁的小宝宝塞进鸭子救生圈，漂在水面上，推来推去地过家家，佩恩当爹，默默当妈，至于佩妮，还是当小宝宝，玩得忘乎所以。

尽管这样爱水，两个小家伙其实都不怎么会游泳，都得穿上充气背心才能浮起来，否则必定沉底。虽然水性不怎么样，但是两人的自我感觉倒是挺好的，都以为自己已经很会游泳了，简直是浪里白条。

这样的局面，在司南她们上岛的第二天彻底改变，不为别的，只因为一个故人来访——洛伦佐·桑托斯带着他的大儿子丁丁来了。

那一天洛伦佐驾着他的快艇上岛，送几个考潜水牌的游客回酒店，丁丁也跟着，恰好被司南撞见，便留丁丁在岛上玩。

五年前，司南在岛上工作时，丁丁才满一岁，光着屁股满地爬，如今已经到了上学的年纪，皮肤晒得黝黑，个子不算高，却结实灵活，头发和他爹一样剃得极短。

要不怎么说人是需要比较的，见识过丁丁的水性之后，默默方才对游泳这回事有了正确的认识，知道她和佩恩那两下子顶多只能叫作"在水里玩"。丁丁早已经不用任何浮具了，蛙泳姿势标准，就连换气也是像模像样的，屏住气潜泳可以从泳池这边到那边。

默默看得十分钦佩，缠着他要学。教人游泳，丁丁可算是有家学渊源，一板一眼很有些样子。先是带默默做准备动作，教她趴在浮板上踢水，又跟她玩吹水的游戏，学习憋气，熟悉水性。一开始，佩恩也在一旁跟着学，却怎么都做不好，呛了一口水之后，干脆上岸哭去了。

默默嗤之以鼻，也不去劝，查尔斯和苏都笑话佩恩，害他哭得越发可怜，司南去安抚了几句，也没用，最后还是查尔斯答应带他和默默去海上看海豚，这才破涕为笑。

云域岛上本就有几艘游艇，查尔斯租了其中一艘，次日一早与苏和司南一起带着几个孩子出海去了。

看海豚要讲运气，也要赶早，早上五点不到，三个大人就把那三个小的从睡梦中叫醒，上了船。度假村的向导看过水流，根据经验带他们往西南航行，不过半小时左右就到达禁渔区，那里水更深，不像岛屿附近适合浮潜，有好多石斑鱼、海鲈鱼可以观赏，若是赶得巧了，有时候会看到近五百头海豚在那里逐浪嬉戏。

一路上，默默和佩恩都趴在船舷，互相显摆自己的海洋知识，很快就挖光了肚子里那点儿存货，乖乖听丁丁给他们扫盲。

不一会儿，太阳缓缓从海平面升起，向导示意差不多到地方了。

查尔斯举起望远镜看了看，然后指着远处说："There."

很淡定的一个字，却引得船上另外几个人一阵兴奋，赶紧站起来，朝他手指的方向看过去，一开始不过是几个黑点，慢慢变大，不时越出水面，并不很高，只是露出一道道流线型的背脊，以及上面的背鳍。

"海豚！海豚！"三个孩子同时叫起来。

船加速靠过去，海豚并不怕人，仍旧在周围穿梭跳跃。丁丁不是第一次看到这样的景象，学那种吱吱的叫声吸引海豚，默默和佩恩一会儿跑到左舷，说：在这边，在这边！一会又跑到右舷，说：在那边，在那边！忙得不亦乐乎。

看过海豚，查尔斯又驾驶游艇带他们上了主岛，在那里吃午饭，逛当地的市集，直到临近傍晚，才又返回度假村。天空的颜色渐渐变深，水天相接处聚集起一层层薄云，染上浓郁的红色，短暂却美丽。

船靠近云域岛，海面已经沉入一片暮色，天快黑了，淡淡的紫勾勒出岛上植物以及建筑的剪影。司南远远地就认出她和默默住的那栋别墅，那里没有码头，只有一条木头栈道伸向海面。

但查尔斯却在离岸数十米的地方停下船，对司南说："有小船过来接你和默默回去。"

司南朝别墅的方向看过去，果然有一艘木头船正慢慢靠过来。

眼看着默默就要走了，丁丁也会跟下船，佩恩在一旁不乐意了，支吾着跟他娘提出来，也要一起去。苏瞪了他一眼，小声说不行。他便开始扭动，嘴里喊着："这不公平，不公平！"

默默见惯了他这副样子，露出不耐烦的表情，拉拉司南的手，抬头问："妈妈，佩恩是不是又要哭啦？"

这句话说得几个大人都笑起来，佩恩也不好意思再耍赖了，却还是憋着眼泪，苦着一张脸央求，死活也要同去。司南一个人哪对付得了三个孩子，苏有查尔斯可以搭把手，还有佩妮的保姆可以帮忙，便提出今晚默默和丁丁去他们那里过夜，总算了了佩恩的一桩心愿，破涕为笑，皆大欢喜。

正说着，木船就已到了眼前，查尔斯关了引擎，从上层甲板下来，放下船尾的踏板，帮着小船靠上来。

暮色之下，离得又远，司南一直没看清小船上的人是谁，直到此时方才发现撑船的人竟然是程致研，身上穿着短袖马球衫和百慕大短裤，一副度假的装扮。

她一时惊诧，想了想似乎又明白了些什么，转而看着查尔斯。

查尔斯是何等人物，哪会败在自家徒儿的眼神之下，面不改色，看都不朝她看。倒是苏绷不住了，忍不住露出些笑来，又不愿给司南看见，只能蹲下来佯装给佩恩擦脸。

那一边，查尔斯正与程致研寒暄，搞得好像也很意外似的："哎呀，怎么是你？什么时候到的？"

"今天上午。"程致研回答。话说得非常简单，语气理所当然，仿佛只是暂时离开一段时间，如今重又回到家里一样，脸上也没有什么特别的表情，唯有目光时不时落在司南身上，像是在探寻些什么。

司南一时间也不知该如何反应，站在甲板上没动，还没来得及开口讲话，默默就凑过来，对着程致研大喊了一声："Finally！"（终于来了！）

程致研对默默笑，弯腰和小姑娘握手。司南看在眼里，总算明白过来，原来眼前这一出单单就瞒着她呢，就连默默都是事先知情的。

一瞬或者一世之后，程致研朝她伸出手，对她说："走吧。"

她有些尴尬，第一反应却不是拒绝，握住他的手，跨上小船，恰恰与他相对。那个钟点，海面正在退潮，水波涌动，船也跟着漂浮，脚下踩的都是虚的，只有指掌间握着这只手，面前的这个人，是实实在在的。

她自以为不至于慌乱，回头对站在游艇甲板上的苏说，等一下会把默默和丁丁的东西送过去。很简单的一句话，此时说出来却有些零

—— // ∧ \\ ——

乱，讲话的声音连她自己听着都觉得怪怪的。

三头六面的道别之后，程致研划动小船，载着司南朝岸边过去。游艇也重又启动，朝东北方向驶去，起先还能看到三个孩子在甲板上朝他们挥手，很快就绕到岛的另一面去了，被夜色遮掩。四下一时间变得极其安静，只听得到海浪一阵阵冲刷沙滩，和船桨拨动水面的声音，不多时就已经到了那座木头栈桥。

两人上了岸，慢慢朝别墅走过去，许久都没人说话，气氛像是很松缓，又好像绷紧了的弦，呼吸重一点也会触其颤动。

终于，司南耐不住这样的寂静，开口问程致研："纽约的事情都忙完了？"

程致研低头笑了笑，知道她那个架势又是要跟他谈公事，只可惜今天恐怕不能让她如愿。

"其实也没什么事。"他回答。

"那你在那里待这么久都在干吗？"她质问道。

"久吗？"他反问。

"两个半月。"她记得很清楚，"你笑什么？"

"你觉得久，我很高兴。"他回答。

她没料到他会这样理解她的话，一时有气，想要分辩，却是越辩越乱，到最后干脆闭上嘴不说话了。他陪着她静静地走，一直走到别墅门口一株缅栀子花树下，伸手握住她的胳膊，迫着她面对自己。

"这几个月，我在想一个问题，"他看着她说道，"你问过我的，我从前不知道怎么回答。"

"什么问题？"她不记得了。

"上次你对我说的话。"他提醒。

去年十一月，米埔那场事故之后，程致研去了一次上海，完成了所有离婚手续。沈拓最终还是接受了他之前提出的那笔钱，申请了英国的一所学校，打算离开中国，去国外待一段时间。离婚之后，他又回到香港，与司南有过一次深谈。

那一次，司南曾经对他说："如果五年前我们没有分开，我很可能不会把默默生下来，你相信吗？"

他不确定她究竟想表达什么，想说他不信，他一直视她若珍宝，不会让她受到任何伤害，心里却莫名有种不好的预感。

果然，不出他所料，她继续说下去："那个时候，我们都没有做好一起生活的准备，不仅是你，还有我。我一直在假装，生怕别人知道我跟他们不一样，最最怕的就是你。我总是在猜，你为什么会喜欢我？这种喜欢里又有多少怜悯的成分？我希望你能像爱一个正常的女人那样爱我。可能你的确是那样，但我却总是不信。后来我才慢慢想清楚了，那时的我根本不配得到那样的爱，因为我自己都不能正视自己，更不可能要求别人。"

这番话，司南当然也不会忘记，她自以为想明白了，可以把责任对半，然后把一切放下。

"现在，我有答案了，"程致研打断她的回忆，而后一字一字地把那个答案说出来，"我不相信。"

她被他看得有些慌乱，似乎猜到了他的意思，却还是忍不住问："不信什么？"

"我不相信，如果那个时候我们没有分开，你会放弃默默。"

她笑了笑："只是说说，当然很容易。"

但他却很坚决："如果那个时候我们在一起，如果我知道，我会陪你一起面对，无论遇到什么事，无论结果又是如何。"

"这只是如果。"她还是淡淡地笑。

—— // 八 \\ ——

他停下来看着她，然后退了半步，在她面前单膝跪下，点头道："是，这只是如果，就看你是否愿给我一个机会去证明了。"

见他神色郑重，司南一时不知所措，只见他伸手握住她的左手，掌心里不知什么时候多了一样东西，坚硬浑圆，又似乎带着一些棱角，也不知被他握了多久，已经和他的体温同化。

那是一枚戒指，她很清楚。

程致研见她许久都不回答，心就有些冷下去，却还是抱着希望笑她："你做了这么多年的投资，不可能这点风险都不愿意承受吧。"

她却还是看着他，不言不语，很久才又开口，说出来的话却是答非所问："这两个半月，你还干什么去了？你刚才搀我从船上爬上栈桥，还有现在……"

她看得很清楚，他在她面前屈膝跪下，动作很自然，不再像从前那样需要用手支撑，脚踝也有力了。

他笑起来，回答："你总算看出来了，我来之前特地咨询过医生，手术后一般要保护三个月，但若是求婚什么的特殊情况，可以例外的……"

"怎么不早告诉我啊？！"她打断他的话，蹲下来一下子抱住他，心里是高兴的，却又好像有一股一股的热流汹涌，让她有种落泪的冲动。

程致研也拥紧了她，方才悬着的心放下来，见她一副要哭的样子就笑话她，说："这不是想给你个惊喜嘛。"

他慢慢把这两个多月的事情告诉她，十一月飞去纽约之后，他在哥伦比亚大学医院骨伤科找了一位做足踝手术的专家，做了接合手术。手术后打了十天石膏，而后换成充气的air boot，一开始他走路离不开双拐，一直都待在家里，由陆玺文照顾，替他用透骨草做热敷。一个月后，可以在家里一瘸一拐地走来走去，但上下楼还是要拄拐杖。

那个时候，他觉得日子那么难熬，希望能快点脱掉气靴，回香港去找她们，隔三岔五就去找医生做检查，追着人家问：好了没有？什么时候可以开始理疗？

医生被他烦死，却还是恪尽职守，警告他不能急于求成，暂时还不能去掉固定保护装置。就这样直到术后整整一个月，医生诊断说跟腱恢复得很好，可以承受100%的重量，让他脱离拐杖，但气靴还是要穿。又过了一个月，他才去掉所有固定装置，开始理疗锻炼。

因为是微创手术，这次手术只在他的右脚脚踝处留下一个三公分的伤口，但之前车祸的伤却还历历在目。

司南突然记起他在莫干山对她说过的话——"你才是我的伤口"，而这又何尝不是她的伤口，见证着他们之间分离与重聚的一幕幕。

"怎么突然想起来要去做手术了？"她这样问他。

"因为那天在米埔发生的事情，"他看着她，认真地回答，"我要保护你们，你，还有默默。"

"我不需要谁来保护。"她还是嘴硬。

"好吧，"他佯装认输，自嘲道，"那就算是照顾一下我的成就感，满足我的心理需求吧。"

"但我从来就没想过要结婚，你也是定不下来的人，还有虽然我们认识很久了，但在一起的时间很短，互相并不了解……"司南忍不住笑，知道自己只是在狡辩。

"司南。"他叫她的名字，打断她的喋喋不休。

夜色渐浓，他们身后的房子里没有光线，只有庭院和游泳池里泛出一丁点柔和的光。她看不清他的表情，却也知道他有多认真，心跳不受控制地快起来。

"来这里之前，我花了很长时间去想，要对你说些什么，要做些什么，"他继续说下去，声音沉静，"有人告诉我要买足够大的钻石，驾一艘铺满玫瑰的双桅帆船，但后来我想，这些都不重要，我只需要找到你，把心里的话说出来，就足够了。"

"这么自信？"她反问。

"这不是自信，"他自嘲地笑了笑，回答，"只是等一个答案，就这么简单。"

"是谁让你买大钻石，驾玫瑰花船？"她再次打岔。

"你喜欢吗？"他没直接回答。

"钻石？也许，玫瑰花船？好土。"她笑，继续追问，"是谁想出来的？"

"你猜？"

"吴妈？"除此之外，她想不到其他人。

他点头，笑，对她说："看吧，你还说我们互相并不了解。"

她叹了口气，长久地看着他，突然意识到他们已有很长时间没有这样望着彼此的眼睛了。慢慢的，她终于不笑了，靠近他，与他亲吻。起初还是轻浅的，短暂的一秒之后，就不再满足仅流于表面，似乎急切地想在他身上寻找些什么东西，类似回忆，又好像不仅仅是。一切都是这么熟悉，他呼吸的节奏，唇齿间的触感和温度，还有每次长吻之后，他的手抚过她的脸颊，而后轻触她的上唇，与曾经的无数次一样，之后的许多年还会这样继续，仿佛是一种承诺，莫名地让她心定。

"你同意了是不是？如果我没理解错的话。"亲吻的间隙，他贴着她的耳朵问。

她点点头，试图于黑暗中找回他的嘴唇继续。

"是允许我保护你，还是别的什么事情？"他却还想逗她。

———// ∧ \\———

"另一个问题。"她不耐烦。

"哪一个？"他继续追问。

"上一个！"

"……我不记得上一个问题是什么了？"

她气结，发狠道："不记得就算了！"

"那不成，戒指都戴上了。"他又变得一本正经，说着就托起她的左手，与她十指交缠，不知什么时候，那枚戴着他体温的温润的银环已经套在她的手指上了。

那天之后，程致研和司南在云域岛上住了许久，那些日子一如他们理想中的样子，平凡、宁静、波澜不惊。

程致研这趟来岛上，是做了长期在此逗留的准备的，甚至把理疗师也一起带来了。头两个礼拜还是每天做轻负荷的恢复练习，或是在游泳池里游泳，渐渐地，就可以在海滩上长时间散步了。

一开始，司南总是陪着他慢慢走，走着走着就逗他，抱怨说自己身边连个能陪她跑上六公里的男人都找不到，真是寂寞啊，人生失意啊。生下默默之后，她有段时间每天坚持长跑，速度虽然不快，但要是拼耐力，鲜有几个男人比得上她。待程致研真的要舍命陪君子，作势跟她一起跑，她才又担心起来，命令他一定要慢慢走，要是韧带再断一次，可就真的不知道接不接得上了。

一个月后，他们开始走得更远，坐着螃蟹船去主岛或是邻近的其他岛屿，划着橡皮艇深入礁岩和丛林，一点一点把附近海域值得一去的地方都转遍了，直到夜幕沉沉，再回到度假村，坐在沙滩上的露天餐厅吃晚餐。

某一天刚好是农历月半，威打（waiter）过来倒酒，对他们说："看那个月亮，二十年来最美的一次。"

尽管两人都知道，这是岛上的人一直挂在嘴边上的话，每个月圆之夜都要讲，却还是真心承认，那一夜的月光确实就是二十年来最美的。

　　巴拉望只有两季，旱季和雨季。时间一晃而过，雨季眼看就要来了。婚礼的日子临近，宾客也陆续到齐。

　　最早到达的是吴世杰，一上来就调侃他们，不光是先上车后补票的问题，先有了孩子，再度蜜月，最后才是婚礼，把所有顺序都搞反了，大海是有让人发疯的潜力啊！

　　继而又大发感慨，说他小时候第一次说脏话，就是因为看到海。那次是在三亚天涯海角附近，他从车上下来，看到眼前无边无际白浪滔天，一时没忍住就大喊了一声：大海啊，真他妈的大！结果被他爹逮了个正着，一个正蹬踹趴在沙滩上。

　　闹过笑过之后，吴世杰又开始抱怨，说程致研和司南抛下逸栈的工作，拍拍屁股就走了，在此地面朝大海春暖花开，留下他一个人在上海，初春阴雨绵绵，忙得焦头烂额，差点旧病复发。

　　程致研揭他的老底，说："你那个旧病就别提了，要不要我打电话给你爸妈，让他们查查你的病历？"

　　吴世杰静静看了他片刻后，很快开始讨饶，笑着说："你还不知道嘛，那场病是查不得的。"

　　程致研其实并不知道个中详情，吴妈佯装犯病那会儿，他已经离开纽约，甚至都不在美国，但此时的他心思全在一处，别的事情都不会去多想。

　　吴妈这次来巴拉望，难得身边没有带着女伴，又嫌云域岛上住的人太少，发掘不出什么资源来，上岛第二日就开始每天坐船去主岛，白天沙滩，晚上酒吧，过得肆意而简单，甚至还在镇上找到一个脱衣舞俱乐部，参观学习之后，回来就写了一篇数千字的日志，通篇描述舞娘的工作状态，字字到位，句句生动，最终得出结论：异域风情不可或缺，但若要论技术，还是新奥尔良的最好啊。

就这样几天之后，双方家长也在同一天到达。

司历勤夫妇是带着默默一起来的。过去几个月，司南在岛上陪程致研做复健，默默回到香港去上学，母女俩已有一阵没见，此时重逢亲热得不得了。

司历勤看她们闹作一团，在一旁也忍不住露出笑脸。司南难得看到他这样的表情，似乎又回到了小时候，他那么在意她，就好像千里之外断了一根头发都会牵动他的心。

短暂的温馨感动之后，司历勤一有机会又来教训她，对她说："你看，我跟你妈妈在一起这么多年，希望你们也能这样。"

司南面子上点头，心里不服，暗自嘀咕，就你这样的也能做楷模？

司历勤一眼便看穿了她的心思，斥道："你别看我老说你妈笨、没用，我们俩中学就是同学，那个时候她可比我聪明多了，考试都是我抄她的，现在这样都是被我惯出来的，你自己去问她，嫁给我之后有什么事情要她操心的？"

司南咧嘴笑起来，这番话听着觉得肉麻，却也让她想起她妈妈说过的一句话——女人笨一点是福气。她心里泛起一丝甜，希冀自己也能有这样的福气。

婚礼前一日，所有宾客都已到齐，占了整座云域岛。其中有不少是逸栈和W酒店的人，全都是做活动搞气氛的专家，深谙完美之道，所有事情都不用程致研和司南自己操心，天气情况、落日时间、海上的风力风向，甚至就连潮汐的涨落都在考虑之中，一切尽在掌握之中。

待到次日傍晚，度假村主楼前细白的沙滩上已经竖起棕榈叶和白色兰花编成的道道拱门，玫瑰花瓣、海螺壳和薄纱蝴蝶结铺成一条小径，蜿蜒至花亭下。露天餐厅的长餐台、婚礼蛋糕和烧烤架都已就位，旁边还搭了跳舞的地板，摆着一架钢琴。

落日之前，司南在司历勤的陪同下，坐着白色船身湛蓝顶篷的小木船从别墅出发，到举行婚礼的沙滩。天空晴朗，光线亦不像白天那样刺目，海面平静无风，岸上传来钢琴乐声，由特别来宾Alfred Friedman弹奏《婚礼进行曲》。司南远远地就看到程致研站在花亭下，宾客们都聚在四周等候，查尔斯请了主岛的市长来证婚，所有人都看着他们，脸上带着笑容，为他们鼓掌。

一路从别墅过来，司南本以为司历勤总会有些话要跟她讲，抓住最后的机会教训教训她，却没想到他在船上一直都没开口，直到小船靠岸，司历勤搀她下船，才发现他的手隐隐颤抖，始终侧着脸，不与她对视。她不禁有些惊讶，父亲竟也会紧张。

她突然由心里生出一点感动，越积越多，几乎要落泪。司历勤还是没怎么看她，却好像也察觉到了，在她手上拍了一拍，就好像小时候，她被别人欺负，或是受了什么挫折，他也总是这样安慰她。就这样，他挽着她慢慢走到花亭下面，郑重交到程致研手上。

他们原本就都不是喜欢当众说话的人，仪式安排得很短，誓词亦很简单，交换戒指，而后亲吻，却每每不自禁地动容，进行得不很顺畅。

到最后，市长宣布礼成，司南几乎难以自制，又怕哭花了脸上的妆，被别人看见，一直紧挨着程致研站着，躲在他胸前。

他低下头吻她，又轻声笑话她："傻瓜，一直有人在录影，你这样都被拍下来了。"

她心想，完了完了，反正是出丑出大了，说出话来还带着些哽咽："管他拍没拍下来，反正我不会看，你也不许看，知不知道？"

"好，知道了，谁都不许看。"程致研糊弄着答应她。

婚礼之后，便是晚宴，天也黑下来，乐队也换成了一支当地的爵士乐队。

众人落座之后，吴妈作为伴郎，站起来致辞："我刚才打了个电话给我的女朋友，告诉她我明天回上海，让她到机场去接我，因为我肯定会喝得很醉，而且还可能会哭……"

那番话他说得极其认真，却没有人真正听懂，所有人都哈哈大笑，彻底冲散了方才淡淡的伤感。

夜色渐浓，海滩上却越来越热闹，先是默默、佩恩和丁丁满场疯跑，佩妮在一旁看着兴奋地尖叫。而后又是新娘抛捧花，一帮女宾聚在一起抢，偏偏一阵风吹过来，花束偏了方向，一下砸在吴世杰的头上。直到后来一帮人开始比赛吃螃蟹，用小木槌砸开蟹脚，赢家也没什么彩头，竞争却极其激烈，几乎high翻全场。

直至夜深，近海有焰火升上天空，众人渐渐静下来，站在海滩上抬头看着烟花绽开，变换出各种颜色，夜空瞬间亮起来，又很快黯淡。程致研叫威打过来斟最后一杯酒。

"今天落日时没有晚霞，看那云是要下雨了。"老威打这样对他们说。

果然，酒还没喝下去，雨便落下来了。起先只是零星的雨滴，很快越来越大，别人都去主楼躲雨，只有司南和程致研牵着手一路跑回别墅，淋得浑身湿透。

他们没有开灯，房子里一片黑暗，眼睛慢慢习惯，分辨出眼前的那个人。雨落在屋顶上，敲在窗上，嘈嘈切切，恍然间似乎又回到从前，在主岛洛伦佐的房子里，他们第一次在一起。天气，抑或是心情，都如此相似，仿佛还能听到手指拨动吉他的琴弦发出的阵阵琶音。

只有一件事已彻底改变，彼此唇齿间吐出的字，他们不会再听不到。

次日天明，吴世杰醒得很早，匆匆起身，就收拾东西离开云域岛，准备搭水上飞机去公主港，然后再在那里转机回上海。

他上飞机时，整座小岛还是一片寂静，除了度假村的工作人员外，其他人都不见踪影，主楼前的沙滩上什么痕迹都没剩下，还是白得耀眼的一片，间或长着一丛马鞍草，绿意盈盈，仿佛前一天的婚礼根本就没有发生一样。

但他却还分明记得——音乐、欢笑、亲吻，以及誓言、子夜的烟花，还有他自己说的那番胡话，醉酒抑或是眼泪，似乎都是开玩笑的，他只是无声无息地走了，还是来时的那个样子，有时很吵，有时则静得像个死人，只是那些安静的时刻，没有多少人看到。

飞机于瞬间腾空，数百米的低空和海平面上一样水汽丰沛，时而穿过淡薄的云，风吹在脸上有一丝微凉，倒真像是落泪一般。前一夜的雷雨已经停歇，狭长的岛屿上空依旧艳阳高照，从高处看下去，翡色的雨林镶着银白色的沙滩，沉浮于一片了无边际的湛蓝之间，看起来那么小，而且与世隔绝，有种不真实的感觉。

机师是个三十来岁的华人，戴着帅气的冒牌雷朋眼镜，扯着嗓子用口音浓重的英文问他："昨天那场婚礼，你是伴郎？"

"是。"吴世杰回答，引擎轰鸣，每个字都得喊出来。

"为什么这么早就走？看今天这样子，雨季一时半会儿的还来不了。"

吴世杰一时语塞，转而又觉得根本没必要跟一个不相干的人解释什么。

"我知道了，"飞机师眼睛看着前方，嘴上胡言乱语，"因为你是妒忌的伴郎，哈哈哈……"

吴世杰知他是开玩笑，也不好翻脸，只能装作听不懂他在说些什么，如此这般地调笑回去："My English is very poor, please don't speak 外国话to me, ok？"

飞机师懂一点中文，只是不怎么会讲，听吴世杰这么说，自然又是一通大笑。从云域岛到公主港，三十分钟的飞行，两人一路说笑过去，似乎十分愉快。在码头下飞机时，吴世杰还给了他颇为丰厚的小费，而后自己叫了一辆吉普尼去机场。

终于又是一个人了，吴世杰一下子安静下来，几乎入定，不禁想起方才与飞机师的那番对话，他对飞机师说的那句话，许多年前也对另一个人说过。而那个人，就是程致研。

那是大约十五年前，吴世杰在AP Academy体育馆的更衣室里，第一次见到程致研。

吴世杰帮程致研打了那场架，又留下来替他在老师面前做伪证。校监挨个儿问过话之后，两人坐在办公室外的长椅上等候发落。秘书就坐在几步之外，是个四十几岁的中年妇女，受命看着他们俩，表情呆板，时不时地从当时那种巨大的电脑显示器后面探出头来，瞟他们一眼。

程致研就坐在他旁边，看都没看他，只是轻不可闻地说了声Thanks。

他也低着头，轻声回答："You are not外国人，please don't speak 外国话to me, ok？"

程致研一下没忍住，笑出声来，他也跟着笑，吓了秘书一跳，停下手里的活儿，抬头瞪了他们一眼。

然后，他们就开始聊天。程致研本来还生怕说了什么被秘书听到露馅儿，直到此时才想起来他们完全可以用中文对话。吴世杰说中文时带着明显的京腔，听起来很有意思，原原本本地向程致研介绍自己的生平事迹。

他在北京出生，很小的时候，父母因公去了国外，所以一直是跟祖父母住在一起。祖父是行伍出身，直接导致他生长的文化也很暴躁，乍一听很糙，但仔细一想还是非常有哲理的。

直到后来，他爹妈又因公回国，发现他居然长成现在这个德行，从里到外粗人一个，要想改已经迟了，干脆把他扔美国来了，交了学费就甩手不管，也不图他出人头地，只图个眼不见为净。

到那个时候为止，他到美国也不过一年多，在AP Academy读了两个学期。来美国之前，他的英语多半是看电影听歌学来的，统共就记得几句Oh yeah, Come on baby之类的，其文化水平，用他自己的话来说就是——小学统共就上了七天，还赶上黄金周了。所以，一开始真的是很痛苦，坐在课堂上什么都听不懂，也没人理他。只有一个低一年级的女生对他似乎有那么点意思，有时来跟他说说话。那妞儿是从香港来的，也算是懂中文，但却几乎不讲，就算要讲也是这样，他学给程致研听：

"Sir，would you please give me一例煎饼馃子，七分熟，少少辣，多些sauce，嗯，还有，extra egg, Thanks。"

程致研听得大笑，两人一直聊到校监办公室的门开了，邓肯从里面出来为止。

因为吴世杰的假口供和邓肯的妥协，那次的打架事件就这么不明不白地过去了。从那天之后，吴世杰就和程致研成了朋友。

吴世杰其实并不像他自己说的那样没文化，一年磨砺下来，他的语言关早已经过了，而且阅读涉猎很广，写东西很不错。更重要的是，他也不像表面上那么粗糙。有很多时候，他清楚地知道自己之所以插科打诨胡说八道，说些无意义但却很好笑的废话，只是因为不想流露出真实的情绪罢了，也想过要改，却改不掉。或许他从来就不是一个简单而快乐的人，只可惜别人都不知道。

不过，他总觉得，程致研是懂的。尽管那个时候，他们认识的时间还很短，但从某种程度上来说，他们俩同病相怜，都是孤身一人，都有一副用于示人的面孔，至于那背后，是喜是怒、是好是坏，都是自己的，与旁人无关。

在AP Academy，他们不住一个宿舍，头一个学期的课一开学就都已经报好了，所以也很少有机会坐在同一间教室里上课。但吴世杰还是喜欢去程致研的房间，找他一起去上课，或者去体育馆训练。有时候来来去去的次数多了，他自己都嫌自己烦，紧接着的一两天便会独来独往，但忍不了多久又故态重返。有时候，程致研也会主动来找他，他便会心情大好，也说不清是为什么。

不久之后，他借口课表和冰球队训练时间有冲突，把几节课换了，其中之一是化学。自此，每周四下午，他和程致研可以在实验教室里遇到，两人坐在一起上一个小时课。

他对自己说，换课表不过是很普通的事，许多人都这么做，跟自己的朋友一起上课，没什么大不了的。直到有一次，那堂化学课的老师让他们分组准备一个抢答竞赛，全班二十八个人，分成四组，每组七个人。

他还是和程致研在一组，他们那组的组长是个全校出名的nerd（书呆子），苍白、瘦、脾气怪，当然还有就是学习好，自诩是"人形计算机"那种的。

Nerd让组员互相问问题，作为赛前的练习，其中有一题要求说出锡的元素符号。吴世杰和程致研都写了Sn，但nerd不知哪根筋搭错了，非说是Si，组里其他几个人刚好是那种成绩不好混混日子的，看着架势自然是附和nerd，结果不言自明，搞得nerd面上无光。

吴世杰本就是多嘴多舌的人，忍不住调笑了几句，nerd脸上更挂不住了，反唇相讥道："你们俩这么合拍，不如结婚啊。"

话说得并不高明，程致研只是冷笑，听过也就算了。吴世杰却不知从哪里来的火气，冲上去就要揍nerd，总算被旁边的人拉住了。他许久才冷静下来，自己一向都不跟这种书呆子计较的，也不知那时是怎么了。

那天的事情之后，吴世杰很快就有了女朋友，就是那个从一开始就对他有些好感的从香港来的女孩子。

十几岁的男孩子最热衷的话题无非就是两个——sports和girls，吴世杰跟那个香港妞儿约会过几次之后，难免在相熟的男生面前提起个中细节。在十一年级的男生中间，他算是很早走出了那一步，和女孩子有了超过牵手亲嘴的接触，旁人都喜欢听，唯独程致研并不很感兴趣，从来不会主动打听，即使听他说了，除去调侃，好像也没有其他特别的回应。

那女孩儿有个英文名字叫Michelle（米歇尔），但因为吴世杰第一次说起她时，曾经开过一个有关煎饼馃子的玩笑，程致研干脆忽略其真名，直接管人家叫"煎饼馃子"。吴世杰觉得自己应该生气，再怎么说，米歇尔也是他的女朋友，而且还是他这辈子第一个货真价实的女朋友，但实际上，他却没有任何被冒犯的感觉，反倒觉得这是一个只有他们两个人才能听懂的笑话，慢慢的，就连他自己也跟着在背后叫她"煎饼馃子"。

"是不是太小了？"刚刚知道他和米歇尔的事情之后，程致研曾经这样问他。

"小什么啊！你小子千万别被表象迷惑了。"吴世杰回答，言语间有些得意，细细描述那些细节——"煎饼馃子"有五尺六寸高，头发柔软，闻起来总是香气馥郁，身体发育得很好，脸上还做过一点点整形手术，眼角秀丽，上嘴唇翘翘的，看起来挺可爱的，又好像有些小性感，既是甜又是辣。

吴世杰喋喋不休地说下去，像是在炫耀，直到程致研打断他，笑道："我的意思是，她读九年级，还没满十六岁。"

那时他们都已经十七岁了，通常的认识是——十六岁以下的都是小屁孩儿，虽然自己也只是虚长了人家两岁而已，但自我感觉可是完全不一样的。

吴世杰闻言愣了一愣，不知道程致研是仅仅针对米歇尔呢，还是会对他接近的每一个女孩子都会这么说。他不知道如何求证这个问题，也不清楚为什么要去求证，心里突然就有几分惶惑，只能继续一贯的对策，嘻嘻哈哈道："小有小的好处——听话。香蕉大，则香蕉皮大，反之亦然，道理都是一样的。"

就像是为了证明自己的这句话，吴世杰开始对米歇尔颐指气使。

米歇尔在AP Academy虽然不是什么校花级别，但也不是长相困难没人要的，吴世杰原以为她很快就会生气，再也不理他了，但怪就怪在他这样对人家，人家非但没动气，反而加倍贴上来。若要总结原因，不过就是那几个——他在高中冰球队，有一辆不错的车，而且每次约会都出手大方。

多年之后，吴世杰回想当时情境，还清楚地记得自己从没想过米歇尔对他好或许只是因为喜欢他。其实，并不是没有那个可能，她只是因为喜欢他，所以才在很长一段时间里，任凭他那样对待。

不久之后，就出了冰球馆的那件事。

从程致研被送进医院做脑部手术开始，直到从昏迷中苏醒的那几天，吴世杰始终对米歇尔不理不睬，总觉得就是因为她站在罚分席边上跟他说话，分散了他的注意力，所以他才没能第一时间发现场上情况不对，冲上去帮程致研一把。理智上来说，他知道这件事怪不得旁人，至少米歇尔根本就没责任，却又忍不住要找个方向，或者找个人怪罪。

从冰球馆到第一家医院，吴世杰是跟着救护车一道去的，看着医生在急诊室里为程致研检查，但很快就被教练拖走了。那个时候，他还未能从最初的震惊中恢复，不管看到什么、听到什么，似乎都隔着厚厚一层膜，隐约感到重重一击，却觉不出痛，也任凭人家叫他到东到西。

回到学校之后，他发觉自己浑身都没办法放松下来，好像觉得很冷，牙齿磕碰在一起，打着寒战，几乎彻夜未眠。他以为这只是受惊之后的正常反应，以为自己只是在为病床上的朋友担心，很快就会过去的。

第二天，他向老师申请离校去医院，却听说程致研已经转去另一家医院做手术了。那里离学校很远，而且重症监护病房除了家属之外不接受探视，老师没有准假，随口安慰说："他家里人会照顾他的。"

随后的数夜，吴世杰仍旧无法入睡，脑子里反复出现冰球场上和急诊室的情景，白天稍微好一些，只是觉得困，浑浑噩噩地混日子。

也是凑巧，他父母那几天刚好出公差到美国，特地抽了一天时间来学校看他。他爹还是很严肃地教育他，娘也还是老样子，替他收拾宿舍，要他记得吃卵磷脂、铁皮枫斗以及维生素ABCDEFG。一开始，他还能勉强敷衍着应对，到后来却突然失控，也记不得到底说了什么，一言不合就跟他爹顶起来了。他在他爹面前一向是很收敛的，所以那天的冲突任凭是谁都没想到。到最后，他爹扇了他一个耳光，他突然就哭了，流了那么多眼泪，从小到大都没哭成那副样子过，就连他爹都被惊得没了气焰，他娘更是吓坏了，过去试图安抚，却被他紧紧抱住，很久才好不容易平静下来。

一直到三天之后，吴世杰听冰球队教练说程致研已经醒了，暂时没发现什么后遗症。他以为自己终于可以释然，结果却还是不行，他想去医院，想见到程致研，看到他好好的，甚至那还不够……他自己也说不清想干什么。

又过了一天，他终于去了医院，坐在病床边和程致研讲话。说的话题似乎没什么特别的，两人之间的来言去语也还是像平常一样，直到探视时间已过，他从病房出来，沿着走廊走了一段，又转过身，隔着几重玻璃远远看了一会儿，方才离开。

当天夜里，他受陆玺文之托去找米歇尔要她在比赛当日拍的录影，捎带着道歉求和。米歇尔端了一会儿架子，也就顺杆下了，又像从前一样带他溜进女生宿舍，去拿她的小摄像机。进了房间，同宿舍的姑娘知情识趣地回避，米歇尔找到摄像机给他，两人拉来扯去便又腻到一处去了。很快，吴世杰就半躺半坐在床上，米歇尔跨骑在他身上，俯下身吻他。混乱之间，他突然有一刻神志清明，又想起曾经的那个问题——程致研对米歇尔的种种调侃是只针对她这个人呢，还是他接近的每一个女孩子都会这样对待？他还是不知道答案，但至少有一件事他终于想明白了。

也就是在那天夜里，吴世杰和米歇尔分手了，分得极其难看，乃至于很长一段时间，AP Academy都在传相关的八卦。

其实，吴世杰很清楚，自己并没有那个胆量把心里所想的说出来，也根本不知道说了之后事情又会怎样发展。所以，他唯一能做的只是迂回曲折的求证。

于是，他在和米歇尔分手之后，很快又交了第二个女朋友——冰球队的啦啦队长依芙琳。

依芙琳是金发，有一张适合拍快销广告的面孔，身体丰腴，性格咋呼，是个典型的土生土长的美国大妞儿。这种类型在学校里总是很抢手的，吴世杰为了追她到手，花了不少工夫，当然，还有许多钱。

和对待米歇尔那种不赞成却也无所谓的态度不同，程致研对依芙琳的观感从一开始就是很坏的，特别是听说她前前后后让吴世杰给她买了多少礼物，光现款就借了几千美金之后。两人纠缠了几个月，结果在意料之中，又是分手。

至此，吴世杰在学校里的名声倒是闯出来了，学生们都知道他对女孩子出手阔绰，但翻脸不认人，老师们都当他是个祸根。

不幸中的万幸是，那个时候他已经是最后一年的学生了，AP Academy对申请藤校是熟门熟路的，从填写资料到面试一路都有专人辅导。至于成绩，只要是功课还过得去，又有意申请好学校的，从freshman year开始，老师就会有意识地帮着保持全优。

在这种情况下，吴世杰的成绩单还算看得过去，又不需要跟人抢奖学金，所以没费多少周折就和程致研一起进了波士顿附近的一所大学。

从新生年开始，又是一个接一个轮回，吴世杰几个月就换一个女朋友，各种各样的类型都有。直到大学第二年，他突然发现，程致研和邻校一个学环境艺术的女生走得很近。那姑娘已经在读硕士课程了，入学之前似乎还工作过一段时间，看上去总有二十六七岁的样子，深色头发，网球打得很好，为人处世有几分大姐范。因其名字叫Mag，吴世杰总是管她叫"马大姐"。

马大姐和程致研经常在一起念书、看电影或者聊天，假期还去过阿拉巴契亚山地的森林公园徒步旅行。可能是性格使然，他从不会把男女间的事拿出来说给第三个人听，哪怕是对吴世杰也不例外。

但对于这段说长不长说短不短的关系，吴世杰却有他自己的解释，他第一次知道原来程致研喜欢的是这种女人——聪明、独立、脾气有些倔，总是自以为是女超人，不撞南墙不回头。细想之下，从小母亲不在身边，会独独偏爱那个类型，似乎一点都不奇怪。

马大姐的硕士很快读完了，拿到学位，找了份西海岸的工作，离开了波士顿，两人之间的联系似乎渐渐少了。但几年之后，程致研从学校毕业，进入W集团工作，又找过马大姐的公司做一个度假村项目的设计，应该是一直没断过联系。

那个时候，吴世杰已经进了法学院读书，程致研在纽约工作，两个人都很忙，很难得才能见上一次。

年底假期，吴世杰去纽约找程致研，在东村参加一个闹哄哄的跨年派对。

深夜，那栋房子里挤满了人，连楼道里也空气污浊，他们拿着一瓶酒上了天台，站在雪地里聊了一会儿，直到实在太冷了，才准备下去。

吴世杰突然问程致研，跟马大姐有什么进展？

程致研回头看看他，似乎知道他的意思，笑了笑淡淡回答："她去年结婚了，孩子都九个月了，你不知道？"

新年钟声响起，吴世杰饮尽杯子里的酒，说出自己的New year's resolution——希望他们两个都能在新世纪的第一年遇到一个人，坠入爱河，万劫不复。

程致研嘲笑他，说："这个对你来说是不是太容易了？第一季度就可以完成。"

他已喝到微醉，只是笑，不说话。

假期结束，两人又回到各自的世界里。吴世杰面对的除了案例还是案例，还有写不完的论文。程致研遇到的情况可能更复杂一点，W酒店管理层大换血，他被调到了管家部，职位也变成见习助理经理，数月之后又调去了阿斯本的W酒店工作。

从美东到中西部，两人之间的距离更远了，只能偶尔通个电话，因为程致研要轮班，即使是假期，也不一定能见面。

有一次在电话上，程致研跟他说起一件小事。当时已是四月，那一年的滑雪季眼看就要结束了，轮休日，他去阿斯本山的雪场滑雪，遇到一群春假来搞活动的高中生。其中有个华裔女孩，完全不会滑，但那个雪场根本没有适合初学者的雪道，她的同学也不怎么会教，两个人分两边架着她，结果就是三个人一起摔个马趴。他带了她几次，又提议她们去三英里外的巴特米尔克，那里有很大一部分雪道适合初学者滑。

"她跟你去了吗？"吴世杰问，心里有种说不清的感觉，这是程致研第一次主动在他面前说起一个女孩子，而且是完全没有理由的。

"没有，"程致研笑答，"她们的老师来了，怀疑我图谋不轨，把我轰走了。"

"几年级？"吴世杰也笑，很配合地把对话进行下去。

"Junior year，maybe。"

"问到名字没有？"

"没有，人家只是高中生，而且住在洛杉矶。"

"So what？"

"她只是高中生，而且住在洛杉矶。"程致研又重复了一次。

"那你为什么要跟我说？！"吴世杰叫起来。

"不为什么，就是突然想到了。"电话那边回答。

转眼两年过去了，程致研离开美国，去南美工作，而后又辗转去了欧洲。

吴世杰则从法学院毕业，进了曼哈顿一家律师事务所，做一名小小的助理律师。

在律所的那段日子回忆起来宛如噩梦，一个资深律师带三个新手，同时做五六个完全不相关的案子，每天取证再开会讨论，再取证再开会讨论，从对手那里探了口风，再开会讨论。每次上庭之前，经常通宵准备，看资料看到有种眼珠子就要爆出来的感觉。早晨洗个淋浴，然后直接过堂，稍有差池就被劈头盖脸骂，憋屈到肝痛，压力大到走在路上都会产生幻觉。有一次做完一个案子，实在太累了，回到家连鞋都没脱就躺在沙发上睡了十六个小时。

一切似乎都变了，又好像什么都未曾改变。

吴世杰在电话里问程致研："为什么不回美国？"

"别忘了，我是被流放的。"他笑答，还是数年如一日地漂泊在外，在不同的地方，做着同样的事情。

"为什么不换个工作？"程致研也问过吴世杰。

"父命难违。"吴世杰这样回答，还是憋屈着，在同一个地方，做着各种各样不同的案子。

又是一年冬去春来，吴世杰难得有空休一个礼拜的假。程致研送了份礼物给他，用自己的员工折扣价为他订了阿斯本W酒店的度假套餐，嘱咐他带上女朋友去轻松一下。

吴世杰真的去了，但没有带女朋友，只是一个人去的。

阿斯本的W酒店位于白河国家公园内，就在阿斯本山脚下，建于19世纪末，是当地有名的豪华酒店，离阿斯本山的滑雪场很近。

到那里的第二天，吴世杰独自上山滑雪，自知水平不够，但还是选了最难的雪道，头一次下去居然很顺利，放空所有思绪，像自杀一样往山下冲，有种飞起来的感觉。

在山下等缆车的时候，有个亚洲面孔的女孩子就排在他后面，似乎着意看了他几次。他便也多看了她几眼，二十岁不到的样子，身上穿着玫红色冲锋衣，头上戴了顶有大绒球的粉色绒线帽，显得脸小小的，看起来很有趣。

见她也是一个人，吴世杰主动与她搭话，两人上了同一部缆车，聊了几句便发现她也是从中国来的，在洛杉矶上大学。

"为什么一个人来？"吴世杰问她。滑雪虽然算不上是集体项目，但独自一个人跑这么远，爬上山再冲下去，也挺少见的。

她笑，顿了顿才说："其实，我是来碰运气的。"

"怎么说？"他不懂她什么意思。

"两年前，我在这儿遇到过一个人，"她回答，"他教我怎么把自己绑在滑雪板上，保持平衡，然后和一帮五六岁的小孩子一起从缓坡上滑下去，慢慢找感觉。后来，我一直在想，如果我再来一次，会不会有可能再遇到他一次。"

吴世杰静静听着，片刻之后问："那个人也是华裔，二十岁出头，差不多我这高，对不对？"

"对，你怎么知道？"女孩子笑起来。

"猜的，否则在山下你不会那样盯着我看。"他回答。

"谁盯着你看啦！"她喊冤，隐约有些失望。

两人同时静下来，吴世杰看了她一会儿，发现她说话的时候，有种特别的表情，像是很认真地看着对方。

"今天晚上有空吗？"他开口问。

"干吗？"女孩笑着反问。

"到Snowmass去吧，找间酒吧，我们聊聊。"吴世杰回答，心想，如果她去，就告诉她。

"我今天晚上七点的飞机回洛杉矶。"她回答。

"太可惜了。"他看着她说道。

"是啊。"她点头。

许多年之后，在离开巴拉望的飞机上，吴世杰还清楚地记得当时的情形。他一直都很纳闷，为什么另两个人竟会忘得这样彻底，要不要告诉他们？有很长一段时间，他总是在摇摆不定。

直到此刻，他终于决定不说。

就把这件小事留给自己吧，他心里想。

虽然这一年已经过去一半了，但他还是在飞机升空的瞬间，暗暗许下他的New year's resolution：

遇到一个人，坠入爱河，万劫不复。

三年后，深秋的上海，梅赛德斯中心地下冰场。

那天不是休息日，下午四点多，在场上绕圈嬉戏的都是刚放学的孩子。场地一角用橙色塑料围栏圈出一块狭长区域，一个身穿全套黑色冰球护具的男孩子正在那里面练习传球。教练三十几岁，典型的运动员做派，动作干脆利落，一次次击球传到男孩跟前，对他大喊："注意握杆位置，杆头垂直，击球后指向传球目标！"

男孩不过七八岁的样子，头盔下面栗色的额发早已经被汗水洇湿，抽空还要开下小差，瞄一眼正在旁边冰场上撒欢的同龄人。其中有个穿一身粉色训练服的小女孩，面孔匀净，身材修长，脚上一双白色冰鞋，每次滑过男孩身边，就对他笑，做口型说：佩恩，加油！

"看什么呢你？"教练又喊，"眼睛看目标，不要光盯着球！"

男孩赶紧收回目光，转过头来看目标。

"让你用眼睛看，没让你把头也转过来，你这样将来怎么打战术？！"教练仍不满意，男孩无所适从。

又这么练了十几分钟，始终不见起色，男孩显然是累了，动作越来越走样。教练也十分郁闷，打开围栏，自己出去放风，让他冲墙站着，练习撞墙反弹传击。

教练前脚一走，粉衣女孩就翻栏杆进来。男孩看见她，没心思再面壁，摘了头盔，拖着步子慢吞吞滑过来。

"真不懂你为什么要学这个，"女孩笑他，"你根本就不是hockey jock那一型。"

佩恩无语，不知如何回答，女孩却又好像恍然大悟一样，说："哦，我知道了。是不是因为你明年要回美国去上学，怕体育太差被人笑啊？"

佩恩叹气，也不知该怎么说，心里默念一句：司默，你这个大笨蛋！哐当一声扔了球杆，靠着墙一屁股坐下来。

"其实，根本没必要担心啊，"司默蹲下来安慰他，"你去过许多地方，会两种语言，而且说得很流利，跟你比起来，他们都土爆啦。"

"祖宗，一眨眼你就不见了，原来在这儿猫着啊！"一个男人的声音在身后响起。

两个小孩儿吓了一跳，抬头一看，不约而同地叫了声："吴妈。"

"吴妈是你们俩叫的吗？！"男人厉声教训，但俩孩子根本不怕他，只是笑，并不改口。

吴妈翻墙过来，捡起地上的球杆。因为是小孩子的尺寸，他一个一米八几的大人，猫着腰才能用，脚上也没穿冰鞋，却还是像模像样地演示起来。

"小子，你看着，滑动的时候不要停球控球，一接稳马上传出去。传球的目标点应该在接球队友球杆的前方，这样别人接球的时候才不用减速。就算有人阻挡，也别盲目传球，要是不能把球传到队友球杆前面，就往冰刀上打，或者干脆往队友身后没人防守的地方打。传球之后，别傻站在那儿不动，继续突破防守，好好动脑子想想，接

—— // ∧ \\ ——

下来哪里需要你接应……"

他一个人分饰数角，一边言传一边身教，转了一圈，又转回来问佩恩："都听懂了吗？记住没有？"

佩恩犹犹豫豫地点头，吞吞吐吐道："可我刚开始学，教练还没教移动中传球呢。"

"你那教练也就是半吊子，"吴妈极其不屑地摇头，把球杆还给佩恩，"刚才那些秘籍，他肯定听都没听过。"

司默在一旁听着，皱眉问道："那些都是你想出来的？"

吴妈尴尬一笑："你爹总结的，不过他可能老早就忘光了，我替他记着。"

一刻钟之后，佩恩终于刑满释放，吴妈带着俩孩子出了冰场，去地库取车回家。

一路上，司默都在动脑筋起名字："我喜欢三点水那个'澄'，可老爸说是多音字，搁名字里不好念，那我说换成橙子的'橙'吧，老妈又说没人拿水果当名字……"

"要当姐姐了高不高兴啊？"吴妈打断她问道，像是在逗她，语气里却又有些怅然似的。

"哎，还行吧。"小姑娘做出一副不以为意的样子回答，却还是难掩那一份得意和欣喜。

说实话，她做独生女的时间未免也太长了，佩恩都有两个妹妹了，她却始终是光杆司令一个，真不知道爸妈在纠结些什么。这种纠结，在她出生之前也有过，担心她会遗传到先天性耳聋，就像她妈妈，天生就有不可逆的感音神经缺陷，没有药物或者手术可以治疗。虽然，她是健康的，但必然还是偶然，没有人知道，最权威的医生也不能回答。

直到几个月前的那个早晨，她像往常一样，冲进爸妈的卧室，看到父母二人相对坐着，妈妈的眼睛还是红的。之后好几天，两个大人都神秘兮兮，有一度她甚至怀疑他们要婚变，花了很大工夫才弄明白，所有这一切都源自一次美好的意外——她的弟弟或者妹妹来了。一直缠绕着他们的问题似乎一下子变得简单明了，不管这第二个孩子是否有缺陷，全家人都愿意相信TA会是幸福的，他们等着TA的到来。

吴妈从后视镜里看着司默，看她陷入沉思又很快绽开笑容，也忍不住随着她笑，就好像终于放开了什么。

司默住的地方离冰场不远，十几分钟就到了，她欢蹦乱跳地下车，挥手跟他们道别。车子调头出了那个住宅区，继续朝东郊驶去，佩恩家住在那里。

跟司默相比，佩恩就像是个闷葫芦，想法很多，都藏在肚子里，什么都不说，也不知道是怕生还是怎么的，腼腆得像个女孩子。吴世杰跟他接触不多，却总觉得这小子有点像过去的自己，心思太多了，小时候不敢说，大了还是不敢，老是扯些怪话掩饰真正想说的东西。

"小子，"他没话找话，"长大了想干什么？"

"想当厨师。"佩恩的回答难得那么干脆。

"行啊你，这么早就想好啦，会做菜吗？"

"会做蛋包饭，做得很好吃的，司默那家伙一顿能干掉两个。我还会掂勺，"说到一半，小家伙自己先笑了，"就是每次掂，一大半菜都会掂出来……"

吴世杰也跟着笑，笑到一半突然问："你小子喜欢我们家司默是不是？"

"什么啊？……"佩恩措手不及，脸一下就红了，转眼又动了气，看着车窗外面，不管吴世杰再说什么都不理。

直到吴妈使出撒手锏，对他说："明年暑假，司默全家去美国，到时候你可以看到她。"

"真的？"佩恩忍不住问，"怎么司默没跟我说过？"

"她还不知道，怎么跟你说？"

"是她爸爸妈妈告诉你的？"

"也不是。"吴世杰回答。

"那你怎么知道？胡说的吧。"佩恩开始怀疑。

"到那个时候，司默的弟弟或者妹妹已经半岁了，我会邀请他们全家去旅行。"

"去哪儿？"佩恩问。

"阿斯本，"吴世杰握着方向盘，望着笔直的公路尽头，"幸福的人都应该去一次。"